KB093812

동감

Wonder

Text copyright © 2012 by R. J. Palacio

Jacket art copyright © 2012 by Tad Carpenter

All rights reserved.

Korean translation copyright © 2017 by Bookbean

Korean translation rights arranged with Trident Media Group, LLC

Through EYA(Eric Yang Agency).

윈더

R. J. 팔라시오 지음 | 천미나 옮김

책콩

차례

의사들이 먼 도시에서 찾아왔어요.

단지 나를 보기 위해서.

바로 침대 곁에서 지켜보면서도

그들은 눈앞의 광경을 믿지 못했죠.

나는 기적들 가운데 하나가 틀림없다고

하느님의 창조물 중에서.

그들이 지닌 지식으로는

어떠한 설명도 할 수 없다고.

－나탈리 머천트, 〈기적Worder〉 중에서

제1부

어거스트 AUGUST

그 아이가 나의 요람으로 왔을 때
숙명이 미소를 지었고,
운명이 웃음을 터뜨렸다……

−나탈리 머천트, 〈기적〉 중에서

평범한

나는 내가 평범한 열 살 소년이 아님을 잘 알고 있다. 물론, 나는 평범한 일들을 한다. 나는 아이스크림을 먹는다. 자전거를 탄다. 야구를 한다. 엑스박스도 있다. 그런 것들은 나를 평범한 아이로 만들어 준다. 그렇다. 나는 평범하다고 느낀다. 마음속으로는. 그렇지만 평범한 아이들은 놀이터에서 다른 평범한 아이들이 꺄악 비명을 지르며 달아나게 만들지 않는다. 어딜 가나 뚫어지게 쳐다보는 시선을 받지도 않는다.

만일 요술 램프를 찾아서 한 가지 소원을 빌 기회가 생긴다면, 아무도 주목하지 않는 평범한 얼굴을 갖게 해 달라고 빌겠다. 길거리에서 나를 보자마자 얼굴을 휙 돌려 버리는 사람들이 없게 해 달라고. 내 생각은 이렇다. 내가 평범하지 않은 이유는 단 하나, 아무도 나를 평범하게 보지 않기 때문이다.

하지만 이제 나는 내 모습에 단련이 됐다. 사람들이 어떤 표정을 지어도 모르는 척하는 데 도가 텄다. 우리는 모두 선수가다 됐다. 나, 엄마와 아빠, 그리고 비아 누나. 앗, 취소다. 누나는 아직 멀었다. 누나는 사람들이 기분 나쁘게 굴면 불같이 화를 낸다. 이를테면, 한번은 놀이터에서 좀 큰 아이들 몇몇이 뭐라고 떠들어 댄 적이 있었다. 내 귀로 직접 들은 말이 아니라서 정확히 무슨 말인 줄도 몰랐는데, 누나가 알아듣고는 고래고래 소리를 질렀다. 누나는 항상 그런 식이다. 나와는 딴판이다.

누나는 나를 평범한 아이로 여기지 않는다. 말은 아니라고 하지만, 정말 나를 평범하게 여긴다면 그렇게 유난스럽게 나를 보호할 필요가 있을까. 엄마 아빠도 나를 평범하게 보지 않는다. 반대로 나를 대단히 특별하게 여긴다. 이 세상에서 내가 얼마나 평범한지 제대로 아는 사람은 오직 나뿐이다. 내 이름은 어거스트, 내 생김새를 설명하지는 않겠다. 무엇을 상상하더라도 상상 그 이상일 테니까.

학교에 다니지 않은 이유

다음 주부터 5학년이 시작된다. 여태껏 한 번도 학교에 다녀본 적이 없어서 상당히, 대단히, 지극히 두렵다. 사람들은 내가 지금껏 학교에 다니지 않은 게 내 외모 때문인 줄 알지만 이유는 따로 있다. 사실은 그동안 계속된 온갖 수술 탓이 컸다. 태어나서 지금까지 스물일곱 차례. 몇 번의 대수술은 채 네 살이 되기도 전에 받아서 기억조차 없다. 네 살 이후로도 해마다 두세 차례씩 수술을 받았고(큰 수술도 있고 작은 수술도 있다), 나이에 비해 몸집이 작은 데다, 의사 선생님들조차 이해하지 못하는 몇 가지 의학적 미스터리들을 지닌 터라 늘 많이 아팠다. 그래서 부모님은 학교에 가지 않는 편이 좋겠다는 결론을 내렸다. 그래도 지금은 많이 튼튼해졌다. 마지막으로 수술을 받은 게 팔 개월 전이고, 앞으로 이삼 년 동안은 수술실 신세를 질 일이 없을 것 같다.

엄마는 집에서 나를 가르친다. 엄마는 원래 어린이 책 삽화가였다. 엄마는 요정이나 인어를 아주 예쁘게 잘 그린다. 하지만 남자아이들용 그림은 시원찮다. 언젠가 나한테 〈스타워즈〉에 나오는 '다스 베이더'를 그려 준다고 했는데, 그려 놓고 보니 괴상한 버섯 모양 로봇이 되어 버렸다. 엄마가 그림 그리는 모습을 본 게 언제인지 모르겠다. 나와 누나를 돌보느라 너무 바빠서 그럴 거다.

솔직히 학교에 다니는 게 소원이었다고 말하면 거짓말이다. 학교에 다니고 싶은 마음이야 굴뚝같았지만, 그건 내가 다른 애들처럼 될 수 있을 때나 생각해 볼 만한 얘기다. 이를테면, 친구도 많고 학교 끝나면 끼리끼리 놀러 다니고, 뭐 그런 일들.

몇 안 되긴 해도, 지금도 좋은 친구들이 있긴 하다. 제일 친한 친구는 크리스토퍼. 다음으로 재커리와 알렉스도 있다. 걸음마를 뗄 때부터 알고 지낸 친구들이다. 애초부터 내 생김새를 잘 알아서 나에 대한 거부감이 없다. 어렸을 때는 자주 만나서 놀았지만, 크리스토퍼는 코네티컷주에 있는 브리지포트시로 이사를 갔다. 맨해튼 끝자락에 있는 우리 동네인 노스 리버 하이츠에서 한 시간 이상 떨어진 도시다. 그리고 재커리와 알렉스는 학교에 다니기 시작했다. 그런데 참 우습다. 멀리 이사 간 사람은 크리스토퍼인데, 재커리나 알렉스보다 오히려 더 자주 만난다. 재커리와 알렉스는 새로운 친구들이 생겼다. 그래도 어쩌다 길에서 만나면 반가워한다. 잘 지내냐며 인사를 잊지 않는다.

다른 친구들도 있긴 하지만 크리스토퍼나 재커리, 알렉스만

큼 친하지는 않다. 어렸을 때 재커리와 알렉스는 생일 파티를
할 때마다 나를 초대했지만, 조엘과 이먼, 개이브는 한 번도 나
를 초대하지 않았다. 엠마는 딱 한 번 초대해 줬지만 만난 지 오
래다. 당연히 크리스토퍼의 생일에는 한 번도 빠진 적이 없다.
괜히 생일 파티 하나 가지고 내가 너무 유난스럽게 구는 건지
도 모르겠다.

죽다가 살아난 사연

엄마가 그 얘기를 해 주면 즐겁다. 너무너무 웃기니까. 웃기려고 하는 말도 아닌데, 엄마가 그 얘기를 하면 누나와 나는 왠지 모르게 깔깔 웃음이 터진다.

엄마 배 속에 있을 때는 내가 이런 모습으로 세상에 나올 줄 아무도 몰랐다. 나를 갖기 사 년 전에 누나를 낳았는데 (엄마의 표현대로라면) 완전히 '식은 죽 먹기'여서 나 땐 특별한 검사를 받을 이유가 전혀 없었다. 출산 두 달 전쯤, 의사들이 내 얼굴에 이상이 있다는 사실을 발견했지만 대수롭지 않게 여겼다. 그들은 내가 구개열이 있으며, 그 밖에 몇 가지 다른 증상들이 함께 진행되고 있다고 했다. 그들은 그것을 '작은 이상'이라고 불렀다.

내가 태어나던 날 밤, 분만실에는 간호사가 둘이었다. 한 사람은 매우 친절하고 상냥했다. 다른 한 명은 친절이나 상냥함과는 거리가 먼 사람 같았다고 엄마가 말했다. 그 간호사는 왕팔뚝에다(여기부터 웃긴 부분이 나온다) 시도 때도 없이 방귀를 뿡뿡 뀌어 댔다. 얼음 조각을 가져다주면서 뿡, 혈압을 확인하고 또 뿡. 그러면서 "미안합니다!"라는 말조차 하지 않았다며 엄마는 정말 못 말리는 여자라고 혀를 내둘렀다. 한편, 그날 밤엔 엄마의 주치의가 쉬는 날이라서 새파랗게 젊고 괴팍한 의사가 분만을 맡았는데, 엄마와 아빠는 그 의사에게 옛날 텔레비전 드라마에 나온 주인공의 이름을 따서 '천재소년 두기'라는 별명을 붙였다(사실 대놓고 그렇게 부르지는 못했다). 엄마 말로는 분만실 사람들은 죄다 무뚝뚝했지만 아빠 덕분에 밤새도록 웃었다고 했다.

내가 엄마 배 속에서 나왔을 때, 분만실은 일순 고요에 휩싸였다. 엄마는 아예 내 얼굴을 보지도 못했다. 친절한 간호사가 곧바로 나를 안고 나가 버렸으니까. 아빠는 허둥지둥 뒤따라가다가 비디오카메라를 떨어뜨렸고, 카메라는 와장창 산산조각이 났다. 엄마는 너무 화가 나서 침대에서 몸을 일으켰는데, 방귀쟁이 간호사가 왕팔뚝으로 엄마를 꽉 붙잡고 옴짝달싹 못 하게 만들었다. 엄마는 흥분해서 이성을 잃었고, 방귀쟁이 간호사는 가만히 있으라며 고래고래 소리를 질러 대다가 결국 두 사람 모두 의사를 찾아 고함을 질렀다. 그런데 결과는? 의사는 이미 기절한 뒤였다! 그것도 분만실 바닥에서! 방귀쟁이 간호사는 정신을 차리게 하려고 의사를 발로 마구 밀었는데, 그러면서 계속 이렇게 고함을 질러 댔다.

"무슨 의사가 이 모양이야? 당신 의사 맞아? 일어나! 어서 일어나!"

그러더니 별안간 엄마가 들어 본 중에 가장 커다랗고, 요란하고, 냄새가 지독한 방귀를 뀌었다. 엄마는 의사가 정신을 차린 건 다 그 방귀 덕분이라고 했다. 그 얘기를 할 때마다 엄마는 방귀 소리까지 포함해서 한 군데도 빼놓지 않고 온몸으로 열연을 펼치는데, 그 모습이 너무, 너무, 너무, 너무 배꼽을 잡는다!

알고 보니 방귀쟁이 간호사야말로 정이 많은 사람이었다. 그 간호사는 줄곧 엄마 곁을 지켰다. 아빠가 의사들과 상담을 마치고 돌아온 뒤에도 엄마 곁을 떠나지 않았다. 내가 그날 밤을 넘기지 못할 수도 있다고 의사가 말했을 때, 간호사가 엄마 귀에 대고 속삭여 준 말을 엄마는 지금도 잊지 않고 있다. "하느님께로서 난 자마다 세상을 이기느니라."

이튿날, 내가 그날 밤을 넘기고 살아남자, 의사들이 처음으로 나를 데려왔을 때 엄마 손을 꼭 붙잡아 준 사람도 바로 그 간호사였다.

그때는 이미 의사들에게 내 상태에 대해 전해 들은 뒤라서 엄마는 단단히 마음의 준비를 하고 있었다. 그런데 막상 곤죽같이 뭉개진 조그만 내 얼굴을 내려다봤을 때, 엄마는 내 눈이 정말 예쁘다는 생각만 들었다고 했다.

덧붙이자면, 우리 엄마는 미인이다. 아빠는 잘생겼다. 누나는 예쁘다. 혹시 궁금해할까 봐.

크리스토퍼네 집

삼 년 전, 크리스토퍼가 이사를 가 버려서 실망이 이만저만이 아니었다. 둘 다 일곱 살쯤 됐을 때였나. 우리는 시간 가는 줄도 모르고 스타워즈 액션 피겨놀이를 하거나 광선 검을 들고 결투를 벌이곤 했다. 그때가 그립다.

지난봄에 식구들과 함께 차를 타고 브리지포트에 있는 크리스토퍼네 집으로 놀러갔다. 크리스토퍼와 함께 부엌에서 간식거리를 찾다가 우연히 엄마와 리사 아줌마가 하는 얘기를 듣게 됐다. 엄마는 아줌마에게 가을에 나를 학교에 보내는 문제를 상의하고 있었다. 지금까지 엄마는 단 한 번도 학교 얘기를 입에 올린 적이 없었다.

"무슨 얘기야?"

엄마는 내가 들으면 안 되는 이야기라는 듯 당황한 표정이었다.

아빠가 나섰다.

"여보, 당신이 무슨 생각을 하고 있는지 어거스트한테도 말해 줘야 돼."

아빠는 거실 반대쪽에서 크리스토퍼의 아빠와 이야기를 나누던 중이었다.

엄마가 대꾸했다.

"나중에 얘기해."

내가 말했다.

"아니, 난 엄마 아빠가 무슨 말을 하는지 알고 싶어."

엄마가 나에게 물었다.

"어기*, 너도 이제 학교에 갈 준비가 된 것 같지 않니?"

"아니."

아빠가 거들었다.

"내 생각도 어기랑 같아."

"그럼 끝났네. 사건 종결."

어깨를 으쓱하고 나는 아기처럼 엄마 무릎 위에 앉았다.

"학교에 가면 엄마한테 배우는 것보다 더 많이 배울 수 있을 것 같아서 그래. 엄마 말은…… 그래, 어기, 엄마가 분수를 얼마나 못하는지 너도 잘 알잖아!"

"어떤 학곤데?"

벌써부터 울고 싶었다.

"비처 사립 중학교. 우리 집 바로 옆에 있는."

아줌마가 내 무릎을 톡톡 쳤다.

＊어기*Auggie*는 어거스트*August*의 애칭이다.

"우아, 거기 정말 좋은 학교야, 어기!"

내가 물었다.

"비아 누나네 학교는 왜 안 되는데?"

"누나네 학교는 너무 커. 엄마 생각에는 그런 학교는 너한테 잘 안 맞을 것 같아."

나는 어리광 섞인 목소리로 투정을 부렸다.

"난 가기 싫어."

아빠가 말했다.

"싫은데 억지로 다닐 필요는 없어."

아빠가 다가와 엄마 무릎에서 나를 번쩍 들어올렸다. 아빠는 나를 소파로 데려가 무릎 위에 앉히고 이렇게 덧붙였다.

"우리는 뭐가 됐든 네가 싫다는 건 억지로 시키지 않을 거야."

엄마가 말했다.

"그렇지만 어기한테는 그편이 좋을 거야, 여보."

"당사자가 싫다는데. 그리고 먼저 어기가 준비가 돼야지."

아빠가 나를 바라보았다.

엄마는 리사 아줌마를 바라보았고, 아줌마는 엄마에게 다가와 엄마의 손을 꼭 잡아 주었다.

"좋은 방법을 찾을 거예요. 늘 그랬잖아요." 하고 아줌마가 엄마를 위로했다.

"그 문제는 나중에 얘기하죠."

엄마 아빠는 그 문제를 두고 말다툼을 벌일 게 뻔하다. 나는 아빠를 응원했다. 마음 한편에서는 엄마가 옳다는 걸 잘 알면서도. 그리고 솔직히 말해서, 엄마는 분수를 너무 못한다.

운전

집으로 돌아오는 길은 멀었다. 나는 늘 하던 대로 뒷좌석에서 누나의 무릎을 베개 삼아 잠이 들었다. 누나 무릎을 침 범벅으로 만들지 않게 수건으로 안전벨트를 둘둘 감싸 놓고서. 누나도 잠이 들었고, 엄마 아빠는 따분하기만 한 이런저런 어른들 얘기를 두런두런 주고받았다.

얼마나 잤을까. 잠에서 깼을 때는 창밖으로 보름달이 보였다. 밤하늘은 자줏빛이었고, 우리는 차들로 가득한 고속도로를 달리고 있었다. 그때 엄마와 아빠가 내 얘기를 하는 게 들렸다.

엄마가 운전 중인 아빠에게 속삭이듯 말했다.

"언제까지 어기를 보호해 주겠어. 하룻밤 자고 일어나서 이건 어기의 현실이 아닌 척, 그렇게 살 수는 없잖아. 왜냐하면 이게 현실이니까. 우리는 어기가 현실에 대처하는 법을 배우도록 도와줘야만 해. 언제까지 요리조리 피해 다니면서 살 수는 없잖아……."

"그래서 도살장에 끌려가는 새끼 양처럼 어기를 학교에 보내 버리자는……."

아빠는 화가 나서 이렇게 대꾸했지만, 거울 속에서 고개를 든 나를 발견하자 채 말을 끝맺지 못했다.

내가 잠이 덜 깬 목소리로 물었다.

"도살장에 끌려가는 새끼 양이 뭐야?"

아빠가 조용히 말했다.

"더 자, 어기."

"학교에 가면 다들 나만 쳐다볼 거야."

갑자기 울음이 터져 나왔다. 엄마가 앞좌석에서 몸을 돌려 내 머리에 손을 얹었다.

"어기, 네가 원하지 않으면 굳이 학교에 다닐 필요는 없어. 하지만 엄마 아빠가 교장 선생님하고 상담을 해 봤는데, 너를 꼭 만나 보고 싶다고 하셨어."

"나에 대해서 무슨 말을 했는데?"

"네가 얼마나 재미있는 아이인지, 얼마나 다정하고 영리한지 말씀드렸지. 여섯 살 때 벌써 '드래곤 라이더'*를 읽었다고 했더니, '와, 꼭 그 아이를 만나 봐야겠군요.'라고 하시더라."

"다른 얘기도 했어?"

엄마는 나를 보고 빙그레 웃음을 지었다. 엄마가 미소로 나를 꼭 안아 주는 기분이었다.

---

*크리스토퍼 파울리니의 소설 『에라곤』에 나오는, 불을 내뿜는 용을 타고 싸우는 전설적인 전사들.

"네가 받은 수술들에 대해 다 말씀드렸어. 네가 얼마나 용감했는지도."

"교장 선생님은 내가 어떻게 생겼는지 아셔?"

아빠가 대신 대답했다.

"작년 여름에 몬타우크에서 찍은 사진들을 가져갔어. 온 가족이 함께 찍은 사진들을 보여 드렸단다. 보트에서 네가 넙치를 잡고 있는 그 멋진 사진도!"

"아빠도 같이 갔다고?"

아빠도 함께 갔다니, 솔직히 조금 실망스러웠다.

"그래, 엄마랑 둘이서 교장 선생님과 상담을 했단다. 아주 좋은 분이셔."

엄마가 덧붙였다.

"너도 좋아할 거야."

갑자기 두 사람이 같은 편처럼 느껴졌다.

"잠깐, 그럼 교장 선생님을 만난 게 언제였어?"

엄마가 대답했다.

"작년에 교장 선생님이 학교 구경을 시켜 주셨어."

"작년이라고? 그러니까 일 년 내내 그 생각을 했으면서 나한테는 귀띔도 안 해 줬단 말이야?"

"입학 허가가 날지 안 날지 몰랐어, 어기. 아무나 들어가는 학교가 아니야. 입학 절차가 아주 까다롭거든. 미리 말해 봤자 쓸

데없이 네 애만 태울 텐데."

아빠가 말했다.

"그런데 네 말이 맞구나, 어기. 지난달에 입학 허가가 났을 때
곧바로 너한테 알렸어야 했다만."

엄마가 한숨을 내쉬었다.

"지나고 나서 보니까, 그래, 아빠 말씀이 맞는 것 같구나."

"지난번에 우리 집에 왔던 그 아줌마, 학교에서 나온 거야?
나한테 시험지를 줬던 그 사람?"

찔리는 듯한 표정으로 엄마가 대답했다.

"응, 맞아. 그렇단다."

"아이큐 테스트라며."

"알아, 선의의 거짓말이었어. 사실은 입학 허가를 받기 위해
필요한 시험이었어. 어쨌든, 너는 아주 좋은 점수를 받았단다."

"엄마가 거짓말을 한 거네."

"선의의 거짓말이긴 하지만, 거짓말은 거짓말이지. 미안하구
나."

엄마는 웃으려고 애를 썼지만 내가 마주 웃어 주지 않자, 몸
을 돌려 다시 앞을 바라보았다.

"도살장에 끌려가는 새끼 양은 뭐야?"

엄마는 한숨을 지으며 아빠에게 눈짓을 보냈다.

아빠가 뒷거울로 나를 보며 말했다.

"아빠가 말을 잘못했구나. 그건 사실이 아니야. 엄마하고 아빠는 너를 정말 사랑하니까 어떻게든 너를 지켜 주고 싶은 마음은 똑같아. 다만 서로 원하는 방법이 다를 때가 있을 뿐이지."

나는 척 팔짱을 끼며 단호히 거절했다.

"나는 학교에 가기 싫어."

엄마가 나를 설득했다.

"학교에 가는 게 너한테 좋을 거야, 어기."

나는 창밖을 보며 퉁명스레 말했다.

"내년에는 생각이 바뀔지도 모르지."

"어기, 올해가 더 나을 거야. 왜 그런지 알아? 너는 5학년으로 들어갈 텐데, 5학년부터 중학교가 시작되거든.* 누구한테나 마찬가지야. 너 혼자만 신입생이 아니라는 얘기야."

"나처럼 생긴 애는 나 혼자겠지."

"너도 알 만한 건 다 아니까, 절대 쉽지 않은 도전이라는 거 엄마도 잘 알아. 하지만 학교에 가는 게 너한테는 좋을 거야, 어기. 친구도 많이 사귈 수 있어. 게다가 학교에 가면 엄마는 죽었다 깨어나도 가르쳐 줄 수 없는 것들을 배우게 될 텐데?"

엄마가 다시 몸을 돌려 나를 바라보았다.

"아빠랑 학교를 둘러봤는데, 과학실에 뭐가 있었는지 알아? 막 알을 깨고 나온 작은 병아리가 있었어. 정말 귀엽더라! 어기, 병아리를 보니까 네가 아기였을 때가 생각났어. 그 커다란 갈색 눈망울하며…….”

원래 난 내 아기 적 얘기를 좋아한다. 가끔은 작은 공처럼 몸을 동그랗게 말고 엄마 아빠한테 몸을 내맡기고 싶다. 나를 꼭 안고 온몸에 입을 맞춰 달라고. 아무것도 모르던 아기 때가 그립다. 그런데 지금은 그럴 기분이 아니었다.

“학교 가기 싫어.”

엄마가 물었다.

“이게 좋겠다. 마음의 결정을 내리기 전에 먼저 터시먼 선생님을 한번 만나 뵈면 어떨까?”

“터시먼 선생님이라고?”

엄마가 대답했다.

“교장 선생님이셔.”

내가 되풀이해 물었다.

“터시먼 선생님?”

아빠가 뒷거울로 나를 바라보며 씨익 웃었다.

“그래, 좀 그렇지? 이름 참 희한하지. 자기 이름을 ‘엉덩이맨’이라고 짓겠다는 데 좋다고 할 사람이 어디 있겠냐?”**

웃는 모습을 들키기는 싫었지만 나도 모르게 피식 웃음이 터져 나왔다. 아빠는 아무리 웃기 싫어도 나를 웃게 만들 수 있는

---

*미국에서는 6세부터 초등학교 1학년 과정을 시작하며 새로운 학기는 9월부터 시작된다. 그리고 미국은 지역에 따라서 5학년부터 중학교가 시작되기도 한다.
**Mr. Tushman에서 터시*Tush*는 속어로 ‘엉덩이’라는 뜻이 있다.

25

세상에서 딱 하나뿐인 사람이다. 아빠는 늘 사람들을 웃게 만든다.

아빠가 신이 나서 말했다.

"어기, 스피커로 그 이름이 나오는 걸 듣기 위해서라도 꼭 그 학교에 다녀야 돼. 얼마나 웃기겠냐? 안녕하십니까, 안녕하십니까, 엉덩이맨 선생님을 찾습니다!"

아빠는 이어서 카랑카랑한 노부인의 목소리를 흉내 내며 말했다.

"안녕하세요, 엉덩이맨 선생님! 오늘 늦으셨나 봐요, 엉덩이에 불이 나게 뛰어오시던데요. 누가 또 차 궁둥이를 들이받았나요? 누구예요? 이런 엉덩이에 뿔 날 놈 같으니!"

나는 깔깔깔 웃었다. 아빠의 말이 우습기도 했지만, 사실은 계속 뾰로통하게 있기가 싫었다.

"그런데 더 심각한 경우도 있단다."

아빠는 다시 아빠 목소리로 돌아와 말을 이었다.

"엄마 아빠가 다녔던 대학에 버트 교수님*이라고 계셨거든."

이제는 엄마까지 웃음을 터뜨렸다.

"정말이야?"

엄마는 고개를 끄덕였고, 맹세라도 하는 양 한 손을 들어 올렸다.

---

*Miss Butt. 버트*Butt*는 속어로 '엉덩이'라는 뜻이 있다.

아빠가 말했다.

"그분은 궁둥이가 어마어마하게 컸어."

엄마가 어이없다는 듯 말했다.

"여보!"

"뭐가? 난 그냥 궁둥이가 크다고 했을 뿐인데."

엄마는 웃으면서 고개를 절레절레 흔들었다.

아빠가 신이 나서 덧붙였다.

"참, 이건 어때! 우리가 두 사람을 소개시켜 주는 거야! 상상이 돼? 궁둥이 양과 엉덩이맨 씨, 드디어 만나다. 엉덩이맨 씨, 이쪽은 궁둥이 양입니다. 두 사람이 결혼하면 꼬마 엉덩이들이 바글바글하겠네."

엄마가 고개를 저었다.

"가엾은 터시먼 선생님. 여보, 어기는 아직 그분을 만나 뵙지도 못했다고!"

"터시먼 선생님이 누군데?"

비아 누나가 잠에 취한 목소리로 물었다. 누나는 막 잠에서 깼다.

내가 대답했다.

"내가 다닐 학교의 교장 선생님이셔."

엉덩이맨 선생님을 찾습니다

터시먼 선생님을 만날 때, 그 학교에 다니는 아이들도 나올 줄 알았더라면 몇 배는 더 떨렸을 거다. 하지만 전혀 몰랐던 터라 오히려 피식피식 웃음이 나왔다. 교장 선생님의 이름을 두고 아빠가 지어낸 온갖 농담들이 자꾸만 떠올랐다. 그래서 새 학기가 시작되기 몇 주 전, 엄마와 함께 비처 사립 중학교에 도착했을 때, 교문 앞으로 우리를 마중 나온 터시먼 선생님을 보자마자 나도 모르게 키득키득 웃음이 나왔다. 교장 선생님은 내가 상상한 모습과는 완전히 딴판이었다. 엉덩이가 엄청나게 큰 사람인 줄 알았는데, 알고 보니 아주 평범한 분이었다. 키가 크고 몸이 마른. 나이가 들긴 했지만 아주 많지는 않은. 좋은 분처럼 보였다. 교장 선생님은 먼저 엄마와 악수를 나눴다.

엄마가 인사를 건넸다.

"안녕하세요, 터시먼 선생님, 다시 만나 뵙게 돼서 반갑습니다. 제 아들, 어거스트입니다."

터시먼 선생님은 나를 똑바로 바라보며 빙그레 웃고는 고개를 끄덕였다. 선생님이 악수를 청하며 나에게 손을 내밀었다.

"안녕, 어거스트. 만나서 반갑구나."

선생님이 지극히 평범한 목소리로 인사를 건넸다.

"안녕하세요."

나는 힘없이 손을 맡긴 채 선생님의 발치를 내려다보며 웅얼거렸다. 선생님은 빨간색 아디다스 운동화를 신고 있었다.

"그래, 부모님을 통해서 네 얘긴 많이 들었다."

선생님이 내 앞에 한쪽 무릎을 꿇고 앉으며 말해서, 어쩔 수 없이 운동화 대신 선생님의 얼굴을 바라보았다.

"저에 대해 뭐라고 하시던가요?"

"뭐라고?"

엄마가 타일렀다.

"더 크게 말해야지."

"엄마가 뭐라고 하셨어요?"

나는 또박또박 말하려고 애를 썼다. 나는 원래 말할 때 속으로 웅얼거리는 안 좋은 습관이 있다.

터시먼 선생님이 대답했다.

"음, 책을 좋아한다고 들었다. 그림도 잘 그린다면서?"

선생님은 속눈썹이 하얗고 눈동자가 파랬다.

"참, 과학을 좋아한다던데, 맞니?"

"네."

나는 고개를 끄덕였다.

"우리 학교에 선택 과목으로 아주 괜찮은 과학 과목이 두 개 있는데. 어떠냐, 한 과목 들어 보겠니?"

"네."

선택 과목이 뭔지는 몰랐지만 그냥 그렇게 대답했다.

"자, 그럼 학교 구경 좀 해 볼까?"

"지금 당장이요?"

선생님이 무릎을 펴고 일어서며 빙그레 웃었다.

"그럼 영화라도 보러 가는 줄 알았니?"

엄마에게 따지듯이 말했다.

"학교 구경한다는 말은 안 했잖아."

"어기……."

엄마가 막 무슨 말을 하려는데, 터시먼 선생님이 나에게 손을 내밀며 말했다.

"재미있을 거야, 어거스트. 선생님이 약속하마."

선생님은 내가 손을 잡아 주기를 바라는 눈치였지만 나는 대신 엄마의 손을 잡았다. 선생님은 빙그레 웃고는 교문을 향해 걸었다.

엄마가 내 손을 살짝 쥐었다. '사랑해'라는 뜻인지 '미안해'라는 뜻인지 잘 모르겠다. 아마 둘 다였을 거다.

지금까지 안에 들어가 본 학교는 누나네 학교가 다였는데, 봄 연주회 때 누나가 노래하는 걸 구경하러 가거나 그 비슷한 경우였던 것 같다. 이 학교는 많이 달랐다. 학교가 더 작았다. 병원 같은 냄새가 났다.

친절한 가르시아 선생님

우리는 터시먼 선생님을 따라 서너 개의 복도를 지나갔다. 학교 안에는 사람들이 많지 않았다. 아마 나를 못 봐서 그랬겠지만, 그 몇 안 되는 사람들도 나한테 전혀 신경을 쓰지 않는 것 같았다. 나는 숨다시피 하며 엄마 뒤꽁무니만 졸졸 따라갔다. 유치한 짓인 줄 잘 알지만, 그때는 그다지 용감한 기분이 들지 않았다.

이윽고 '중학교 교장실'이라고 쓰인 작은 사무실 앞에 다다랐다. 사무실에는 친절해 보이는 부인이 책상에 앉아 있었다.

"가르시아 선생님이십니다."

가르시아 선생님이 터시먼 선생님의 소개를 받고 엄마를 향해 빙긋 웃더니 안경을 벗으며 자리에서 일어났다.

엄마는 가르시아 선생님과 악수를 나누고 이렇게 인사했다.

"이사벨 풀먼입니다. 만나 뵙게 돼서 반갑습니다."

터시먼 선생님이 나를 소개했다.

"그리고 이 아이가 어거스트랍니다."

엄마가 앞으로 나가라며 살짝 옆으로 비켜섰다. 그때 지금까지 백만 번은 목격한 바로 그런 일이 일어났다. 내가 올려다보자, 가르시아 선생님은 순간 눈길을 떨어뜨렸다. 아주 짧은 순간인 데다가 눈을 뺀 나머지 얼굴은 전혀 변함이 없었기 때문에 아무도 알아차리지 못했다. 가르시아 선생님은 한껏 반짝이는 미소를 지어 보였다.

"이렇게 만나게 돼서 정말 기쁘구나, 어거스트."

선생님이 악수를 청하며 손을 내밀었다.

"안녕하세요."

웅얼거리며 손을 내밀긴 했지만, 선생님의 얼굴을 보기 싫어서 목에 건 안경 줄에 매달린 안경만 뚫어져라 바라보았다.

"우아, 악수하는 힘이 센데요!"

선생님 손은 정말로 따뜻했다.

"손아귀 힘이 장난이 아니지요."

터시먼 선생님이 거들자, 모두 내 머리 위에서 깔깔 웃음을 터뜨렸다.

"편하게 '지 선생님'이라고 부르렴." 하고 가르시아 선생님이 말했다.

나에게 하는 말인 것 같았지만 나는 책상 위에 놓인 물건들만 바라보았다.

"다들 나를 그렇게 부른단다. 지 선생님, 비밀번호를 잊어버렸어요. 지 선생님, 지각표 좀 주세요. 지 선생님, 선택 과목을 변경하고 싶어요."

"우리 학교의 실질적인 책임자가 바로 지 선생님이란다."

터시먼 선생님의 말에 다시 한번 어른들이 웃음을 터뜨렸다.

"나는 매일 아침 7시 30분까지 출근한단다."

가르시아 선생님이 나를 바라보며 말을 계속했지만, 나는 작은 자주색 꽃 장식이 달린 선생님의 갈색 샌들에서 눈을 떼지 않았다.

"어거스트, 그러니까 필요한 일이 있으면 나한테 와서 부탁하면 돼. 뭐든지 괜찮아."

내가 조그맣게 대답했다.

"네."

엄마가 가르시아 선생님의 게시판에 붙어 있는 사진 하나를 가리켰다.

"어머, 저 귀여운 아기 좀 봐. 선생님 아들인가요?"

"아뇨, 세상에나!"

가르시아 선생님이 환하게 웃었다. 아까 보여 주었던 반짝이는 미소와는 완선히 달랐다.

"정말 기분 최고인데요! 제 손자예요."

엄마가 고개를 저으며 물었다.

"정말 귀여워요! 몇 살이죠?"

"사진을 찍을 당시에는 5개월이었죠, 아마. 지금은 많이 컸어요. 여덟 살쯤 됐을 거예요!"

"와, 정말 예쁘게 생겼네요."

엄마가 고개를 끄덕이며 빙그레 웃었다.

"참 예쁘죠!"

가르시아 선생님이 손자에 대해 뭐라고 덧붙이려는 듯이 고개를 끄덕이다가 갑자기 슬며시 미소를 거두었다.

"저희 모두 어거스트를 잘 돌봐 줄게요."

가르시아 선생님은 이렇게 말하고 살짝 엄마의 손을 쥐었다. 나는 엄마의 얼굴을 바라보았고, 문득 엄마도 나 못지않게 긴장하고 있었다는 사실을 깨달았다. 가르시아 선생님은 좋은 분 같다. 반짝이는 그 미소만 짓지 않는다면.

잭 월, 줄리안, 그리고 샬롯

우리는 터시먼 선생님을 따라 가르시아 선생님의 책상 맞은 편에 있는 작은 방으로 들어갔다. 교장 선생님은 방문을 닫고 자신의 커다란 책상에 앉으면서 무어라 말을 했지만 나는 듣는 둥 마는 둥했다. 대신 책상 위에 놓인 온갖 물건들에 정신이 팔렸다. 공중에 떠 있는 작은 지구본과 작은 거울들로 만든 큐브 등 갖가지 신기한 물건들. 나는 교장 선생님의 방이 마음에 쏙 들었다. 학생들이 그린 갖가지 솜씨 좋은 데생과 그림들을 귀한 작품처럼 액자에 끼워서 벽에 걸어 놓은 모양이 참 보기 좋았다.

엄마는 터시먼 선생님의 책상 정면에 놓인 의자에 앉았고, 바로 오른쪽에 의자가 하나 더 있었지만 나는 그냥 엄마 옆에 서 있기로 했다.

내가 물었다.

"선생님 방은 있는데, 왜 지 선생님 방은 없어요?"

터시먼 선생님이 되물었다.

"그러니까 왜 나만 방이 있느냐는 얘기냐?"

"아까 지 선생님이 학교의 실질적인 책임자라고 하셨잖아요."

"아! 그건 웃으라고 한 소리야. 지 선생님은 내 비서란다."

엄마가 설명을 덧붙였다.

"터시먼 선생님은 중학교를 책임지는 교장 선생님이셔."

"그럼 교장 선생님을 티 선생님이라고 부르나요?"

내가 이렇게 묻자, 선생님이 빙그레 웃었다.

"너, 진짜 티 선생님이 누군지 아니? '나는 그 바보가 불쌍해!'*"

선생님은 마치 누군가를 흉내 내는 것처럼 거칠고 우스꽝스러운 목소리로 말했다. 나는 영문을 몰라 어리둥절할 뿐이었다.

선생님이 고개를 가로저었다.

"어쨌든, 아니란다. 티 선생님이라고 부르는 사람은 아무도 없지. 그런데 왠지 다른 별명은 굉장히 많을 것 같은 예감이 든단 말이야. 나 같은 이름을 가지고 살기가 얼마나 힘든지 모를 거야, 무슨 뜻인지 알지?"

알다마다요. 나는 그만 깔깔깔 웃음을 터뜨리고 말았다.

"저희 엄마 아빠 교수님 이름은 버트 교수님이었대요."

"어기!"

엄마가 말렸지만 터시먼 선생님은 껄껄 웃음을 터뜨렸다.

---

* '나는 그 바보가 불쌍해*I Pity the Fool*'는 미국의 텔레비전 시리즈 이름이자, 등장인물인 Mr. T가 항상 외치는 대사이기도 하다.

"그거 안 됐구나. 거기에 비하면 내 이름은 양반인걸. 그래, 잘 들어라, 어거스트, 오늘 우리는 말이다…….”

"저거 호박인가요?"

내가 터시먼 선생님 책상 뒤에 있는 액자 속의 그림을 가리키며 물었다.

엄마가 타일렀다.

"어기, 어른이 말씀하시는데 끊으면 안 돼."

터시먼 선생님이 몸을 돌려 그림을 바라보았다.

"마음에 드니? 나도 좋아하는 그림이란다. 처음엔 나도 호박인 줄 알았는데, 그걸 나한테 준 학생이 호박이 아니라고 하더구나. 그건 말이다…… 그러니까…… 내 초상화란다! 자, 어거스트, 한 가지 물으마, 내가 정말 호박처럼 생긴 것 같으냐?"

"아뇨!"라고 대답했지만 마음속으로는 '네.'라고 생각했다. 웃을 때 양쪽 볼이 궁둥이처럼 부풀어 오르는 모습이 꼭 핼러윈의 호박 초롱처럼 보였다. 궁둥이 같은 볼과 터시먼이라는 이름까지, 생각만 해도 우스웠다. 그래서 나도 모르게 피식 웃음이 나왔다. 나는 고개를 저으며 손으로 입을 가렸다.

터시먼 선생님이 내 마음을 읽기라도 한 양 빙그레 웃었다.

내가 막 다른 말을 하려는데, 갑자기 교장실 바깥에서 다른 목소리가 들렸다. 아이들 목소리였다. 엄살이 아니라, 순간 내 심장은 지금 막 세상에서 가장 긴 경주를 끝마친 사람처럼 쿵

쾅쿵쾅 뛰기 시작했다. 그 바람에 꾹 참았던 웃음이 툭 튀어나오고 말았다.

어렸을 때는 처음 보는 아이들을 만나도 아무렇지 않았다. 그 아이들도 나처럼 꼬맹이였으니까. 어린애들이 좋은 점은 더러 기분 나쁜 말을 할 때도 있긴 하지만 전혀 악의는 없다는 거다. 더구나 어린애들은 자기가 무슨 말을 하는지도 잘 모른다. 하지만 큰 아이들은 자기가 무슨 말을 하는지 잘 안다. 그런 말은 도저히 웃어넘길 수가 없다. 작년부터 길게 머리를 기르기 시작한 이유도 앞머리가 눈을 가려 주기 때문이다. 앞머리가 길면 보기 싫은 것들을 가리고 싶을 때 써먹기 좋으니까.

가르시아 선생님이 똑똑 문을 두드리더니 살짝 고개를 내밀었다.

"교장 선생님, 아이들이 왔습니다."

내가 물었다.

"누가 와요?"

"알겠어요."라고 터시먼 선생님이 가르시아 선생님에게 말했다.

"어거스트, 올해 너와 한 반이 될 친구들을 미리 만나 보는 게 좋을 것 같다만. 그 친구들이 구석구석 학교 구경도 시켜 줄 수 있고 말이야."

나는 엄마한테 말했다.

"아무도 만나기 싫어."

터시먼 선생님이 내 바로 앞에 서더니 내 어깨에 손을 올렸다. 선생님은 허리를 숙이며 내 귓가에 대고 다정한 목소리로 나를 달랬다.

"걱정 마라, 어거스트. 착한 아이들이야, 선생님이 약속하마."

엄마가 온 마음을 다해 속삭였다.

"괜찮을 거야, 어기."

엄마가 무어라 다른 말을 하기도 전에, 터시먼 선생님이 벌컥 교장실 문을 열었다.

"들어오너라, 얘들아."

교장 선생님의 말과 함께 남자애 둘과 여자애 하나가 교장실로 들어왔다. 아이들은 나나 엄마에게는 눈길을 주지 않았다. 마치 교장실 문에 자기들의 목숨이 달려 있기라도 한 양, 세 사람 다 문가에 버티고 서서 터시먼 선생님만 똑바로 바라보았다.

"와 줘서 고맙구나, 얘들아. 다음 달이나 돼야 개학인데. 여름 방학은 잘 보냈니?"

세 사람 모두 고개를 끄덕였지만 아무도 입을 열지 않았다.

"좋아, 좋아. 그래, 얘들아, 올해 우리 학교에 새로 들어올 어거스트란다. 어거스트, 이 친구들은 유치원 때부터 비처 사립 학교에 다녔단다. 물론 초등학교 건물에 있기는 했다만, 중학교 프로그램에 대해서도 속속들이 잘 알고 있단다. 어차피 다들 같은 반이 될 테니까 개학하기 전에 서로 얼굴을 익혀 두면 더 좋지 않을까 싶구나. 알겠지? 그래, 얘들아, 이쪽은 어거스트란다. 어거스트, 이 친구는 잭 윌이란다."

잭 윌은 나를 바라보며 한쪽 손을 내밀었다. 그러곤 웃을 듯 말듯하더니, 간단히 "안녕."이라고 인사하고 서둘러 시선을 아래로 돌렸다.

터시먼 선생님이 계속해서 소개했다.

"이 친구는 줄리안."

"안녕."이라고 줄리안이 말했고, 정확히 잭 윌과 똑같은 반응을 보였다. 내 손을 잡고 억지로 미소를 지은 뒤, 빠르게 시선을 돌렸다.

"그리고 샬롯."

지금껏 본 중에 가장 진한 금발 머리를 지닌 여자애였다. 샬롯은 악수는 안 했지만 재빨리 살짝 손을 흔들며 미소를 지었다.

"안녕, 어거스트. 만나서 반가워."

"안녕."

나는 인사에 답하고 아래를 내려다보았다. 샬롯은 연두색 크록스를 신고 있었다.

터시먼 선생님이 박수를 치는 듯한 동작으로 천천히 양손을 모으며 말했다.

"그래, 셋이서 어거스트를 데리고 학교 구경을 좀 시켜 주면 좋을 것 같다만. 3층부터 시작하면 어떨까? 너희 반 교실이 3층이니까, 301호일 거야. 지 선생님, 이 아이들⋯⋯."

"301호요!"

가르시아 선생님이 바깥에서 큰 소리로 외쳤다.

"맞구나, 301호."

터시먼 선생님이 고개를 끄덕였다.

"과학실과 컴퓨터실도 좀 보여 주고. 또 2층에 있는 도서관하고 공연장에도 가 보거라. 학교 식당도 안내해 주고."

줄리안이 물었다.

"음악실에도 데려갈까요?"

터시먼 선생님이 고개를 끄덕였다.

"그래, 좋은 생각이구나. 어거스트, 악기 연주하는 거 있니?"

"아니요."

나는 귀가 없는 거나 마찬가지라서 음악은 별로다. 귀가 아예 없진 않지만 내 귀는 보통의 귀와는 생김새가 다르다.

"아무튼 음악실도 둘러보면 좋겠지. 우리 학교는 아주 훌륭한 타악기를 많이 갖추고 있단다."

"어거스트, 드럼을 배우고 싶다고 했었잖아."

엄마는 내 관심을 끌어 보려고 했다. 하지만 내 눈은 앞머리에 가려 있었고, 나는 터시먼 선생님 책상 밑바닥에 붙은 오래된 껌 자국만 뚫어져라 바라보았다.

"좋다! 이제 출발해 볼까? 조금 있다가 내 방에서 다시 만나 자꾸나."

교장 선생님이 엄마를 바라보았다.

"삼십 분 뒤, 괜찮죠?"

엄마가 고개를 끄덕인 것 같았다. 교장 선생님이 나에게 물었다.

"너도 괜찮니, 어거스트?"

나는 대답하지 않았다. 엄마가 되풀이해 물었다.

"괜찮지, 어거스트?"

그제야 나는 엄마를 바라보았다. 엄마에게 내가 얼마나 화가 나 있는지 보여 주고 싶었다. 하지만 엄마의 얼굴을 보자, 그냥 고개를 끄덕이고 말았다. 엄마는 나보다 더 겁먹은 표정이었다.

다른 아이들이 먼저 문밖으로 나갔고, 내가 그 뒤를 따라갔다.

"조금 있다 만나."

엄마는 평소보다 더 상기된 목소리였다. 나는 끝까지 엄마의 말에 대답하지 않았다.

학교 구경

잭 월과 줄리안, 샬롯과 나는 커다란 복도를 내려가 넓은 계단으로 향했다. 3층으로 올라가는 내내 아무도 입을 열지 않았다.

계단을 다 오르자, 문들이 줄줄이 이어진 좁은 복도를 걸었다. 줄리안이 '301'이라고 표시된 문을 열었다.

"여기가 우리 홈룸이야."

줄리안이 반쯤 열린 문 앞에 서서 말했다.

"우리 반 담임은 페토사 선생님이야. 애들이 그러는데, 괜찮대, 담임으로는. 그런데 수학 선생님으로 만나면 깐깐하다고 소문이 자자하더라."

샬롯이 말했다.

"아니야. 우리 언니가 작년에 그 선생님 수업을 들었는데, 정말 좋대."

"내가 들은 얘기하고 반대네. 뭐, 어쨌든."

줄리안은 문을 닫고 계속해서 복도를 걸어갔다.

"여기가 과학실이야."

줄리안이 다음 문에 멈춰 섰다. 정확히 조금 전과 똑같이 줄리안은 반쯤 열린 문 앞에 서서 이야기를 시작했다. 말하는 동안 한 번도 나를 바라보지 않았는데, 나도 그 애를 쳐다보지 않았으니 피장파장이었다.

"과학 선생님이 누가 될지는 개학을 해 봐야 알겠지만 홀러 선생님한테 배우면 좋을 거야. 원래 초등학교에 계셨던 분이야. 가끔 수업 중에 커다란 튜바를 연주하기도 하셔."

샬롯이 고쳐 말했다.

"바리톤 호른이었어."

줄리안이 문을 닫으며 말했다.

"튜바였어!"

"야, 직접 볼 수 있게 한번 들어가 보라고 해."

잭 윌이 줄리안을 밀치고 지나가며 과학실 문을 열었다. 줄리안이 나에게 말했다.

"보고 싶으면 들어가 봐."

줄리안이 나를 바라본 건 그때가 처음이었다.

나는 어깨를 으쓱하고는 문으로 다가갔다. 줄리안은 행여 내 몸이 자기 몸에 닿을세라 재빨리 옆으로 비켜섰다.

"별로 볼 건 없어."

줄리안이 나를 따라 들어오며 말했다. 그러면서 과학실 여기저기에 놓인 물건들을 손으로 가리켰다.

"저건 인공 부화기야. 저 커다랗고 검은 건 칠판. 이것들은 책상. 이것들은 의자. 저것들은 버너. 이건 더러운 과학 포스터. 이건 분필. 이건 지우개."

샬롯이 조금은 비아 누나 같은 어투로 말했다.

"지우개가 뭔지는 어거스트도 알아."

"쟤가 뭘 아는지 내가 어떻게 아냐? 교장 선생님이 쟤는 학교에 와 본 적이 한 번도 없다고 하셨잖아."

샬롯이 나에게 물었다.

"너도 지우개가 뭔지는 알지, 그치?"

솔직히 너무 긴장이 돼서 바닥만 내려다볼 뿐 뭐라고 대꾸를 해야 할지, 아니 뭘 어떻게 해야 좋을지 몰랐다.

잭 윌이 물었다.

"야, 너 말 할 줄 알아?"

"응."

내가 고개를 끄덕였다. 나는 여전히 그들 중 누구도 똑바로 바라보지 못했다.

다시 잭 윌이 물었다.

"너 지우개가 뭔지 알지, 그렇지?"

내가 웅얼거리며 대꾸했다.

"당연하지!"

줄리안이 어깨를 으쓱하며 말했다.

"별로 볼 것도 없다니까."

목소리를 떨지 않으려고 안간힘을 쓰며 내가 물었다.

"물어볼 게 하나 있는데…… 어, 정확히 '홈룸'이라는 게 뭐야? 무슨 과목 같은 거야?"

"아니, 그건 그냥 네가 속한 그룹이야."

샬롯은 줄리안이 히죽거리는 걸 무시하고 설명을 계속했다.

"아침에 학교에 오면 네가 가는 곳인데, 담임 선생님이 와서 출석 같은 걸 부르는 데야. 그러니까 네가 속한 반이지만 수업은 아니야. 내 말은, 반이긴 한데……."

잭 윌이 끼어들었다.

"그 정도면 알아들었어, 샬롯."

샬롯이 나한테 물었다.

"이해가 되니?"

"응."

나는 샬롯을 보며 고개를 끄덕였다.

"좋아, 그럼 나가자."

잭 윌이 이렇게 말하며 발길을 돌렸다. 샬롯이 막아섰다.

"잠깐만, 잭, 우리는 질문에 대답을 해 줘야 돼."

잭 윌은 몸을 돌리더니 잠시 눈을 굴렸다.

"더 궁금한 거 있어?"

"음, 아니. 아, 저, 사실은, 있어. 네 이름은 잭이야, 아니면 잭

월이야?"

"잭이야, 월은 내 성이고."

"아, 교장 선생님이 너를 잭 월이라고 소개해서 난⋯⋯."

줄리안이 웃음을 터뜨렸다.

"힐! 너는 쟤 이름이 잭월인 줄 알았구나!"

잭이 어깨를 으쓱하며 말했다.

"맞아, 어떤 사람들은 내 이름을 꼭 성까지 붙여서 불러. 나도 왜 그러는지는 모르겠어. 어쨌든, 그만 갈까?"

샬롯이 과학실 밖으로 안내하며 말했다.

"다음에는 공연장으로 가자. 아주 근사해. 너도 마음에 들 거야, 어거스트."

공연장

2층으로 내려가는 내내 샬롯은 재잘재잘 수다를 멈추지 않았다. 작년에 했던 연극에 대해 시시콜콜 이야기보따리를 풀어놓았는데, 연극 제목은 〈올리버〉였다. 샬롯은 여자인데도 올리버 역을 맡았다고 했다. 그 말을 하면서 샬롯은 커다란 강당으로 통하는 양쪽 문을 밀어 열었다. 강당 반대쪽 끝에 무대가 보였다.

샬롯이 무대로 깡충거리며 뛰어갔다. 줄리안이 그 뒤를 쫓아 달려가더니, 중간쯤에서 몸을 돌렸다.

"빨리 와!"

줄리안이 큰 소리로 외치더니 따라오라며 나에게 손을 흔들었다.

"그날 밤에 이 강당 안에 수백 명은 더 들어왔을 거야!"라고 샬롯이 말했고, 순간 샬롯이 다시 〈올리버〉 이야기를 하고 있다는 걸 깨달았다.

"너무 떨렸어. 나는 대사가 엄청난 데다 부를 노래도 무지하게 많았으니까. 무지, 무지, 무지, 무지 힘들었어!"

나 보고 하는 말이었지만, 샬롯은 나를 잘 바라보지 않았다.

"공연 첫날 밤, 우리 부모님은 강당 맨 뒤쪽에 계셨거든. 지금 잭이 있는 자리쯤. 그런데 조명이 꺼지면 저렇게 뒷자리까지는 보이지가 않아. 그래서 난 이랬지. '엄마 아빠가 어디 계시지? 엄마 아빠가 어디 계시지?' 그랬더니 작년에 연극 담당 선생님이셨던 레스닉 선생님이 이러시지 뭐야. '샬롯, 네가 무슨 슈퍼스타인 줄 알아!' 그래서 내가 이랬지. '알았어요, 그만할게요!' 그런데 바로 그때 엄마 아빠를 발견했고 마음이 편안해졌어. 나는 대사를 단 한 줄도 까먹지 않았어."

샬롯이 이야기를 하는 동안 줄리안이 곁눈질로 나를 계속 힐끔거리고 있다는 걸 알았다. 나를 처음 본 사람들은 흔히들 그렇게 훔쳐본다. 사람들은 내가 모를 줄 알지만 머리 각도만 봐도 안다. 나는 잭이 어디로 갔는지 보려고 몸을 돌렸다. 잭은 따분하다는 듯이 강당 뒤편에서 꼼짝도 하지 않았다.

샬롯이 말했다.

"우리는 해마다 연극을 해."

줄리안이 비아냥거리듯 말했다.

"쟤는 연극에 나가고 싶지 않을 것 같은데, 샬롯."

샬롯이 나를 바라보며 대답했다.

"굳이 배우가 아니더라도 연극에 참가할 방법은 있어. 조명을 맡을 수도 있고, 무대 배경을 그릴 수도 있고."

"아, 맞다, 예에!"

줄리안이 공중에 대고 손가락을 빙빙 돌렸다.

"싫으면 선택 과목으로 꼭 연극을 들을 필요는 없어."

샬롯이 어깨를 으쓱하며 덧붙였다.

"춤이나 합창, 밴드도 있어. 리더십도 있고."

줄리안이 끼어들었다.

"리더십은 범생이들이나 듣는 과목이지."

"줄리안, 너는 너무 얄미워!"

샬롯의 말에 줄리안이 낄낄거렸다.

내가 말했다.

"나는 과학을 선택할 거야."

샬롯이 말했다.

"그거 좋은데!"

줄리안이 나를 똑바로 바라보았다.

"과학이 무슨 소꿉장난인 줄 알아? 모르긴 몰라도 선택 과목 중에서 제일 어려울 거야. 기분 나쁘게 듣지 마. 하지만 넌 한 번도 학교에 다닌 적이 없잖아. 넌 네가 과학을 들을 정도로 순식간에 똑똑해질 거라고 생각해? 과학을 공부해 본 적은 있냐? 진짜 과학 말이야, 실험용 조립품 같은 거 말고."

나는 고개를 끄덕였다.

"있어."

"쟤는 집에서 공부를 했잖아, 줄리안!" 하고 샬롯이 말했다.

줄리안이 어리둥절한 표정으로 되물었다.

"그럼 선생님들이 집으로 왔다는 말이야?"

"아니, 어거스트의 엄마가 가르쳤지!"

"쟤 엄마가 선생님이야?"

샬롯이 나에게 물었다.

"너희 엄마 선생님이셔?"

"아니."

"봐, 쟤 엄마는 진짜 선생님도 아니잖아!"

줄리안이 여봐란듯이 말했다.

"내 말이 바로 그거야. 어떻게 진짜 선생님도 아닌 사람이 과학을 가르킬 수 있냐고?"

샬롯이 나를 바라보며 말했다.

"너는 잘할 거야."

따분해 죽겠다는 목소리로 잭이 나섰다.

"그만 도서관으로 가자."

"네 머리는 왜 그렇게 길어?"

줄리안이 나에게 물었다. 짜증이 가득한 목소리였다.

무어라 대답해야 좋을지 몰라서 그냥 어깨만 으쓱했다.

줄리안이 물었다.

"뭐 하나 물어봐도 돼?"

나는 다시 어깨를 으쓱했다. 방금 나한테 말한 게 물어본 거 아닌가?

"대체 네 얼굴은 왜 그래? 화상이라도 입은 거야 뭐야?"

샬롯이 따졌다.

"줄리안, 너무 무례하잖아!"

"무례하긴 뭐가? 물어보지도 못하냐? 교장 선생님이 우리도 궁금한 게 있으면 물어봐도 된다고 했잖아."

"그런 무례한 질문은 아니지. 게다가 쟤는 원래 그렇게 태어났어. 교장 선생님이 그렇게 말씀하셨잖아. 네가 한 귀로 듣고 한 귀로 흘렸겠지."

"나도 들었어! 혹시 화상도 입은 건가 해서."

잭이 강당 뒤에서 버럭 소리를 질렀다.

"줄리안, 입 닥쳐!"

줄리안이 맞받아쳤다.

"너나 입 닥치시지."

잭이 말했다.

"가자, 어거스트. 그냥 도서관으로 가자."

나는 잭 쪽으로 걸어갔고, 잭을 따라 강당 밖으로 나왔다. 잭은 문을 붙잡고 있다가 내가 옆으로 지나가자, 마주 볼 테면 보라는 식으로 내 얼굴을 똑바로 바라보았다. 나는 잭을 마주 보았다. 별안간 씩 웃음이 나왔다. 나도 잘 모르겠다. 울기 일보 직전이 되면 이상하게 느닷없이 웃음이 터져 나올 때가 있다. 그때가 바로 그런 기분이었나 보다. 나도 모르게 웃음이 나왔고, 하마터면 낄낄거릴 뻔했다. 내 얼굴 생김새 때문에, 나를 잘 모르는 사람들은 내가 웃는 건지 아닌 건지 모를 때가 많다. 내 입은 보통 사람들처럼 입꼬리가 위로 올라가지 않는다. 그냥 입이 옆으로 쭉 벌어질 뿐이다. 그런데 어떻게 알았는지 잭 월은 내가 자신을 보며 웃었다는 것을 알아차렸다. 잭이 나를 보고 마주 웃어 주었다.

줄리안과 샬롯이 오기 전에 잭이 슬쩍 속삭였다.

"줄리안은 바보 자식이야."

잭은 나를 도와주려는 듯 진지하게 덧붙였다.

"그렇지만 너도 할 말은 해야 돼."

나는 줄리안과 샬롯이 가까이 다가오자 고개를 끄덕였다. 잠시 어색한 침묵이 흘렀고, 모두 그저 고개를 까딱이며 바닥만 내려다보았다. 그때 내가 고개를 들어 줄리안을 바라보았다.

"그런데, '가르치는' 게 맞아."

"뭐라는 거야?"

"네가 아까 '가르킨다'고 했잖아."

"내가 언제!"

샬롯이 맞장구를 쳤다.

"맞아, 아까 그랬어. 어떻게 진짜 선생님도 아닌 사람이 과학을 가르킬 수 있냐고 했잖아. 내가 똑똑히 들었어."

줄리안이 우겼다.

"난 절대 안 그랬어."

잭이 끼어들었다.

"그러든지 말든지. 그만 가자."

"그래, 가자."

샬롯이 맞장구를 치며 잭을 따라 다음 층으로 이어지는 복도 계단을 내려갔다. 막 샬롯을 뒤따라가려는데, 줄리안이 느닷없이 내 앞으로 끼어드는 바람에 하마터면 뒤로 굴러떨어질 뻔했다. 줄리안이 사과했다.

"앗, 미안해!"

하지만 나를 바라보는 그 애의 얼굴은 전혀 미안해하는 표정이 아니었다.

대접

교장실로 되돌아갔을 때, 엄마와 교장 선생님이 이야기를 나누고 있었다. 안으로 걸어 들어가자 가르시아 선생님이 먼저 우리를 보고 그 반짝이는 미소를 지어 보였다.

"그래, 어거스트, 어땠니? 보니까 괜찮았어?"

"네."

엄마를 슬쩍 바라보며 고개를 끄덕였다.

잭과 줄리안, 그리고 샬롯은 가야 할지 남아야 할지 몰라서 문가에 그대로 서 있었다. 나를 만나기 전, 세 사람은 나에 대해 또 무슨 말을 들었을까.

엄마가 나에게 물었다.

"병아리 봤니?"

내가 고개를 젓자, 줄리안이 대신 대답했다.

"과학 시간에 보는 병아리 말씀하시는 거예요? 병아리는 학년 말에 농장에 기증해요."

엄마가 실망해서 말했다.

"그렇구나."

줄리안이 덧붙였다.

"하지만 해마다 과학 시간에 새로 병아리를 부화시켜요. 그러니까 봄이 되면 어거스트도 병아리를 볼 수 있을 거예요."

엄마가 나를 바라보며 말했다.

"아, 잘됐구나. 병아리들이 아주 귀엽더구나, 어거스트."

제발 엄마가 다른 사람들 앞에서 아기 대하듯 말 좀 안 했으면 좋겠다.

터시먼 선생님이 말했다.

"그래, 어거스트, 친구들이 학교 구경을 잘 시켜 주던? 혹시 더 보고 싶은 게 있니? 생각해 보니까 깜빡하고 체육관 보여 주라는 말을 안 했구나."

줄리안이 나섰다.

"보여 줬어요, 교장 선생님."

"잘했다!"

샬롯이 말했다.

"그리고 제가 학교 연극하고 선택 과목들에 대해서도 말해 줬어요. 참! 미술실을 깜빡했네!"

"괜찮다."

"지금 보여 주면 돼요."

내가 엄마에게 말했다.

"비아 누나 데리러 가야 하잖아."

그건 어서 이 자리를 벗어나고 싶다고 엄마에게 보내는 신호였다.

"아, 그렇지."

엄마가 자리에서 일어서며 말했다. 엄마는 손목시계를 보는 시늉을 했다.

"모두 죄송해요. 시간 가는 줄도 몰랐네요. 새 학교에 간 딸을 데리러 가야 해서요. 딸도 오늘 학교를 둘러보기로 했거든요."

마지막 말은 거짓말이 아니었다. 누나가 오늘 새 학교를 둘러보기로 했다는 말. 누나를 데리러 가기로 했다는 말은 거짓말이었다. 누나는 나중에 아빠와 함께 집에 올 예정이었다.

터시먼 선생님이 자리에서 일어서며 물었다.

"따님은 무슨 학교에 다니죠?"

"올가을부터 포크너 고등학교에 다니게 됐어요."

"오, 입학하기 쉬운 학교가 아닌데요. 참 잘됐군요!"

엄마가 고개를 끄덕였다.

"고맙습니다. 그렇지만 조금 힘들 거예요. 지하철을 타고 86번가로 가서 다시 버스를 타고 이스트 사이드까지 가야 돼요. 자가용으로 가면 십오 분 거린데, 그렇게 가면 한 시간이나 걸려요."

"고생할 만한 가치가 있을 겁니다. 제가 포크너에 다니는 학생을 두어 명 알고 있는데, 학교를 아주 좋아하더군요."

"우리 진짜 가야 돼, 엄마."

내가 엄마의 핸드백을 잡아당기며 재촉했다.

우리는 서둘러 작별 인사를 했다. 우리가 그렇게 갑자기 가려고 하자, 터시먼 선생님은 조금 놀란 기색이었다. 기분을 상하게 만든 사람은 줄리안인데, 괜히 잭과 샬롯까지 혼나지 않을까 걱정스러운 마음이 들었다.

그래서 가기 전에 터시먼 선생님에게 잊지 않고 인사를 남겼다.

"다들 친절하게 잘해 줬어요."

터시먼 선생님이 내 등을 토닥여 주었다.

"너를 우리 학교 학생으로 받아들이게 돼서 기대가 크단다."

"잘 가."

잭과 샬롯, 그리고 줄리안에게 인사를 했지만 눈길은 주지 않았다. 아니, 나는 학교 건물을 벗어날 때까지 한 번도 고개를 들지 않았다.

집으로

학교 앞 골목을 채 벗어나기도 전에 엄마가 물었다.

"그래…… 어땠니? 괜찮았어?"

"조금 있다가, 엄마, 집에 가서."

집 안으로 들어가자마자, 내 방으로 달려가 침대에 몸을 던졌다. 엄마는 어찌해야 할지 모르는 듯했고, 사실은 나 역시 마찬가지였다. 몹시 우울했지만 동시에 아주 조금은 기쁘기도 했다. 울음과 웃음이 맞부딪치는 감정이 또다시 나를 온통 휘감아 버린 것만 같았다.

우리 집 개, 데이지가 나를 따라 방으로 들어와 내 얼굴을 슬슬 핥았다.

내가 아빠 목소리를 흉내 내며 말했다.

"우리 착한 강아지, 우리 착한 강아지."

엄마가 물었다.

"괜찮니, 아가?"

엄마는 내 옆에 앉고 싶어 했지만 데이지가 침대를 독차지하고 있었다.

"비켜 봐, 데이지."

엄마가 데이지를 옆으로 쿡쿡 밀어내며 침대에 앉았다.

"혹시 애들이 너한테 못되게 굴었니, 어기?"

"아니, 걔네들은 괜찮았어."

절반은 거짓말이었다.

"괜찮기만 했어? 정말 착한 애들이라고 교장 선생님이 엄마한테 일부러 말씀하시더구나."

"응."

나는 고개를 끄덕였지만 데이지에게서 눈을 떼지 않았다. 코에다 입을 맞추고 귀를 살살 문질러 주었더니 데이지가 뒷다리를 흔들며 벅벅 긁어 댔다.

"엄마는 줄리안이라는 애가 특히 더 착해 보이던데."

"아니, 걔가 제일 안 착해. 잭은 마음에 들어. 걔는 착해. 나는 걔 이름이 잭월인 줄 알았는데, 그냥 잭이었어."

"잠깐만, 엄마가 헷갈리고 있나 보구나. 머리를 앞으로 빗고, 검은 머리를 한 애가 누구였지?"

"줄리안."

"그런데 걔가 착하지 않았어?"

"응, 안 착해."

"그렇구나."

엄마는 잠시 생각에 잠겼다.

"그럼 어른들 앞에 있을 때하고 친구들끼리 있을 때 행동이 다른 그런 애니?"

"응, 그런 것 같아."

엄마가 고개를 끄덕이며 대꾸했다.

"어머, 그런 애들 싫은데."

"걔가 이랬어. 그런데, 어거스트, 대체 네 얼굴은 왜 그래? 화상이라도 입은 거야?"

나는 말을 하면서도 계속 데이지만 바라보았다.

엄마는 아무 말이 없었다. 고개를 들어 엄마를 보았을 때, 엄마는 엄청난 충격에 빠져 있었다.

내가 재빨리 덧붙였다.

"걔도 나쁜 뜻으로 말한 건 아니었어. 그냥 물어본 거야."

엄마가 고개를 끄덕였다.

"그래도 잭은 정말 착했어. 걔가 이랬어. '줄리안, 입 닥쳐!' 그리고 샬롯도 이랬어. '넌 너무 무례해, 줄리안!'"

엄마가 다시 고개를 끄덕였다. 엄마는 두통을 억누르려는 듯이 손가락으로 이마를 꾹꾹 눌렀다.

"정말 미안하구나, 어기."

엄마가 가만히 말했다. 엄마의 두 뺨이 새빨개졌다.

"아니야, 괜찮아, 엄마, 정말이야."

"가기 싫으면 학교에 안 가도 돼, 아가."

"가고 싶어."

"어기……."

"정말이야, 엄마, 가고 싶어."

그리고 그건 거짓말이 아니었다.

첫날 공포증

처음으로 학교에 가는 날, 얼마나 긴장을 했는지 배 속에서
나비들이 파닥이는 정도가 아니라 아예 비둘기 떼가 요동치며
돌아다녔다. 사실은 엄마 아빠도 조금 긴장했지만 괜히 떠들썩
하게 다니면서 나와 누나의 사진을 찍어 댔다. 그날은 비아 누
나의 입학식 날이기도 했다.

요 며칠 전까지만 해도 두 분은 내가 학교에 갈지 말지를 놓
고 여전히 의견이 오락가락했다. 내가 학교에 다녀온 뒤로, 엄
마와 아빠는 입장이 정반대로 바뀌었다. 엄마는 이제 학교에
가지 말아야 한다고 주장했고, 반대로 아빠는 학교에 가야 한
다고 맞섰다. 아빠는 내가 줄리안에게 지혜롭게 대처한 일과
갈수록 믿음직한 남자로 커 가는 게 정말로 자랑스럽다며 칭
찬해 주었다. 엄마에게는 이제 생각해 보니 그동안 당신 말이
모두 옳았다고 인정했다. 그런데 오히려 엄마는 자신 없어 하
는 기색이 역력했다. 아빠가 어차피 가는 길이니 오늘은 누나
랑 우리 학교 앞까지 같이 가 보고 싶다고 하자, 엄마는 지원군
이 둘이나 생겨 한결 마음이 놓이는 눈치였다. 나 역시 마찬가

지였다. 학교는 우리 집에서 몇 골목밖에 떨어져 있지 않지만, 그 동네는 기껏해야 서너 번이나 가 봤을까. 사실, 아이들이 우르르 몰려다니는 골목은 되도록 피해 다니려고 하는 편이다. 우리 동네에서는 다들 나를 잘 알고, 나도 동네 사람들을 잘 안다. 벽돌 하나하나, 나무줄기 하나하나, 보도블록 틈새까지 훤히 꿰뚫고 있으니까. 늘 창가를 지키는 그리말디 부인도, 새처럼 휘파람을 불며 골목을 오르락내리락하는 할아버지도, 엄마가 베이글을 사는 단골 모퉁이 빵집도 잘 알고, 나를 '애기'라고 부르며 볼 때마다 막대 사탕을 주는 카페 누나들도 잘 안다. 나는 우리 동네 노스 리버 하이츠가 정말 좋다. 하지만 지금은 익숙한 골목길을 내려가는데 별안간 까닭 없이 모든 게 낯설게 다가오자 묘한 기분이 들었다. 지금까지 백만 번은 가 봤을 에임스포트가가 완전히 다르게 보였다. 거리는 버스를 기다리고 유모차를 모는, 난생처음 보는 사람들로 가득했다.

우리는 에임스포트가를 건너 하이츠 플레이스로 올라갔다. 언제나처럼 비아 누나가 내 옆에서 걸었고, 엄마와 아빠는 우리 뒤에 있었다. 모퉁이를 돌자마자 학교 앞에 모인 아이들이 한눈에 들어왔다. 수백 명의 아이들이 삼삼오오 떼를 지어 수다를 떨며 깔깔거리거나, 아니면 다른 학부형들과 잡담 중인 엄마 아빠 옆을 지켰다. 나는 줄곧 고개를 푹 수그리고 있었다.

누나가 내 귀에 대고 속삭였다.

"다들 너만큼이나 긴장하고 있어. 오늘은 누구한테나 첫날이라는 사실 잊지 마, 알았지?"

교문 앞에서는 터시먼 선생님이 학생들과 부모님들을 반기고 있었다.

지금까지는 무사했다. 빤히 쳐다보는 사람은 물론, 나를 알아보는 사람조차 없었다. 딱 한 번, 고개를 들었을 때 어떤 여자애들이 내 쪽을 보며 입을 가리고 속닥거리는 게 보였지만, 내가 자신들을 알아봤다는 걸 알자 황급히 시선을 돌렸다.

우리는 교문 앞에 다다랐다. 아빠가 내 어깨 위에 양손을 올리며 말했다.

"좋아, 다 왔구나, 아들."

누나는 나를 꼭 안고 입을 맞춰 주었다.

"첫날 즐겁게 보내. 사랑해."

"누나도."

아빠도 나를 꼭 안고 말했다.

"사랑한다, 어기."

"다녀오세요."

마지막으로 엄마가 나를 꼭 끌어안았는데, 금방이라도 울 것 같은 표정이었다. 너무 창피해서 재빨리 엄마를 끌어안고는 몸을 휙 돌려 학교로 들어갔다.

자물쇠

곧바로 3층에 있는 301호로 갔다. 미리 학교를 둘러보기를 잘했다 싶었다. 정확히 어느 길로 가야 할지 잘 알고 있어서 한 번도 고개를 들 필요가 없었다. 이제는 몇몇 아이들이 나를 뚫어지게 쳐다보는 게 확실히 느껴졌다. 나는 내 주특기를 살려 모르는 척 지나갔다.

교실 안으로 들어가니, 아이들이 책상에 앉는 동안 선생님이 칠판에 무언가를 적고 있었다. 책상이 칠판을 향해 반원 모양으로 배치되어 있어서 맨 뒷자리 중에서도 한가운데를 골랐다. 그래야 아이들의 시선을 덜 받을 테니까. 계속 얼굴을 푹 수그리고 있다가 앞머리 밑으로 다른 아이들의 발이 보일 정도로만 살짝 고개를 들었다. 차츰 책상이 차기 시작하자, 나는 아무도 내 옆에 앉으려 하지 않는다는 사실을 깨달았다. 내 옆에 앉으려는 아이가 두어 명 있었지만 마지막 순간에 마음을 바꿔 다른 자리로 옮겨 앉았다.

"안녕, 어거스트."

샬롯이었다. 샬롯은 교실 앞 책상에 앉으며 나에게 살짝 손을 흔들어 주었다. 어떤 애들은 왜 굳이 맨 앞자리를 골라 앉는지 나로서는 도무지 이해가 안 된다.

"어."

고갯짓을 건네며 나도 아는 체를 했다. 그때 샬롯과 몇 자리 떨어진 자리에서 다른 아이들과 잡담을 하고 있는 줄리안이 눈에 띄었다. 나를 본 게 확실했지만 아는 척도 하지 않았다.

갑자기 누가 내 옆자리에 앉았다. 잭 윌이었다. 잭.

잭이 나에게 고갯짓을 하며 말했다.

"잘 있었냐?"

"어, 잭."

나는 손을 흔들며 대꾸했지만 곧바로 후회가 밀려왔다. 괜히 쓸데없는 짓을 했어.

"그래, 얘들아, 좋아요, 모두들! 자리에 앉으세요."

마침내 선생님이 우리를 마주보았다. 칠판에는 '페토사 선생님'이라고 쓰여 있었다.

"모두 빈자리를 찾아 앉으세요. 들어오세요."

선생님이 막 교실로 들어온 학생 두 명에게 말했다.

"저기 자리가 있구나, 또 저기도."

선생님은 아직 나를 발견하지 못했다.

"자, 다들 하던 이야기를 멈추고……."

선생님이 나를 발견했다.

"……가방을 내려놓고 조용히 해 주세요."

멈칫했던 순간은 기껏해야 백만 분의 일 초쯤? 하지만 나는 선생님이 정확히 언제 나를 봤는지 알고도 남았다. 그 방면엔 전문가가 다 됐다.

"먼저 출석을 부르고 좌석표를 만들 거예요."

선생님이 책상 끄트머리에 걸터앉으며 말을 이었다. 선생님 옆에는 물품이 담긴 지퍼 백들이 깔끔하게 세 줄로 정렬되어 있었다.

"이름을 부르면 앞으로 나오세요. 각자 이름이 적힌 지퍼 백을 하나씩 나눠 줄 테니까. 지퍼 백 속에는 여러분의 시간표와 자물쇠가 들어 있는데, 선생님이 말하기 전까지 절대 열어 보면 안 됩니다. 사물함 번호는 시간표에 적혀 있어요. 기억해 두세요, 사물함 몇 개는 교실 밖에 없고 복도 아래쪽에 있습니다. 그리고 미리 말해 두지만 안 됩니다. 사물함이든, 자물쇠든 친구들끼리 마음대로 바꾸면 안 됩니다. 그러니 굳이 물어보는 수고를 할 필요가 없겠죠. 시간이 되면 서로를 좀 더 알아보는 시간을 갖도록 하겠어요, 알겠죠? 좋아요."

선생님이 큰 소리로 출석을 부르기 시작했다.

선생님이 고개를 들며 말했다.

"좋아요, 먼저, 줄리안 알반스?"

줄리안이 한 손을 들며 동시에 "네."라고 대답했다.

"안녕, 줄리안."

선생님은 인사를 하고 좌석표에 표시를 했다. 선생님이 맨 앞줄에 있는 지퍼 백을 집어서 줄리안에게 내밀었다.

"와서 가져가렴."

선생님이 진지한 목소리로 말했다. 줄리안이 자리에서 일어나 지퍼 백을 받아갔다.

"히메나 친?"

선생님은 한 사람 한 사람 아이들의 이름을 호명하며 지퍼 백을 나눠 주었다. 선생님이 명단을 읽어 내려가는 동안, 나는 유일하게 내 옆자리 하나만 비어 있다는 사실을 알아차렸다. 내 자리에서 서너 자리 떨어진 책상에는 둘이 한 자리에 비좁게 끼어 앉아 있었다. 선생님이 그 둘 중 한 명의 이름을 불렀다. 고등학생이라고 해도 믿을 만큼 우람한 덩치를 자랑하는 헨리 조플린이라는 아이였다.

"헨리, 저기에 빈자리가 있구나. 가서 앉지 그러니?"

선생님이 헨리에게 지퍼 백을 건네주며 내 옆에 있는 빈 책상을 손으로 가리켰다. 그 애를 똑바로 바라보지는 않았지만 마치 슬로우 모션처럼 책가방을 질질 끌면서 느릿느릿 다가오는 폼만 봐도 내 옆자리로 오는 게 얼마나 싫은지 단박에 느껴졌다. 헨리는 책상 오른쪽에 책가방을 툭 떨어뜨렸다. 내 책상과 자기 책상 사이에 일종의 높다란 벽을 쌓은 셈이었다.

페토사 선생님이 계속해서 이름을 불렀다.

"마야 마코위츠?"

"네."

내 자리에서 네 책상 정도 떨어진 곳에서 한 여자아이가 대답했다.

"마일즈 누리?"

"네."

헨리 조플린과 함께 앉아 있던 녀석이었다. 마일즈가 자리로 되돌아가며 헨리에게 '가엾은 녀석'이라는 눈길을 던지는 것을 똑똑히 보았다.

"어거스트 풀먼?"

"네."

엉거주춤 한 손을 들며 조그맣게 대답했다.

"안녕, 어거스트."

자물쇠를 받으러 앞으로 나가자, 선생님이 상냥한 웃음을 지으며 인사를 건넸다. 교실 앞에 서 있는 시간은 단 몇 초에 불과했지만, 아이들의 눈길이 얼마나 쏠렸는지 등에 이글이글 불이라도 붙는 듯싶었다. 그러다 내가 자리로 돌아가자, 모두 일시에 눈길을 밑으로 떨어뜨렸다. 자리에 앉았을 때는 다들 자물쇠를 돌리느라 바빴지만 나는 손대지 말라는 선생님의 말씀이 떠올라 꾹 참았다. 예전부터 자전거 자물쇠를 사용해 봐서 자물쇠 여는 정도는 식은 죽 먹기였다.

헨리는 어떻게든 자물쇠를 열어 보겠다고 안간힘을 썼지만 자물쇠는 꿈쩍도 하지 않았다. 헨리는 잔뜩 약이 올라 중얼중얼 욕을 내뱉었다.

페토사 선생님이 다음 몇 사람의 이름을 불렀다. 마지막은 잭월이었다.

잭에게 지퍼 백을 건네준 뒤 선생님이 말했다.

"좋아요, 자, 모두 잊어버리지 않을 만한 안전한 곳에 자신의 비밀번호를 적어 놓도록 하세요, 알겠죠? 학기마다 평균 3.2번은 일어난다는데, 혹시 비밀번호를 잊으면 가르시아 선생님한테 여쭤보면 되니까 너무 걱정할 필요는 없어요. 자, 그럼 지퍼 백에서 자물쇠를 꺼내 열어 보도록 하세요. 벌써 해 본 친구들도 있겠지만."

선생님은 그렇게 말하면서 헨리를 바라보았다.

"그러는 동안 여러분에게 내 얘길 좀 하겠어요. 그다음엔 여러분에 대해 말하는 시간을 갖겠어요. 그럼 서로 조금씩 알게 되겠죠. 괜찮겠죠? 좋아요."

선생님이 모두를 보며 싱긋 웃었다. 왠지 나를 향해 제일 많이 웃어 준 것처럼 느껴졌다. 가르시아 선생님처럼 반짝이는 미소가 아니라 자연스럽게 나오는 평범한 미소였다. 페토사 선생님은 내가 상상한 선생님들과 모습이 많이 달랐다. 나는 선생님들은 죄다 〈지미 뉴트론〉*에 나오는 파울 선생님처럼 머리 위에 커다랗게 쪽머리를 한 할머니 선생님처럼 생긴 줄 알았는 데, 웬걸, 페토사 선생님은 오히려 〈스타워즈〉에 나오는 몬 모 스마랑 꼭 닮았다. 사내아이처럼 짧은 머리에 큼직한 하얀색 셔츠 차림이라니. 선생님은 몸을 돌려 다시 칠판에 무언가를 쓰기 시작했다.

헨리는 여전히 자물쇠와 씨름 중이었고, 자물쇠를 여는 아이 들의 숫자가 늘어날 때마다 점점 더 짜증이 커져 갔다. 게다가 내가 한 번 만에 자물쇠를 열자 완전히 폭발했다. 더 웃긴 건, 우리 사이에 책가방만 올려놓지 않았어도 내가 기꺼이 도와줬 을 거라는 사실이다.

---

*천재 소년 지미 뉴트론과 친구들의 이야기를 그린 미국의 만화 영화.

돌아가며 발표하기

페토사 선생님이 먼저 선생님에 대해 간단히 말해 주었다. 선생님의 고향, 늘 교사 생활을 꿈꾸었던 이야기, 그리고 마침내 꿈을 좇아 육 년 전에 월가의 직업을 버리고 아이들을 가르치게 된 사연까지. 선생님은 질문이 있는 사람은 하라는 말로 이야기를 끝맺었고, 줄리안이 손을 들었다.

"그래…… 줄리안."

선생님은 출석부를 보고서야 줄리안의 이름을 기억해 냈다.

"선생님이 꿈을 좇아 오신 얘기가 멋있었어요."

"고맙구나!"

"별말씀을요."

줄리안이 의기양양하게 미소를 지었다.

"좋아, 그럼 이번에는 네 얘기를 좀 들어 볼까, 줄리안? 그런데 모두 이렇게 해 주었으면 좋겠군요. 먼저 자신에 대해 다른 친구들에게 알리고 싶은 점을 두 가지만 생각해 보세요. 잠깐만, 비처 초등학교 출신이 몇 명이나 되죠?"

절반쯤 되는 아이들이 손을 들었다.

"아, 그럼 이미 서로 아는 친구들도 좀 있겠네. 나머지 사람들은 우리 학교가 처음일 테고, 그렇지? 좋아, 그럼 먼저 친구들에게 이것만은 꼭 알리고 싶다, 하는 것 두 가지만 생각해 보세요. 혹시 서로 잘 아는 친구들이 있다면, 과연 그 친구들이 여러분에 대해 모르는 게 뭐가 있을까 곰곰이 생각해 보도록 하세요. 알겠죠? 좋아요. 그럼 줄리안부터 시작하기로 하고 돌아가면서 발표하도록 할게요."

줄리안은 얼굴을 찌푸리며 정말로 골똘히 생각하고 있다는 듯 이마를 톡톡 쳤다.

페토사 선생님이 말했다.

"좋아, 언제든 준비가 되거든."

"아니에요, 첫째는……."

페토사 선생님이 말을 잘랐다.

"먼저 이름부터 말해 주겠니? 그러면 선생님이 너희들의 이름을 기억하는 데 도움이 될 것 같구나."

"아, 알겠어요. 제 이름은 줄리안입니다. 모두에게 알려 주고 싶은 첫 번째 이야기는…… 최근에 닌텐도 위의 '신비한 전쟁터' 팩을 샀는데 진짜 끝내줍니다. 그리고 두 번째는 올여름에 우리는 탁구대를 샀습니다."

"멋지구나, 선생님도 탁구를 좋아한단다. 줄리안에게 질문 있는 사람?"

마일즈라는 애가 물었다.

"야, 그 팩 다인용이야, 아니면 일인용이야?"

"그런 질문 말고, 좋아. 그럼 다음엔 네가 해 보면 어떨까……."

선생님이 샬롯을 지목했는데, 아마도 샬롯의 책상이 교탁에서 제일 가까웠기 때문일 거다.

"아, 좋아요."

샬롯은 정확히 무슨 말을 하고 싶은지 알고 있다는 듯이 단일 초도 망설이지 않았다.

"제 이름은 샬롯입니다. 언니가 두 명이고, 7월 달에 수키라는 새 강아지가 생겼어요. 동물 보호소에서 데려왔는데 너무너무 귀여워요!"

"정말 잘했구나, 샬롯, 고맙다. 그럼 다음 차례는?"

도살장에 끌려가는 새끼 양처럼

'도살장에 끌려가는 새끼 양처럼: 무언가 좋지 않은 일이 일어날 줄도 모르고 태연히 어딘가로 가는 누군가를 이르는 말.'

어젯밤에 인터넷에서 찾아봤다. 막 그 생각을 하고 있는데, 페토사 선생님이 내 이름을 불렀다. 어느새 내 차례가 되었나 보다.

"내 이름은 어거스트입니다."

역시나 웅얼거리는 목소리였다. 어떤 아이가 물었다.

"뭐라고?"

페토사 선생님이 말했다.

"조금 더 크게 말해 주겠니?"

나는 억지로 고개를 들며 좀 더 큰 소리로 말했다.

"내 이름은 어거스트입니다. 저는…… 비아라는 누나가 한 명 있고, 데이지라는 개가 한 마리 있습니다. 그리고…… 그게 다입니다."

"잘했다. 누구 어거스트에게 질문 있는 사람?"

모두 잠잠했다.

"좋아, 그럼 다음 차례는 너로구나."

페토사 선생님이 잭을 가리켰다.

"잠깐만요, 어거스트한테 질문 있어요."

줄리안이 손을 번쩍 들었다.

"뒷머리에다 땋은 머리는 왜 기르는 거야? 혹시 파다완 머리 같은 거야?"

나는 어깨를 으쓱하며 고개를 끄덕였다.

"응."

페토사 선생님이 나를 보고 싱긋 웃었다.

"파다완 머리가 뭐지?"

줄리안이 끼어들었다.

"〈스타워즈〉에 나오는 거예요. 파다완은 제다이 수련생이에요."

페토사 선생님이 나를 바라보며 물었다.

"어머, 그거 재미있구나. 〈스타워즈〉 팬이니, 어거스트?"

"네."

얼굴을 들지 않고 고개만 끄덕였다. 책상 밑으로 숨고만 싶었다.

줄리안이 물었다.

"그럼 제일 좋아하는 캐릭터가 누구야?"

문득 줄리안이 본디 그렇게 나쁜 녀석은 아닐지도 모른다는
생각이 들었다.

"장고 펫."

"다스 시디어스는 어때? 좋아해?"

페토사 선생님이 유쾌하게 말했다.

"좋아, 얘들아, 〈스타워즈〉 얘기는 쉬는 시간에 하려무나. 그
럼 계속할까? 어디, 네 얘기만 들으면 되겠구나."

선생님이 잭을 가리켰다. 이제 잭이 발표할 차례였지만 잭의
말은 한마디도 귀에 들어오지 않았다. 아무도 다스 시디어스
따위는 신경 쓰지 않았을지 모른다. 줄리안도 별다른 의미 없
이 던진 얘기였을지 모른다. '스타워즈 에피소드 3: 시스의 복
수'에서 다스 시디어스는 손에서 나오는 번개에 맞아 화상을
입고 얼굴이 완전히 망가졌다. 살갗이 죄다 오그라들어서 얼굴
이 통째로 녹아 버리다시피 한 인물이었다.

슬쩍 줄리안을 봤더니 나를 빤히 바라보고 있었다. 그렇다,
그는 자신이 무슨 얘기를 하고 있는지 똑똑히 알고 있었다.

친절을 선택하다

수업이 끝나는 종이 울리자, 여기저기서 분주하게 움직이기 시작하더니 모두 일어나 자리를 떴다. 시간표를 확인했더니 다음은 영어 시간, 321호실이었다. 나는 같은 방향으로 가는 친구가 있는지 알아보기 위해 머뭇거리지 않았다. 서둘러 교실에서 나와 복도를 걸어갔고, 교실을 찾아 최대한 멀찍이 뒷자리에 자리를 잡았다. 키가 훌쩍 크고 노란 턱수염이 난 선생님 한 분이 분필로 무언가를 적고 있었다.

아이들이 웃고 떠들며 하나둘씩 교실로 들어왔지만 나는 고개를 들지 않았다. 우리 반에서 일어난 일이 거의 똑같이 되풀이되었다. 잭 말고는 아무도 내 옆자리에 앉지 않았다. 잭은 다른 반의 아이들과 농담을 주고받았다. 잭은 인기가 많은 것 같았다. 친구가 많았다. 잭이 말을 하면 다들 곧잘 웃었다.

2교시 시작종이 울리자 일순 조용해졌고, 선생님이 몸을 돌려 우리를 마주 보았다. 선생님은 자신을 브라운 선생님이라고 소개한 뒤, 이번 학기에 우리가 배우게 될 내용들에 대해 설명을 시작했다. 그러다 어느 순간, 『시간의 주름』과 『바다의

신*Shen of the Sea*』 중간 즈음일까, 선생님은 나를 알아봤지만 곧바로 하던 말을 계속했다.

선생님이 말씀하시는 내내 공책에 끼적끼적 낙서를 하며 이따금씩 슬쩍슬쩍 다른 학생들의 눈치를 살폈다. 샬롯이 보였다. 줄리안과 헨리도 있었다. 마일즈는 없었다.

브라운 선생님은 칠판에 미리 큼직한 글씨로 이렇게 써 놓았다.

금언!

"좋다, 모두 공책을 펴서 첫 장 맨 위 줄에 이 말을 쓰기 바란다."

시키는 대로 공책에 쓰자, 선생님이 물었다.

"좋다, 그럼 금언이 뭔지 말해 볼 사람? 아는 사람 있나?"

아무도 손을 들지 않았다.

브라운 선생님은 빙그레 웃음을 짓더니 고개를 끄덕였고, 몸을 돌려 다시 칠판에 이렇게 적었다.

금언 : 정말로 중요한 것들에 관한 법칙!

누군가 큰 소리로 물었다.

"이를테면 좌우명처럼요?"

"이를테면 좌우명처럼!"

브라운 선생님이 계속해서 칠판에 글씨를 쓰며 고개를 끄덕였다.

"유명한 인용구도 좋고. 행운의 과자 속에 들어 있는 메시지도 괜찮고. 여러분에게 동기를 부여할 수 있는 그 어떤 격언이나 기본 원칙은 뭐든지. 금언이란, 진정으로 중요한 것들에 대해 어떠한 결정을 내릴 때 우리를 인도하는 데 도움이 되는 그 무언가를 뜻하는 말이다."

선생님은 칠판에 그 모든 말을 적고는 다시 몸을 돌려 우리를 마주보았다.

"그렇다면 '진정으로 중요한' 것들에는 과연 무엇이 있을까?"

서너 명이 손을 들었고, 선생님의 지목에 그들이 대답을 하자, 선생님은 알아보기 힘들 정도로 아무렇게나 휘갈겨 쓴 글씨체로 그것들을 칠판에 적었다.

규칙들. 학교 공부. 숙제.

"그 밖에 또? 생각나는 대로 불러 봐!"

선생님은 부르는 대로 칠판에 적으면서 돌아보지도 않고 물었다.

가족. 부모. 반려동물.

선생님은 아이들이 부르는 말을 하나도 빠짐없이 받아 적었다.

어떤 여자애가 큰 소리로 외쳤다.

"환경!"

환경

선생님은 칠판에 적은 뒤, 이렇게 덧붙여 썼다.

우리가 사는 세상!

"상어요, 바닷속에 있는 사체들을 먹으니까요!"

레이드라는 남자아이의 말을 듣고 브라운 선생님이 그대로 적었다.

상어

"벌이요!", "안전벨트요!", "재활용이요!", "친구요!"

"좋아."라며 선생님은 모조리 칠판에 받아 적었다. 그런 다음 몸을 획 돌려 다시 우리를 마주보았다.

"그런데 정작 이 세상에서 가장 중요한 건 빼먹었군."

우리는 모두 아이디어가 다 떨어져서 선생님만 빤히 바라보았다.

"신?"이라고 한 아이의 말에 칠판에 '신'이라고 적기는 했지만 선생님이 찾던 답은 아닌 듯싶었다. 선생님은 더는 묻지 않고 이렇게 적었다.

우리의 존재!

"우리의 존재."라며 선생님이 두 낱말에 죽죽 밑줄을 그었다.

"우리의 존재! 우리! 알겠나? 우리는 어떤 종류의 사람들인가? 당신은 어떤 종류의 사람인가? 가장 중요한 건 그것이 아닐까? 그것이야말로 항상 스스로에게 묻고 또 물어야 할 질문이 아닐까? '나는 과연 어떤 종류의 사람일까?' 혹시 우리 학교 교문 옆에 붙어 있는 현판 본 사람 있나? 거기에 뭐라고 쓰여 있는지 읽어 본 사람? 없나?"

선생님이 이리저리 둘러보았지만 답을 아는 사람은 아무도 없었다.

"'너 자신을 알라.'"

선생님이 빙그레 웃으며 고개를 끄덕였다.

"우리는 바로 그것을 배우기 위해 이 자리에 모였다."

"저는 영어를 배우러 온 줄 알았는데요."

잭이 농담을 던지자, 모두 깔깔깔 웃음을 터뜨렸다.

"그렇지, 그 말도 맞고!"

브라운 선생님은 흔쾌히 인정했고, 그런 선생님이 정말 멋지게 보였다. 선생님은 돌아서서 큼지막한 정자체로 칠판 가득 이렇게 써 내려갔다.

브라운 선생님의 9월 금언 :

만약 옳음과 친절 가운데 하나를 선택해야 한다면, 친절을 택하라.

선생님이 다시 우리를 마주 보았다.

"좋다, 여러분의 공책에 따로 구역을 마련하고, 그곳을 '브라운 선생님의 금언'이라고 칭하길 바란다."

우리가 시키는 대로 하는 동안에도 선생님은 멈추지 않고 말을 이었다.

"첫 장 맨 위 줄에는 오늘 날짜를 적어라. 지금부터 매월 초마다 그 달에 해당하는 금언을 칠판에 적어 줄 테니까, 공책에 따라 적는다. 앞으로 그 금언과 그것이 의미하는 바를 주제로 토론할 계획이다. 그리고 매달 말까지 그 금언이 여러분에게 무엇을 의미하는지 각자 글로 쓴다. 학년 말이 되면 각자 자신만의 금언 목록을 갖게 되는 셈이지. 한 가지 더, 여름 방학에는 자신만의 금언을 생각해서 엽서로 나에게 보내도록 한다. 어디로 휴가를 떠났건 상관없다."

이름을 모르는 한 여자애가 물었다.

"정말로 엽서를 보내는 애들이 있나요?"

"그럼! 있다마다. 졸업한 뒤에도 새로운 금언이 생각나면 언제든 보내라고 하지. 제법 감동적이란다."

선생님은 잠시 말을 멈추고 턱수염을 매만졌다.

"지금 까마득한 내년 여름을 걱정할 땐가."

선생님이 농담을 건네자, 모두 웃음을 터뜨렸다.

"자, 출석을 부르는 동안 잠시 쉬었다가 올해 우리가 배울 온갖 재미있는 것들에 대해 이야기를 시작하기로 하지, 물론 영어로."

선생님은 마지막 말을 하면서 손으로 잭을 가리켰고, 그게 우스워서 우리 모두는 또다시 깔깔깔 웃음을 터뜨렸다.

브라운 선생님의 9월의 금언을 써 내려가는 동안 왠지 학교를 좋아하게 될 것 같은 느낌이 들었다. 무슨 일이 있을지라도.

점심시간

비아 누나가 중학교 점심시간에 대해 미리 귀띔을 해 줘서 만만치 않을 거라 짐작은 했다. 단지 이렇게 힘들 줄은 몰랐을 뿐이다. 5학년 모든 학급에서 거의 모든 아이들이 학교 식당으로 한꺼번에 우르르 밀려 들어왔고, 서로 자리를 차지하며 시끌벅적 우왕좌왕 몰려다녔다. 급식실 선생님 중 한 분이 자리 맡기는 금지라고 말하는 것 같았지만 나는 그게 무슨 말인지 몰랐다. 서로 친구 자리를 맡느라 바쁜 걸 보니 다른 아이들도 마찬가지였던 모양이다.

막 어떤 식탁에 앉으려는데, 바로 옆자리에 앉아 있던 아이가 막아 세웠다.

"어, 미안하지만 자리 있는데."

하는 수 없이 빈 식탁으로 자리를 옮긴 뒤, 모두 자리를 잡고 급식실 선생님의 지시가 떨어지기만을 기다렸다. 마침내 선생님이 급식실 규칙에 대해 일러 주기 시작했고, 나는 잭 윌을 찾아 주위를 두리번거렸지만 내가 앉은 쪽에서는 보이지 않았다. 선생님이 서너 식탁을 지명하며 식판을 들고 줄을 서라고 부르는 사이에도 아이들은 쉴 새 없이 식당으로 밀려들었다. 줄리안과 헨리, 그리고 마일즈는 식당 뒤쪽 자리에 앉았다.

엄마가 치즈 샌드위치와 연어 통조림, 그리고 주스를 챙겨서 도시락을 싸 주었기 때문에 내가 앉은 식탁이 호명되었지만 줄을 서러 갈 필요가 없었다. 나는 그냥 책가방을 열어 도시락을 꺼내고 천천히 샌드위치를 싼 은박지를 벗겨 냈다.

굳이 고개를 들지 않아도 온통 시선이 나에게 집중되고 있음이 온몸으로 느껴졌다. 다들 옆구리를 쿡쿡 찌르며 흘깃흘깃 곁눈질로 나를 살폈다. 그런 시선쯤은 예사롭게 넘길 정도는 되었다고 생각했는데 착각이었다.

한 식탁에 앉은 여자애들이 줄곧 입을 가리고 속닥이는 폼이 내 얘기를 하는 게 분명해 보였다. 그들의 시선과 수군거림이 그칠 줄 모르고 화살처럼 나에게 꽂혔다.

내가 음식을 먹는 모습은 내가 봐도 싫다. 얼마나 꼴 보기 싫은지 누구보다 잘 안다. 아기였을 때 처음으로 구개열 수술을 받았고, 네 살 때 두 번째 수술을 받았지만 아직도 입천장에 구멍이 남아 있다. 몇 년 전에는 턱 교정 수술까지 받았지만 뭘 먹을 땐 입 앞쪽으로 씹어야 한다. 예전에는 내가 먹는 모습이 어떤지조차 몰랐는데, 언젠가 생일 파티에 갔다가 어떤 애가 우리를 초대한 아줌마한테 가서 내 입에서 음식이 마구 튀어나와서 더러워 죽겠다며 자리를 바꿔 달라고 하는 말을 듣고서야 깨달았다. 일부러 못되게 굴려고 한 건 아니었지만 그 애는 나중에 크게 혼이 났고, 그날 밤에는 그 애 엄마까지 전화를 걸어 사과를 했다. 생일 파티가 끝나고 집으로 오자마자 화장실로 달려가 거울을 보며 크래커를 먹었다. 그 애 말이 맞았다. 혹시 거북이 먹는 모습을 본 적이 있을지 모르겠지만, 난 꼭 거북처럼 먹는다. 선사 시대 늪 속을 헤매던 동물처럼.

여름 식탁

"안녕, 여기 자리 있니?"

고개를 들었더니 처음 보는 여자애가 음식이 가득한 식판을 들고 식탁 맞은편에 서 있었다. 치렁치렁한 갈색의 곱슬머리에 자줏빛 평화의 상징이 그려진 갈색 티셔츠를 입은 애였다.

"어, 아니."

여자애는 식탁에 식판을 놓더니 바닥에 책가방을 털썩 내려놓으며 내 맞은편 자리에 앉았다. 그러더니 식판에 담긴 마카로니 치즈를 먹기 시작했다.

"웩, 나도 너처럼 샌드위치를 싸 올걸."

한입 떠먹고는 여자애가 말했다.

"응."

"내 이름은 서머야. 너는?"

"어거스트."

"그렇구나."

다른 여자애가 식판을 들고 가면서 우리 식탁으로 다가왔다.

"서머! 너 왜 여기에 앉아 있어? 우리 자리로 돌아와."

"거긴 너무 복잡해서 싫어. 여기 앉아. 자리 많아."

그 여자애는 순간 당황스런 표정을 지었다. 나는 그 여자애가 방금 전에 나를 흘긋거렸던 여자애들 중 한 명이라는 사실을 깨달았다. 손으로 입을 가리고 속닥거리던. 서머도 같은 식탁에 있던 여자애들 가운데 한 명이었던 것 같다.

그 여자애가 원래 자리로 가며 대꾸했다.

"난 됐어."

서머는 어깨를 으쓱하고 빙긋 웃으며 나를 바라보더니 마카로니 치즈를 한입 더 먹었다.

서머가 음식을 씹으면서 말했다.

"야, 그런데 우리는 이름이 서로 잘 어울린다."

내가 자기 말을 못 알아들었다는 것을 눈치챘나 보다.

"서머? 어거스트?" 하고 싱긋 웃더니 두 눈을 커다랗게 뜨고 내가 알아듣기를 기다렸다.

순간 멈칫했다가 곧바로 내가 말했다.

"아, 그렇네."

"이 자리를 '여름 전용 식탁'으로 해도 괜찮겠다. 아무나 앉는 게 아니라, 이름이 여름과 관련이 있는 애들만 앉게 하는 거야. 어디 보자, 준June, 6월이나 줄라이July, 7월라는 이름이 있나?"

"마야Maya라는 애가 있어."

"메이May, 5월는 봄이지. 그래도 마야가 꼭 앉고 싶다고 하면 예외를 둘 수도 있지."

서머는 미리 생각해 두었던 얘기인 양 술술 말을 이어갔다.

"참, 줄리안*Julian*도 있어. 줄라이에서 나온 줄리아*Julia*랑 비슷하잖아."

나는 아무런 대꾸도 하지 않았다. 다시 내가 말했다.

"영어 시간에 봤는데, 레이드*Reid*라는 애도 있었어."

"그래, 나도 레이드 알아. 그런데 레이드가 어떻게 여름 이름이야?"

내가 어깨를 으쓱했다.

"나도 몰라. 그냥 갈대밭*reed grass**도 여름이랑 관련이 있는 것 같아서."

"그래, 좋아."

서머가 고개를 끄덕이며 공책 한 권을 꺼냈다.

"그럼 페토사 선생님도 여기에 앉을 수 있겠다. 페토사는 페틀*petal, 꽃잎*과 소리가 비슷하고, 꽃잎도 여름이랑 관련이 있으니까."

"우리 반 담임 선생님이셔."

서머가 얼굴을 찡그렸다.

"나는 수학 선생님인데."

서머가 뒤에서 두 번째 장에다 그 이름들을 죽 적어 내려갔다.

---

* 레이드*Reid*와 우리말로 '갈대'를 뜻하는 리드*Reed*를 연결시킨 것이다.

"또 누가 있지?"

점심시간이 끝날 무렵, 우리는 원한다면 우리 식탁에 앉을 자격이 있는 이름들을 모조리 떠올려 목록을 완성했다. 사실 대부분은 여름 이름이라기에는 억지스러운 면이 많았지만, 어떤 식으로든 여름과 조금씩은 상관이 있었다. 나는 심지어 잭 월의 이름까지 끼워 맞추는 방법을 찾아냈는데, '잭은 해변에 갈 것이다.*Jack will go to the beach.*'처럼 잭의 이름이 여름에 대한 문장으로 바뀔 수 있다는 점을 지적하자, 서머도 고개를 끄덕이며 수긍했다.

서머가 대단히 진지한 목소리로 말했다.

"그런데 만약 여름 이름과 전혀 상관이 없는 애가 우리랑 같이 앉고 싶다고 하면, 착한 애들은 그냥 앉게 해 주자, 괜찮지?"

나는 고개를 끄덕였다.

"좋아. 겨울 이름이라고 해도."

"정말 쿨한 녀석인데."

서머가 나에게 엄지손가락을 추켜올렸다.

서머는 이름 그대로였다. 햇볕에 그을린 까무잡잡한 피부에, 두 눈은 초록빛 잎사귀처럼 푸르렀다.

1에서 10

엄마는 내 기분을 물을 때 항상 1에서 10 중에 몇인지 묻는 버릇이 있다. 예전에 내가 턱 수술을 받은 뒤부터 생긴 버릇인데, 그때는 입을 철사로 동여매 놓아서 아예 말을 할 수조차 없었다. 턱을 조금이라도 일반적으로 보이게 만들려고 내 가슴에서 뼛조각을 하나 가져다가 턱에 삽입하는 수술을 한 터라, 아픈 데가 한두 군데가 아니었다. 여기저기 감아 놓은 붕대 중에 하나를 엄마가 손으로 가리키면 나는 손가락을 들어서 얼마나 아픈지 알려 주었다. 손가락 하나는 조금 아프다는 뜻이었다. 손가락 열 개는 너무, 너무, 너무 아프다는 뜻이었다. 그러면 엄마가 의사 선생님이 회진을 돌 때 어느 부위가 조절이 필요한지 전달해 주곤 했다. 때때로 엄마는 내 마음을 읽는 데 도사가 되었다.

그 뒤로, 우리는 뭐든 아플 때마다 1에서 10으로 정도를 나누는 버릇이 생겼는데, 이를테면 그냥 목이 좀 아프기만 해도 엄마는 "1에서 10 중에?"라고 묻고, 나는 "3." 이렇게 대답하는 식이다.

수업이 끝나자, 엄마를 만나러 밖으로 나갔다. 엄마는 다른 학부모나 보모들과 함께 교문 앞에서 나를 기다리고 있었다. 나를 보자마자 꼭 안아 주고 나서 엄마 입에서 처음으로 나온 말이 바로 그거였다.

"그래, 어땠어? 1에서 10 중에?"

"5."

나는 어깨를 으쓱하며 이렇게 대답했고, 내 말에 엄마는 깜짝 놀란 표정을 지었다.

"우아, 기대 이상인걸."

"누나 데리러 갈 거야?"

"오늘은 미란다네 차 타고 올 거야. 가방 들어 줄까?"

우리는 바글바글한 아이들과 부모들 사이를 뚫고 걸음을 옮겼다. 대부분의 아이들이 나를 알아보고 엄마 아빠나 보모에게 '남몰래' 나를 가리켰다.

"괜찮아."

"너무 무거워 보여, 어기."

엄마가 책가방을 가져가려고 했다.

"엄마!"

나는 도로 가방을 휙 잡아당겼다. 나는 사람들 사이를 뚫고 앞장서서 걸어갔다.

"내일 보자, 어거스트!"

서머였다. 서머는 나와 반대 방향으로 걸어갔다.

"잘 가, 서머."

내가 손을 흔들며 인사했다.

길을 건너고 한적한 길로 들어서자마자 엄마가 물었다.

"누구니?"

"서머."

"같은 반이야?"

"내가 반이 한두 개인 줄 알아?"

"그래, 그럼 같이 수업 듣는 애니?"

"아니."

엄마는 내가 무어라 대꾸해 주기를 기다렸지만 나는 말하고 싶은 기분이 아니었다.

"학교는 괜찮았어?"

엄마는 묻고 싶은 게 산더미처럼 많다는 얼굴이었다.

"모두 친절하게 대해 줬어? 선생님들은 좋았고?"

"응."

"지난주에 만난 애들은? 걔네들은 잘해 줬어?"

"응, 응. 잭하고 많이 다녔어."

"잘됐구나. 줄리안이라는 애는?"

다스 시디어스 사건이 머리를 스쳤다. 지금은 백 년은 지난 듯이 까마득하게 느껴졌다.

"그럭저럭."

"그 금발 여자애, 걔는 이름이 뭐였지?"

"샬롯. 엄마, 다 착하다고 벌써 말했잖아."

"그래."

왜 엄마한테 화가 나는지 솔직히 이유는 모르겠지만, 사실이 그랬다. 에임스포트가를 건너 우리 집이 있는 골목에 이르자, 엄마가 다시 물었다.

"그럼, 수업도 같이 안 듣는데, 서머는 어떻게 만난 거야?"

"점심시간에 같이 앉았어."

나는 보도블록 위에서 양발 사이에 돌멩이 하나를 놓고 축구 공처럼 앞뒤로 툭툭 차며 걸었다.

"착한 것 같더구나."

"응, 착해."

"예쁘게 생겼던데."

"응, 알아. 미녀와 야수지."

나는 엄마의 반응을 기다리지 않았다. 있는 힘껏 돌멩이를 걸 어찬 뒤 힘차게 굴러가는 돌멩이를 쫓아 보도를 내달렸다.

파다완

그날 밤 뒷머리에 짧게 땋은 머리를 싹둑 잘라 버렸다. 제일 먼저 알아차린 사람은 아빠였다.

"잘했다. 안 그래도 그 머리가 늘 거슬렸는데."

누나는 내가 땋은 머리를 잘라 버린 걸 알고 황당해했다. 누나가 따지다시피 물었다.

"몇 년이나 길렀잖아! 도대체 왜 잘랐어?"

"그냥."

"누가 놀렸어?"

"아니."

"크리스토퍼한테 얘기했어?"

"이제는 친구도 아닌데 뭐."

"그렇지 않아. 어쩜 아무렇지도 않게 그 머리를 잘라 버리니?"

누나는 어이없다는 듯이 이렇게 쏘아붙이고는 방문을 쾅 닫고 밖으로 나가 버렸다.

나중에 침대에서 데이지와 뒹굴고 있는데, 아빠가 이불을 덮어 주러 왔다. 아빠는 데이지를 옆으로 살살 밀고 내 옆에 누웠다.

"그래, 오기도기. 오늘 하루 정말로 괜찮았던 거냐?"

'오기도기'라는 강아지가 나오는 옛날 만화를 본 뒤로 아빠는 나를 그렇게 부른다. 네 살 무렵에 아빠가 인터넷에서 사 주었는데, 한동안 둘이서 그 만화를 즐겨 보았다. 특히 병원에서. 아빠는 나를 '오기도기'라고 불렀고, 나는 그 만화에서 강아지가 부르던 대로 아빠를 '사랑하는 우리 아빠'라고 부르곤 했다.

"응, 정말 괜찮았어."

"저녁 내내 조용하더라."

"피곤한 것 같아."

"긴 하루였지, 응?"

나는 고개를 끄덕였다.

"그런데 정말 괜찮았어?"

나는 다시 고개를 끄덕였다. 아빠는 아무런 대꾸도 하지 않았고, 그래서 잠시 뒤 내가 이렇게 덧붙였다.

"사실은 괜찮은 것보다 더 좋았어."

"그랬다니 정말 기쁘구나, 어기."

아빠가 내 이마에 입을 맞추며 다정하게 말했다.

"엄마가 너를 학교에 보내길 잘한 것 같구나."

"응. 하지만 내가 가기 싫으면 안 가도 되는 거지?"

"그래, 그렇게 하자. 그래도 그런 결정을 하려면 학교에 그만 다니고 싶은 이유가 뭔지, 그게 중요할 것 같은데. 엄마 아빠한테 그 이유는 말해 줘야겠지. 네 기분을 얘기하고 꼭 상의를 해야 돼, 혹시 안 좋은 일이 생겨도. 알겠지? 약속한 거다?"

"응."

"그럼 하나 물어봐도 될까? 혹시 엄마한테 화난 거야? 저녁 내내 엄마한테 삐쳐 있는 것 같던데. 어기, 너를 학교에 보낸 책임은 엄마한테만 있는 게 아니야, 아빠한테도 있어."

"아니, 엄마가 더 책임이 커. 애초에 엄마 생각이었잖아."

바로 그때 엄마가 방문을 똑똑 두드리더니 빼꼼 고개를 내밀었다.

"그냥 잘 자라고 인사하려고."

순간 엄마는 좀 쑥스러워하는 것처럼 보였다.

"안녕, 엄마."

아빠가 내 손을 잡아 엄마에게 흔들어 보이며 장난스럽게 말했다.

"땋은 머리를 잘라 버렸다며?"

엄마가 데이지 옆, 침대 끄트머리에 앉으며 물었다.

"별일 아니야."

내가 재빨리 대꾸했다.

"엄마도 별일 아닐 줄 알았어."

아빠가 침대에서 일어나며 엄마에게 말했다.

"오늘은 당신이 여기를 재우지 그래? 나는 좀 할 일이 있어서. 잘 자라, 우리 아들, 우리 아들."

그것 또한 오기도기와 아빠가 늘 나누는 인사의 하나였다. 그렇지만 나는 '안녕히 주무세요, 사랑하는 우리 아빠.'라고 대꾸할 기분이 아니었다.

"네가 정말 자랑스럽구나."

아빠는 이렇게 말하고 침대 밖으로 나갔다.

엄마와 아빠는 항상 번갈아 가며 나를 재워 주었다. 아직도 재워 줘야 잔다는 게 유치하다는 건 잘 알지만, 우리는 늘 그렇게 했다.

엄마가 내 옆에 누우며 아빠에게 말했다.

"비아한테 좀 가 볼래?"

아빠가 방문에서 멈춰 서며 몸을 돌렸다.

"비아한테 무슨 일 있어?"

엄마가 어깨를 으쓱하며 대꾸했다.

"아니. 별일 없다고는 하는데…… 고등학교에 간 첫날이기도 하고."

"음. 너희는 항상 뭔가가 있지, 안 그래?"

아빠가 나를 손가락으로 가리키며 한 눈을 찡긋했다.

"지루할 틈이 없지."라며 엄마가 거들었다.

아빠가 따라 말했다.

"지루할 틈이 없지. 두 사람 다 잘 자."

아빠가 문을 닫자마자 엄마는 지난 이 주일 동안 읽어 주던 책을 꺼냈다. 엄마가 이야기 좀 하자고 할까 봐 내심 겁이 난 데다, 정말 말하고 싶은 기분이 아니었기 때문에 엄마가 책을 꺼내자 마음이 놓였다. 그런데 엄마도 딱히 말하고 싶은 기분은 아니었던 것 같았다. 엄마는 책장을 휘리릭 넘기다가 우리가 마지막으로 읽었던 부분에서 멈추었다. 우리는 『호빗』의 중반부를 읽던 중이었다.

엄마가 큰 소리로 읽었다.

"멈춰! 멈춰!"소린이 외쳤다.

하지만 너무 늦었다. 흥분한 난쟁이들이 이미 마지막 남은 화살들을 모두 다 써 버려서 이제 베오른이 준 활은 하나도 쓸모가 없었다.

그들은 그날 밤 우울했고, 그 뒤 며칠 동안에도 우울함은 그들에게 더욱 깊숙이 파고들었다. 그들은 이미 마법의 개울을 건넜다. 하지만 마법의 개울 너머에 있는 길은 전과 마찬가지로 구불구불 이어져 있었고, 숲속에서 그들은 어떠한 변화도 보지 못했다.

별안간 왜 울음이 터져 나왔을까. 엄마는 책을 내려놓고 두 팔로 나를 감싸 안았다. 엄마는 내가 우는 게 하나도 놀랍지 않은 것 같았다. 엄마가 내 귀에 대고 속삭였다.

"괜찮아. 괜찮을 거야."

내가 코를 훌쩍이며 말했다.

"엄마, 미안해."

엄마가 손등으로 내 눈물을 닦아 주며 달랬다.

"쉿. 엄마한테 미안할 거 하나도 없어……."

"나는 왜 이렇게 못생겼어, 엄마?"

"아냐, 아가. 그렇지 않아……."

"나도 내가 못생긴 거 알아."

엄마가 내 얼굴에 마구 입을 맞추었다. 밑으로 축 처진 내 두 눈에. 주먹으로 쥐어박아 놓은 것처럼 생긴 내 두 뺨에. 그리고 거북 같은 내 입에도.

엄마는 다정한 말로 내 마음을 위로해 주었지만, 그 어떤 말로도 내 얼굴은 바꿀 수가 없다.

9월이 끝나면 나를 깨워 주세요

나머지 9월은 고난의 연속이었다. 아침에 일찍 일어나는 일부터 쉽지 않았다. 숙제라는 개념 자체도 익숙하지 않았다. 그리고 9월 말에 처음으로 시험을 봤다. 집에서 엄마한테 배울 때는 한 번도 시험이라는 걸 본 적이 없었다. 더 이상 여유가 없다는 것도 싫었다. 학교에 다니기 전에는 놀고 싶으면 아무 때나 놀았지만 지금은 학교 때문에 항상 할 일이 넘쳤다.

처음에는 학교에 있는 것 자체가 끔찍했다. 내가 처음 들어가는 반마다 아이들에게는 나를 '똑바로 쳐다보지 않을' 기회가 생겨났다. 공책 뒤에서, 아니면 내가 다른 데를 본다 싶으면 어느 때고 내 쪽을 몰래몰래 흘깃거렸다. 아이들은 우연이라도 나와 몸을 부딪치는 일을 피하기 위해 내 주위에서 최대한 먼 길을 골라 다녔다. 마치 나한테 전염병 균이라도 있다는 듯이, 마치 내 얼굴이 전염이라도 된다는 듯이.

복도는 늘 북적대는 장소라, 미처 내 얘기를 듣지 못해 아무것도 모르는 아이들은 나와 얼굴을 마주칠 때마다 깜짝깜짝 놀라기 일쑤였다. 그런 아이들은 물속에 잠수를 하기 직전 숨을 참을 때처럼 "헉!" 소리를 내뱉곤 했다. 첫 이삼 주 동안에는 하루에도 네다섯 번은 이런 일이 일어났다. 계단에서, 사물함 앞에서, 도서관에서. 전교생이 500명이니 언젠가는 다 보겠지만. 첫 이삼 일이 지난 뒤, 내가 지나가면 한 아이가 옆에 있는 친구를 팔꿈치로 쿡쿡 찌르거나 손으로 입을 가리며 수군대는 모습을 보고 전교에 내 소문이 쫙 퍼졌다는 것을 알았다. 뭐라고 쑥덕댈지는 그저 상상에 맡길 따름이다. 아니, 차라리 상상하지 않는 편이 낫다.

그렇지만 나는 아이들이 나쁜 뜻이 있다고는 생각지 않는다. 대놓고 비웃거나 요란을 떠는 아이는 한 명도 없었다. 그저 어리석기 그지없는 평범한 아이들일 뿐. 나는 그들의 마음을 잘 안다. 그들에게 이렇게 말하고 싶다. 괜찮아. 나도 내가 이상하게 생겼다는 거 알아. 괜찮아, 안 물어. 어느 날 갑자기 〈스타워즈〉의 털북숭이 우키가 학교에 다니기 시작했다 치자. 당연히 호기심이 생길 테고, 당연히 빤히 쳐다보지 않을까? 만약 내가 잭이나 서머와 함께 걷고 있었다면, 모르긴 해도 이렇게 속닥였을 거다. 야, 저기 봐, 우키다! 설령 우키한테 들킨다 해도, 우키는 내가 일부러 못되게 구는 게 아니라는 것을 이해하고도 남을 거다. 우키더러 우키라고 했을 뿐이니까.

우리 반 아이들이 내 얼굴에 익숙해지는 데 일주일 남짓 걸렸다. 이들은 매일 나하고 수업을 같이 듣는 아이들이었다.

우리 학년의 다른 반 아이들이 내 얼굴에 익숙해지는 데는 이 주일이 걸렸다. 이들은 식당과 운동장, 체육 시간과 음악 시간, 도서관과 컴퓨터 시간에 보는 아이들이었다.

나머지 전교생이 내 얼굴에 익숙해지는 데는 한 달 가량이 걸렸다. 모두 다른 학년 학생들이었다. 그들 중 몇몇은 덩치가 컸다. 몇몇은 머리 모양이 희한했다. 몇몇은 코에다 귀걸이를 하고 다녔다. 몇몇은 여드름이 났다. 하지만 나처럼 생긴 사람 은 아무도 없었다.

잭 윌

홈룸 시간, 영어, 역사, 컴퓨터, 음악, 그리고 과학 시간을 잭과 함께 다녔다. 같이 듣는 수업은 빠짐없이 같이 다니는 셈이다. 수업 시간별로 선생님들이 자리를 지정해 주는데, 예외 없이 잭과 짝이 되었다. 그래서 나는 선생님들한테 나를 잭과 함께 앉히라는 지시가 내려왔든지, 그게 아니면 너무나도 신기한 우연의 일치라고 여겼다.

수업을 들으러 갈 때도 잭과 나란히 걸어갔다. 아이들이 빤히 쳐다본다는 걸 잭도 아는 눈치였지만 아무렇지도 않은 척했다. 한번은 역사 수업을 들으러 가는 길이었는데, 덩치가 커다란 8학년 형이 한 번에 두 칸씩 계단을 급하게 내려오다가 우리와 부딪치는 바람에 내가 넘어지는 일이 생겼다. 그 형은 나를 일으켜 주다가 내 얼굴을 보더니 자기도 모르게 "우아!" 하고 탄성을 내질렀다. 그러더니 먼지를 털어 주듯이 내 어깨를 툭툭 치고는 친구들을 쫓아 달려갔다. 잭과 나는 그만 웃음보가 빵 터졌다.

잭이 자리에 앉으며 말했다.

"저 형 얼굴이 지금까지 중에 제일 웃겨!"

"그러게. '우아'가 뭐야!"

"분명해, 오줌을 지렸을걸!"

우리는 어찌나 커다랗게 웃었는지 로체 선생님한테 핀잔을 들어야 했다.

나중에 고대 수메르인들이 해시계를 발명한 이야기를 읽고 나서 잭이 이렇게 속삭였다.

"그런 애들 패 주고 싶은 적 없어?"

나는 어깨를 으쓱했다.

"글쎄, 잘 모르겠어."

"나는 패 주고 싶어. 비밀 물총 같은 걸 구해서 수단 방법을 가리지 않고 네 눈에 다는 거야. 다른 사람들이 너를 빤히 쳐다볼 때마다 얼굴에다 팍팍 뿜어 주면 되잖아."

"초록색 찐득이 같은 걸로."

"아니, 아니, 개똥을 섞은 달팽이 주스로."

나는 전적으로 찬성하며 맞장구를 쳤다.

"바로 그거야!"

로체 선생님이 교실 맞은편에서 주의를 주었다.

"얘들아, 아직 다 안 읽은 친구들도 있다."

우리는 고개를 끄덕이고 책을 내려다보았다. 잭이 다시 이렇게 속삭였다.

"계속 그런 모습으로 살 거야, 어거스트? 성형 수술 같은 거 하면 안 돼?"

나는 씩 웃으며 손으로 얼굴을 가리켰다.

"여보세요, 이게 성형 수술 받은 얼굴이거든요!"

그러자 잭이 손으로 이마를 치며 미친 듯이 웃어 댔다. 그러곤 연신 낄낄거리며 이렇게 대꾸했다.

"야, 너 그 의사 고소해야겠다."

이번에는 나까지 푸하하 폭소가 터졌고, 결국 로체 선생님이 와서 옆에 앉은 아이들과 자리를 바꿔 놓았지만 한번 터진 웃음은 그칠 줄을 몰랐다.

브라운 선생님의 10월 금언

브라운 선생님의 10월의 금언은 이랬다.

우리가 행한 행동이 곧 우리의 묘비이다.

수천 년 전에 죽은 어떤 이집트인의 묘비에 적힌 말이라고 했다. 마침 역사 시간에 고대 이집트를 배우기 시작해서 브라운 선생님은 이번 금언을 적절한 선택이라고 여겼다.

숙제는 10월의 금언에 대한 우리의 생각이나 느낌을 짧은 글로 표현하는 것이었다.

나는 이렇게 썼다.

이 금언은, 우리는 우리가 행한 일들로 기억되어야 한다는 뜻이다. 우리가 행한 일들은 그 무엇보다 중요하다. 우리가 한 말이나 보이는 모습보다 더 중요하다. 우리가 행한 일들은 우리가 죽은 뒤에도 지속된다. 우리가 행한 일들은 영웅이 죽은 뒤 그들을 기리기 위해 사람들이 만드는 묘비와도 같다. 우리가 행한 일들은 파라오를 기리기 위해 이집트인들이 지은 피라미드와도 같다. 돌이 아닌, 당신에 대한 사람들의 기억으로 만들어지는 것이 다를 뿐이다. 우리의 행동은 우리의 묘비라고 하는 데는 그런 이유가 있다. 돌 대신 기억으로 지어진 묘비.

사과

내 생일은 10월 10일이다. 나는 내 생일이 좋다. 10과 10. 정확히 오전, 혹은 오후 10시 10분에 태어났더라면 더 좋았겠지만. 나는 자정을 갓 넘긴 시간에 태어났다. 그래도 난 내 생일이 멋지다고 생각한다.

보통은 집에서 간단하게 생일 파티를 하지만 올해는 엄마한테 성대하게 볼링 파티를 열어 달라고 부탁했다. 엄마는 깜짝 놀라면서도 기뻐했다. 엄마가 우리 반에서 누구를 초대하고 싶은지 물었고, 나는 반 친구 전부와 서머라고 대답했다.

엄마가 말했다.

"그건 너무 많은데, 어기."

"다른 아이들은 초대를 받았는데, 나중에 자기만 빠졌다는 걸 알면 기분 나쁠 수 있으니까 다 초대해야 돼, 안 그래?"

"그래. 그럼 '네 얼굴은 왜 그러냐?'던 그 친구도 초대하고 싶어?"

"응, 줄리안도 초대해도 돼. 세상에, 엄마, 그 얘길 아직도 기억하고 있어? 그냥 잊어버려."

"그래, 네 말이 맞다."

두 주가 지나고, 엄마에게 생일 파티에 오겠다는 사람이 몇 명이나 되는지 확인했다.

"잭 윌과 서머, 레이드 킹슬리. 맥스하고 또 다른 맥스. 그리고 다른 두 명은 시간 봐서 오겠대."

"누가?"

"샬롯의 엄마 말이, 샬롯이 그날 일찍 댄스 발표회가 있긴 한데 되도록 와 보겠다고 했어. 그리고 트리스탄의 엄마는 축구 시합이 끝나는 대로 올 수 있을지도 모른다고 했고."

"그게 다야? 그럼…… 다섯 명인데."

"다섯 명은 넘지, 어기. 다들 선약이 있었나 봐."

우리는 부엌에 있었다. 엄마는 막 직거래 장터에서 사 온 사과를 내가 먹을 수 있게 작게 자르는 중이었다.

"무슨 선약?"

"그거야 엄마도 모르지. 어기, 우리가 이메일 초대장을 좀 늦게 보냈잖니."

"그럼 뭐라고들 했는데? 왜 못 온다고 했는데?"

엄마가 답답하다는 듯이 말했다.

"다들 이유가 달랐어, 어기. 이유가 뭔지는 중요하지 않은 거야. 약속이 있다면 할 수 없는 거지."

"줄리안은 뭐래?"

엄마가 나를 바라보았다.

"글쎄, 유일하게 답장을 보내지 않은 사람이 줄리안의 엄마였거든. 어디 사과가 사과나무에서 멀리 떨어지겠니."

처음엔 별생각 없이 웃었지만, 문득 엄마의 말이 농담이 아님을 깨달았다.

"그게 무슨 말이야?"

"신경 쓰지 마. 사과 먹게 가서 손 씻고 와."

결국 내 생일 파티는 계획보다 훨씬 더 조촐하게 끝났지만 나름대로 훌륭했다. 학교 친구들은 잭, 서머, 레이드, 트리스탄과 두 맥스가 왔고 크리스토퍼도 왔다. 브리지포트에서부터 먼길을 부모님과 함께. 그리고 벤 삼촌도 왔다. 할머니와 할아버지는 겨울 동안 플로리다에 계셔서 못 왔지만, 케이트 이모와 포 이모부는 보스턴에서 차를 몰고 왔다. 파티 끝 무렵에는 어른들까지 모두 모여 우리 옆 레인에서 신나게 볼링을 쳤고, 덕분에 아주 많은 사람들이 내 생일을 축하해 주러 온 것 같은 기분이 들었다.

핼러윈

이튿날 점심시간에 서머가 핼러윈 때 뭘 입을 거냐고 물었다. 나는 작년 핼러윈 때부터 점찍어 둔 게 있어서 고민할 필요가 없었다.

"보바 펫."

"그날은 학교에 핼러윈 복장을 입고 와도 돼, 알지?"

"정말이야? 몰랐어."

"특별히 문제가 있는 복장만 아니라면."

"총이나 그런 거 말이야?"

"그렇지."

"우주 총 같은 건?"

"우주 총도 총인 것 같은데, 어기."

"이런……."

나는 고개를 절레절레 저었다. 보바 펫은 우주 총을 가지고 다닌다.

"그래도 올해부터는 꼭 책 속의 등장인물로 하지 않아도 돼. 초등학교 때는 그게 규칙이었거든. 작년에 나는 『오즈의 마법사』에 나오는 나쁜 서쪽 마녀였어."

"그건 책이 아니라 영화잖아."

"무슨 소리야? 원래 책이 먼저였어! 내가 제일 좋아하는 책 가운데 하나라고. 1학년 때 아빠가 밤마다 읽어 주신 책이야."

서머는 말할 때, 특히 신이 나는 얘기를 할 때면 꼭 태양을 똑 바로 보고 있는 사람처럼 눈을 가늘게 뜬다.

서머랑은 같이 듣는 수업이 영어밖에 없어서 학교에서 서머 를 볼 일이 별로 없다. 하지만 첫날 점심을 같이 먹은 뒤로 우리 는 매일 여름 식탁을 지켰다. 단둘이서만.

내가 서머에게 물었다.

"그래서 너는 뭘 할 거야?"

"아직 모르겠어. 꼭 하고 싶은 게 있긴 한데, 너무 바보처럼 보일 것 같아. 사바나랑 같이 다니는 애들은 아예 핼러윈 복장 을 안 입을 거래. 이제 어린애가 아니라는 거지."

"뭐? 그거야말로 바보 같다."

"그러게."

"너는 그 여자애들이 어떻게 생각하든 신경 쓰지 않는 줄 알 았는데."

서머는 어깨를 으쓱하더니 우유를 한 모금 길게 빨아 마셨다.

내가 씨익 웃으면서 물었다.

"네가 입고 싶다는 그 바보 같은 복장이 뭔데?"

"웃지 않겠다고 약속해."

서머가 눈썹을 추켜올리며 어깨를 으쓱하더니 창피해하며 대답했다.

"유니콘이야."

나는 피식 웃고는 내 샌드위치를 내려다보았다.

"야, 너 웃지 않겠다고 약속했잖아!"라며 서머가 깔깔거렸다.

"미안, 미안. 그런데 네 말이 맞아. 유니콘은 너무 심하다."

"나도 알아! 그래도 얼마나 꼼꼼하게 계획을 세워 놨는데. 혼 웅지로 머리를 만들고, 뿔은 황금빛으로 칠하고, 갈기도 황금빛으로 만들고 기타 등등…… 아, 정말 끝내줄 텐데."

나는 어깨를 으쓱했다.

"그럼 그렇게 해. 다른 사람들이 뭐라든 그게 무슨 상관이야, 안 그래?"

갑자기 서머가 손가락으로 딱 소리를 내며 말했다.

"그냥 유니콘은 핼러윈 퍼레이드 때만 입을까 봐. 학교에는 고딕 소녀로 와야겠다. 그래, 그거야, 그렇게 할래."

내가 고개를 끄덕였다.

"그거 괜찮네."

서머가 킥킥 웃으며 말했다.

"고마워, 어기. 이래서 네가 좋다니까. 너한테는 무슨 말을 해도 마음이 편해."

"진짜?"

나는 고개를 끄덕이며 되묻고는 서머를 향해 엄지손가락을
추켜올리며 이렇게 덧붙였다.

"정말 쿨한 녀석이지?"

학교 사진

10월 22일에 학교 사진을 찍는다. 내가 학교 사진을 찍기 싫다고 하면 놀랄 사람이 있을까. 싫다. 고맙지만 사양한다. 나는 오래 전부터 사진을 찍지 못하게 했다. 사진 공포증이랄까. 아니, 엄밀히 말해서 공포증이 아니다. '혐오증'이다. 얼마 전, 브라운 선생님 시간에 배운 말이다. 나는 사진 찍히는 데 혐오증이 있다. 자, 나는 이렇게 배운 단어를 문장 속에서 활용할 줄안다.

엄마가 내 혐오증을 없애 주려고 어떻게든 해 줄 줄 알았는데, 나 혼자 생각이었다. 가까스로 독사진은 피했지만, 불행히도 학급 사진을 찍을 때는 꼼짝없이 자리를 지켜야 했다. 윽! 사진사는 나를 보자, 막 레몬이라도 씹은 듯한 표정을 지었다. 내가 사진을 망친다고 생각하는 게 분명했다. 더구나 맨 앞줄에 앉았으니. 웃었다 해도 아무도 몰랐겠지만, 나는 웃지 않았다.

치즈 터치

사람들이 차츰 나에게 익숙해지고는 있지만, 아무도 내 몸에 손을 대지 않으려 한다는 사실은 얼마 전에야 알았다. 어차피 중학교에서는 서로 몸을 부딪치며 돌아다닐 일이 없어서 처음에는 그런 줄도 몰랐다. 그런데 지난 목요일 무용 시간이었다. 내가 제일 싫어하는 과목이기도 한데, 그날 아타나비 선생님은 히메나 친과 나를 댄스 파트너로 짝지어 주려고 했다. 얘기만 들었지 지금껏 '공황 발작'을 일으킨 사람을 본 적이 없었는데, 바로 그 순간, 히메나가 공황 발작을 일으켰다. 의심의 여지가 없었다. 온몸을 부들부들 떨고 얼굴이 백지장처럼 하얗게 질리면서 땀을 줄줄 흘리더니, 화장실에 가고 싶다는 어설픈 핑계를 꾸며 냈다. 결국 히메나에게만 파트너를 붙여 주지 않는 선에서 아타나비 선생님은 소동을 마무리 지었다.

그리고 어제 과학 선택 시간에 있었던 일이다. 우리는 미지의 가루로 물질을 산성과 염기성으로 분류하는 재미있는 실험을 했다. 가열 판에다 미지의 가루를 가열한 뒤 관찰하는 실험이라 모두 공책을 들고 가열 판 주위로 모여들었다. 수업을 듣는 아이들은 다 해서 여덟 명이었는데, 가열 판 한쪽에 일곱 명이 다닥다닥 붙어 있고, 나머지 한 명, 바로 나 혼자만 여유롭게 반대쪽을 차지했다. 내 눈엔 상황이 빤히 보였지만, 루빈 선생님만은 모르고 넘어가길 바랐다. 알고도 애들을 가만둘 리는 없을 테니까. 하지만 선생님이 바본가. 당연히 눈치를 챘고, 당연히 애들을 가만두지 않았다.

"애들아, 저쪽에 자리 많잖니. 트리스탄하고 니노, 반대쪽으로 가."

그래서 트리스탄과 니노가 급하게 내 쪽으로 자리를 옮겼다. 트리스탄과 니노는 평소에 나에게 그럭저럭 잘 대해 주는 편이었다. 굳이 나누자면 그렇다. 일부러 어울려 놀 만큼 대단히 친한 편은 아니지만 만나면 아는 척 인사도 하고, 제법 대화도 나누는 그런 정도? 게다가 둘은 내 쪽으로 가라는 말을 듣고도 다른 아이들과 달리 찡그린 표정을 짓지 않았다. 많은 아이들은 내가 안 보는 줄 알고 얼굴을 찡그릴 때가 많다. 아무튼 이럭저럭 무난하게 실험을 진행하고 있는데, 갑자기 트리스탄의 가루가 녹기 시작했다. 트리스탄이 가열 판에서 은박지를 막 떼어 내려는데, 때마침 내 가루도 녹기 시작해서 나도 은박지를 떼어 내려고 손을 뻗었다. 그런데 백 분의 일 초나 됐을까, 어쩌다 보니 내 손이 트리스탄의 손을 살짝 스치고 지나갔다. 기겁을 한 트리스탄이 얼마나 후다닥 손을 뺐는지, 자기 은박지는 물

121

론이고 다른 애들의 은박지까지 몽땅 가열 판에서 떨어뜨리고 말았다.

"트리스탄!" 하고 루빈 선생님이 고함을 질렀다. 하지만 트리스탄은 바닥에 가루가 쏟아졌든 말든, 자신이 실험을 망쳤든 말든 눈곱만큼도 관심이 없었다. 오로지 어떻게든 빨리 개수대로 달려가 손을 씻어야겠다는 생각밖에 없는 것 같았다. 그제야 뭔지 모르지만 나와 몸이 닿으면 안 되는 무언가가 있음을 확실히 깨달았다.

『윔피키드』에 나오는 '치즈 터치'가 떠올랐다. 그 책에서 아이들은 길바닥에 붙은 곰팡이가 핀 오래된 치즈를 만지면 세균에 감염된다며 벌벌 떤다. 우리 학교에서는 내가 바로 그 곰팡이가 핀 오래된 치즈다.

핼러윈 복장

나는 핼러윈 날이 세상에서 제일 좋다. 크리스마스보다 더 좋다. 나는 핼러윈 복장을 입는다. 가면을 쓴다. 다른 모든 아이들처럼 가면으로 얼굴을 가리고 돌아다니니 나를 괴상하게 여기는 사람이 아무도 없다. 돌아보는 사람도 없다. 아무도 나를 알아보지 못한다. 아무도 나를 모른다.

365일이 핼러윈이면 좋겠다. 그러면 누구나 항상 가면을 써도 된다. 그러면 마음껏 돌아다니면서 가면 속의 얼굴을 보기 전에 서로에 대해 알 수 있을 텐데.

어렸을 때 나는 어디를 가든 우주 비행사 헬멧을 쓰고 다녔다. 놀이터에도. 슈퍼마켓에도. 누나를 데리러 학교에 갈 때도. 심지어는 푹푹 찌는 한여름, 얼굴에 땀이 줄줄 흘러도 헬멧을 고집했다. 한 이 년 정도 쓰고 다녔는데, 눈 수술 때문에 하는 수 없이 헬멧을 벗어야 했다. 그때가 일곱 살쯤 됐던 것 같다. 그런데 그 뒤로 헬멧이 감쪽같이 사라져 버렸다. 엄마가 온 사방을 다 뒤졌다. 엄마는 외할머니네 다락방에 두고 온 것 같다며 꼭 찾아보겠다고 약속했지만, 그때는 이미 헬멧 없이 지내는 데 익숙해진 뒤였다.

지금까지 핼러윈 날 찍은 사진은 한 장도 빠짐없이 간직하고 있다. 첫 핼러윈은 호박이었다. 두 번째는 티거였다. 세 번째는 피터 팬이었다(아빠는 후크 선장이었다). 네 번째는 후크 선장 이었다(아빠는 피터 팬이었다). 다섯 번째는 우주 비행사였다. 여섯 번째는 〈스타워즈〉의 오비완 케노비였다. 일곱 번째는 〈스타워즈〉의 병사, 클론 트루퍼였다. 여덟 번째는 다스 베이 더였다. 아홉 번째는 '피 흘리는 스크림'이었다. 해골 모양의 얼 굴에 가짜 피를 줄줄 흘리는 그런 가면 말이다.

올해는 보바 펫을 할 거다. '스타워즈 에피소드 2: 클론의 습 격'에 나오는 꼬마 보바 펫이 아니라, '스타워즈 에피소드 5: 제 국의 역습'에 나오는 어른 보바 펫으로. 분장 가게를 모조리 뒤 졌지만 나한테 맞는 사이즈가 없어서 어쩔 수 없이 장고 펫을 샀고, 엄마가 갑옷을 초록색으로 칠해 주었다. 장고는 보바의 아빠이고 똑같은 갑옷을 입기 때문이다. 엄마는 오래된 듯한 느낌을 살리려고 공을 많이 들였다. 그 결과, 내 갑옷은 진짜처 럼 근사해졌다. 엄마는 핼러윈 복장 꾸미기의 달인이다.

홈룸 시간에는 저마다 핼러윈에 무슨 차림을 할지에 대해 이 야기했다. 샬롯은 『해리 포터』의 헤르미온느라고 했다. 잭은 늑대인간이었다. 줄리안은 장고 펫을 한다고 들었는데, 묘한 우연의 일치였다. 내가 보바 펫이라는 사실을 알면 싫어할 게 분명했다.

핼러윈 날 아침, 누나는 난데없이 울음보가 터졌다. 누나는 늘 차분하고 침착했는데, 이렇게 난리를 친 게 올해 들어서만 벌써 두 번째다. 아빠는 늦었다며 "비아, 가자! 빨리!"하고 계속 재촉해 댔다. 아빠는 웬만한 일에는 조바심을 내지 않는 성격이지만 점점 출근 시간이 다가오자 참지 못하고 자꾸만 큰소리로 다그쳤고, 누나는 더욱 스트레스를 받아서 그치기는커녕 오히려 울음소리만 더 커졌다. 엄마는 아빠더러 나를 학교에 데려다주라고 하고 누나는 엄마가 맡겠다고 했다. 엄마는 잘 다녀오라며 재빨리 나에게 입을 맞춰 주고, 핼러윈 복장을 입기도 전에 누나 방으로 사라져 버렸다.

"어기, 얼른 가자! 아침에 회의가 있어, 지각하면 큰일 나!"

"아직 옷도 다 안 입었단 말이야!"

"그럼 빨리 입어. 오 분 줄게. 밖에서 기다린다."

서둘러 내 방으로 달려가 보바 펫을 입기 시작했지만 갑자기 그 옷을 입고 싶은 마음이 싹 달아났다. 갑작스레 왜 변덕이 났는지 잘 모르겠다. 여기저기 벨트를 해야 하고, 나 혼자 입기에는 무리라서 그랬을까. 아니면 아직 페인트 냄새가 가시지 않아서였는지도 모르겠다. 어쨌든 제대로 갖춰 입으려면 일이 많은데 아빠는 기다리고 있고, 괜히 나 때문에 아빠가 지각이라도 할까 봐 안절부절못해서 그랬는지도 모르겠다. 그래서 마지

125

막 순간에 마음을 바꿔서 작년에 입었던 피 흘리는 스크림으로 갈아입었다. 피 흘리는 스크림은 정말 입기 쉽다. 검은색 긴 가운에 커다란 하얀색 가면만 쓰면 끝이다. 현관에서 다녀오겠다고 큰 소리로 인사를 했지만 엄마는 내 말을 듣지도 못했다.

밖으로 나갔더니 아빠가 물었다.

"어, 장고 펫 아니었나?"

"보바 펫이라니까!"

"어쨌든, 이게 더 나은 것 같구나."

"응, 쓸 만해."

피 흘리는 스크림

그날 아침, 사물함을 향해 복도를 걷는데 기분이 최고였다. 모든 것이 달랐다. 나도 달랐다. 누가 볼세라 피하면서 고개를 푹 수그리고 걷던 길을 오늘은 당당히 고개를 들고 휘휘 주위를 둘러보며 걸었다. 나를 보이고 싶었다. 계단에서 길쭉한 하얀색 해골에 가짜 피를 줄줄 흘리는, 나와 쌍둥이처럼 똑같은 애를 만났는데, 지나가면서 나에게 하이 파이브를 권했다. 나는 걔가 누구인지 몰랐고, 그 애 역시 나를 몰랐을 텐데, 순간 이런 생각이 머리를 스쳤다. 가면 아래에 숨겨진 얼굴이 나라는 사실을 알았다면 과연 나와 하이 파이브를 했을까.

오늘이 내 생애 최고의 날 중에 하루로 기록될 거라는 기대감이 차오를 무렵, 우리 반 교실에 도착했다. 교실에 들어선 순간, 처음 눈에 들어온 복장은 다스 시디어스였다. 본디 모습을 생생하게 재현한 고무 마스크에 큼지막한 검은색 후드하며, 기다랗고 검은 가운까지 진짜와 똑같았다. 보자마자 줄리안이라는 걸 알았다. 내가 보바 펫으로 올 줄 알고 마지막 순간에 마음을 바꾼 게 틀림없다. 줄리안은 미라 둘과 시시덕거리고 있었

127

는데, 보나마나 마일즈와 헨리가 분명했다. 셋은 누군가를 기다리는 사람들처럼 연신 문 쪽을 흘깃거렸다. 그들이 기다리고 있는 건 피 흘리는 스크림이 아니었다. 보바 펫이었다.

늘 앉던 자리로 가려다가 나도 모르게 세 사람 근처로 걸음을 옮겼다. 그들이 수군대는 소리가 귀에 들어왔다.

미라 중에 하나가 말했다.

"정말 개랑 비슷하다."

"특히 여기가 그렇지……."

다스 시디어스의 양쪽 뺨과 눈에 손가락을 갖다 대며 줄리안의 목소리가 대꾸했다.

처음의 미라가 말했다.

"솔직히, 걔 말이야, 그 쪼그라든 머리처럼 생기지 않았냐? 너희 그거 본 적 있어? 아마존 원주민들이 만든 거 있잖아. 걔랑 똑같다니까."

"나는 〈반지의 제왕〉에 나오는 오크족 괴물 같던데."

"아, 맞다!"

줄리안이 킥킥거리며 맞장구를 쳤다.

"야, 내가 개처럼 생겼으면 하느님한테 맹세코, 맨날 얼굴에 모자를 덮어쓰고 다닌다."

그때 두 번째 미라가 진지한 목소리로 말했다.

"많이 생각해 봤는데, 정말로 말이야…… 만약 내가 개처럼 생겼다면, 진짜, 나는 자살할 것 같아."

다스 시디어스가 콧방귀를 뀌었다.

"설마."

"아냐, 진짜야. 매일 거울을 볼 때마다 그런 내 모습을 본다고 생각해 봐. 너무 끔찍할 거야. 게다가 항상 사람들이 빤히 쳐다보고."

다스 시디어스가 의아하다는 듯 물었다.

"그러면서 왜 개랑 그렇게 어울려 다니는데?"

"그냥. 학기 초에 교장 선생님 부탁도 있었고, 선생님들한테도 나를 개랑 앉히라고 죄다 얘기해 놨나 봐."

그러면서 그 미라는 어깨를 으쓱했다. 나는 그 어깻짓을 잘 안다. 그 목소리도 잘 안다. 그 자리에서 당장 교실을 박차고 나가고 싶었다. 하지만 나는 꼼짝 않고 서서 잭 윌이 하는 말을 끝까지 들었다.

"뭐가 문제냐면, 개는 맨날 나를 졸졸 따라다니잖아. 어떻게 하면 좋지?"

줄리안이 말했다.

"그냥 따돌려 버려."

잭이 뭐라고 대꾸했는지는 모르겠다. 아무도 모르게 슬그머니 교실에서 빠져나왔으니까. 도로 계단을 내려오는데 얼굴이 불에 덴 듯이 화끈거렸다. 가운 밑으로 땀이 줄줄 흘러내렸다.

울음이 터져 나왔다. 참을 수가 없었다. 굵은 눈물방울에 가려 앞이 보이지 않을 지경이었지만 가면 때문에 눈물을 닦지도 못했다. 쥐구멍이라도 찾고 싶었다. 내 몸을 숨길 수 있는 구멍이 필요하다. 나를 완전히 삼켜 버릴 작고 검은 구멍이.

별명

생쥐 소년. 변종. 괴물. 프레디 크루거. 이티. 구토 유발자. 도마뱀 얼굴. 돌연변이. 다 내 별명이다. 아이들이 얼마나 악랄무쌍할 수 있는지 놀이터에서 겪을 만큼 겪어 봤다. 알다마다. 알다마다. 알다마다.

결국 2층 화장실로 들어갔다. 1교시가 시작된 직후라서 화장실은 텅 비어 있었다. 화장실 문을 잠그고 가면을 벗은 뒤 하염없이 울고 또 울었다. 그런 다음 보건실로 가서 배가 아프다고 말했다. 그건 거짓말이 아니었다. 발로 세게 걷어차인 것처럼 배가 몹시 아팠으니까. 보건 선생님이 엄마한테 전화를 하고 나서 나를 선생님 책상 옆 소파에 눕혔다. 십오 분 뒤에 엄마가 도착했다.

"세상에."

엄마가 다가와 나를 안아 주었다.

"엄마."

엄마가 아무 말도 묻지 않기를 바랐다.

열이 있나 보려고 자연스럽게 이마에 손을 얹으며 엄마가 물었다.

"배 아프니?"

보건 선생님이 아주 상냥한 눈길로 나를 바라보며 말했다.

"토할 것 같대요."

내가 조그맣게 말했다.

"머리도 아파."

"뭘 잘못 먹었나."

엄마가 걱정스런 표정을 지었다.

"요새 배탈 나는 애들이 많아요."

"이런."

엄마가 고개를 젓는데, 눈썹이 위로 추켜 올라갔다. 엄마가
나를 일으켜 주었다.

"택시를 부를까, 아니면 집까지 걸어갈 수 있겠니?"

"걸어갈 수 있어."

"장하구나."

보건 선생님이 내 등을 어루만지며 우리를 문까지 배웅해 주
었다.

"토하기 시작하거나 열이 나면 병원에 가 보세요."

"네. 신경 써 주셔서 고맙습니다."

엄마는 선생님과 악수를 나누었다.

"천만에요."

선생님이 턱밑을 붙잡아 내 얼굴을 살짝 들어 올리며 나에게 당부했다.

"몸조리 잘해, 알겠지?"

고개를 끄덕이고는 "고맙습니다."라고 웅얼거렸다. 집으로 오는 내내 엄마와 어깨를 꼭 감싸 안고 걸었다. 학교에서 있었던 일은 엄마한테 입도 뻥긋 안 했다. 나중에 엄마가 사탕 받으러 나갈 수 있겠냐고 물었을 때도 싫다며 거절했다. 내가 사탕 받으러 다니는 걸 얼마나 좋아하는지 누구보다 잘 아는 터라 엄마는 걱정이 이만저만이 아니었다.

엄마가 아빠와 전화하는 소리가 들렸다.

"······사탕 받으러 나갈 기운도 없대······ 아니, 열은 하나도 없어······ 내일도 계속 그러면 그렇게 할게······ 글쎄 말이야, 가엾은 녀석······ 여기가 핼러윈을 놓치다니·······."

나는 그 이튿날에도 학교에 가지 않았고, 마침 그날은 금요일이었다. 덕분에 일요일까지 생각을 정리할 시간이 생겼다. 학교로 돌아가는 일 따위는 결코 없을 거다.

제2부

비아 VIA

이 세상 높은 곳에서

지구는 푸르게만 보이고

내가 할 수 있는 일이란 아무것도 없다.

- 데이비드 보위, 〈우주의 괴짜Space Oddity〉 중에서

은하계 여행

어거스트는 태양이다. 엄마와 아빠, 그리고 나는 태양의 궤도를 도는 행성들이다. 나머지 우리 친척들과 친구들은 태양의 궤도를 도는 행성 주위를 떠다니는 소행성과 혜성들이다. 태양인 어거스트의 궤도를 돌지 않는 유일한 천체는 애완견인 데이지뿐이다. 데이지처럼 작은 개의 눈에는 어거스트의 얼굴이 다른 인간의 얼굴과 별반 다르지 않게 보이기 때문이다. 데이지에게 우리의 얼굴은 모두 달처럼 평평하고 희미한 닮은꼴일 뿐이다.

나는 이 은하계의 움직임에 익숙해져 있다. 그것이 내 인생의 전부였기 때문에 한 번도 껄끄럽게 여겨 본 적이 없다. 나는 늘 어거스트는 특별하며 특별한 도움이 필요한 아이임을 이해했다. 한창 떠들썩하게 놀다가도 어거스트가 낮잠을 자려고 하면 다른 놀이로 바꿔야 했지만 나는 그걸 당연하게 받아들였다. 어거스트는 수술이 끝나고 휴식이 필요했거나 여러 가지 이유로 몸이 약한 데다 늘 아팠기 때문이다. 내가 축구 하는 모습을 엄마 아빠한테 자랑하고 싶어도 열에 아홉은 포기해야 했다. 언어 치료나 물리 치료, 혹은 새로운 전문의와 상담을 하거나 수술을 한다며 어거스트를 실어 나르느라 두 분은 늘 바빴으니까.

엄마 아빠는 항상 나를 세상에서 가장 마음이 넓은 꼬마 소녀라고 칭찬해 주었다. 난 그저 내 입장에선 지금 이 정도도 감지덕지라는 사실을 깨달았을 따름이다. 수술실에서 나온 어거스트를 본 게 한두 번이 아니다. 퉁퉁 부어 붕대로 둘둘 감아 놓은 그 조그만 얼굴, 생명이 꺼질세라 작은 몸에 꽂아 놓은 온갖 링거 바늘과 튜브들까지. 그렇게 힘든 일을 겪고 있는 누군가를 보고 나면, 사 달라는 장난감을 사 주지 않았다거나 엄마가 학교 연극에 오지 못했다고 투덜대는 게 오히려 미친 짓처럼 느껴진다. 이미 여섯 살 때 알았다. 아무도 말해 주지 않았다. 그냥 나 혼자 깨달았다.

그래서 나는 불평하지 않는 데 익숙해졌고, 사소한 일로 엄마 아빠를 귀찮게 하지 않는 데 익숙해졌다. 혼자 힘으로 무언가를 알아내는 데 익숙해졌다. 장난감을 조립하는 방법, 깜빡하고 친구의 생일 파티에 못 가는 일이 생기지 않게 하루하루를 계획하고 준비하는 방법, 뒤처지지 않고 학교 공부를 잘 해내는 방법까지. 난 단 한 번도 숙제를 도와 달라고 부탁해 본 적이 없다. 학교 프로젝트의 마감일이나 시험공부를 챙겨 줄 필요도 전혀 없었다. 잘 몰라서 헤매는 과목이 생기면 집에 와서 스스로 깨우칠 때까지 공부하곤 했다. 나는 혼자 인터넷으로 분수를 소수로 바꾸는 법을 깨우쳤다. 거의 모든 학교 프로젝트를 혼자 힘으로 해냈다. 엄마나 아빠가 학교생활이 어떠냐고 물으면 항상 "좋아."라고 대답했다. 별로 좋지 않을 때조차. 내 최악의 날, 최악의 상태, 최악의 두통, 최악의 상처, 최악의 경련, 누가 봐도 최악인 고약한 일도 어거스트가 겪는 일 앞에서는 상대조차 되지 않았다. 내가 대단한 사람이라서가 아니라, 그냥 저절로 알게 된다.

나에게 있어서는, 우리만의 작은 우주에서는 늘 그랬다. 그런데 올해 이 우주에 변화가 찾아오는 것 같다. 은하계가 변화하고 있다. 행성들이 제 위치를 벗어나고 있다.

어거스트가 태어나기 전

어거스트가 내 삶 속으로 들어오기 전은 기억이 없다. 아기 적 내 사진을 보면, 엄마 아빠가 나를 안고 함박웃음을 짓고 있다. 사진 속의 엄마 아빠는 얼마나 젊어 보이는지. 아빠는 신세대 청년 같고, 엄마는 어여쁜 멋쟁이 브라질 아가씨다. 세 살이 되던 생일 때 찍은 사진도 한 장 있다. 내 바로 뒤에 아빠가 보이고, 엄마는 초 세 개에 불을 붙인 케이크를 들고 서 있다. 우리 세 식구 뒤로는 할머니 할아버지, 외할머니, 벤 삼촌, 케이트 이모와 포 이모부도 보인다. 모두의 시선이 나를 향해 있고, 나는 케이크를 바라보고 있다. 그 사진만 봐도 내가 첫 아이, 첫 손녀, 첫 조카라는 게 한눈에 보인다. 그때 내 기분이 어땠는지 기억날 리가 없다. 하지만 사진 속에서는 고스란히 다 보인다.

병원에서 집으로 어거스트를 데려온 그날은 기억에 없다. 처음 어거스트를 봤을 때 내가 무슨 말을 했고 무슨 행동을 했고 어떤 기분을 느꼈는지 나는 아무 기억도 없지만, 식구들마다 이야기가 다 다르다. 아무튼 분명한 건 내가 아무 말 없이 어거스트를 빤히 바라보더니 한참 만에 나온 첫마디가 이랬다고 한

139

다. "릴리처럼 안 생겼어!" 엄마가 어거스트를 가졌을 때, 누나가 되는 연습을 하라고 외할머니가 나에게 선물해 준 인형이 바로 릴리였다. 진짜 사람처럼 생긴 인형이었는데, 몇 달 동안 어딜 가든 꼭 데리고 다니며 기저귀를 갈아 주고 우유 먹이는 시늉을 했다고 한다. 심지어는 내가 포대기까지 만들어 주었다나. 어거스트에 대한 첫 반응 이후, 겨우 몇 분(외할머니에 따르면), 아니 며칠(엄마에 따르면) 만에 나는 어거스트에게 흠뻑 빠져서 입을 맞추고, 껴안고, 종알종알 수다를 그치지 않았다고 한다. 그때부터는 릴리를 만지며 노는 일도, 릴리 애기를 꺼내는 일도 부쩍 줄어들었다고 했다.

어거스트를 보는 눈

나는 다른 사람들이 보는 식으로 절대 어거스트를 보지 않았다. 평범한 얼굴이 아니라는 것은 나도 잘 알지만, 어거스트를 보고 사람들이 왜 그렇게 충격을 받는지 도무지 이해가 되지 않았다. 진저리를 치고, 역겨워하고, 겁을 집어먹고. 사람들의 얼굴에 나타난 표정을 설명할 수 있는 말은 그 밖에도 무수히 많다. 오랫동안 나는 이해하지 못했다. 그냥 화가 났다. 빤히 쳐다보는 사람들에게 화가 났다. 눈길을 돌리는 사람들에게 화가 치밀었다. 뭘 빤히 쳐다보냐고 사람들에게 쏘아붙였다. 어른들에게도.

그러다 열한 살 무렵, 어거스트가 턱에 대수술을 받는 한 달동안, 몬타우크에 사는 외할머니 댁에 머물게 되었다. 태어나서 그렇게 오랫동안 집을 떠나 있는 건 그때가 처음이었는데, 나를 그토록 분노케 했던 그 모든 것들로부터 자유로워지니 솔직히 말해서 정말 홀가분했다. 할머니와 같이 장을 보러 시내에 나가도 아무도 우리를 빤히 쳐다보지 않았다. 아무도 우리를 손가락질하지 않았다. 알아보는 사람조차 없었다.

할머니는 손주라면 아까운 게 없는 분이었다. 아무리 좋은 옷을 입고 있어도, 내가 졸라 대면 할머니는 기꺼이 바다로 달려 들어갔다. 화장품을 가지고 놀아도 내버려 두었고, 할머니 얼굴에 대고 화장을 연습해도 흔쾌히 얼굴을 맡겼다. 아직 저녁을 먹기 전이라도 할머니는 나를 데리고 아이스크림을 먹으러 갔다. 집 앞 보도 위에 분필로 말을 그려 주시기도 했다. 어느 날 밤, 시내에서 집으로 돌아오는 길에 할머니랑 죽을 때까지 같이 살면 좋겠다고 어리광을 부렸다. 정말 행복했다. 그때가 내 인생에서 가장 행복한 시절이었던 것 같다.

한 달이 지나고 집으로 돌아오는데, 처음에는 굉장히 어색했다. 현관을 지나 걸어가던 장면, 어거스트가 반가워하며 달려 나오던 장면이 지금도 머릿속에 생생하다. 그런데 그 짧은 순간, 나는 지금까지와는 달리 다른 사람들이 어거스트를 보는 바로 그 시선으로 어거스트를 바라보고 있었다. 내가 돌아온 게 너무 좋아서 나를 끌어안고 좋아하는 어거스트의 모습에서, 아주 짧은 순간이긴 했지만, 예전처럼 어거스트를 보고 있지 않다는 생각에 그만 깜짝 놀라고 말았다. 잠깐이나마 그런 생각을 한 내 자신에게 화가 치밀어 올랐다. 스스로에게 그런 분노를 느낀 것도 그때가 처음이었다. 어거스트는 온 마음으로 나에게 입을 맞추는데, 나는 어거스트의 턱 밑으로 줄줄 흘러 내리는 침밖에 보이지 않았다. 그리고 순간, 빤히 쳐다보거나 얼굴을 돌려 버리는 다른 사람들과 똑같이, 나도 그렇게 서 있었다. 진저리를 치고, 역겨워하고, 겁을 집어먹은 채로.

다행히도 그런 감정은 순간에 불과했다. 꺽꺽거리는 어거스트 특유의 작은 웃음소리를 듣는 순간, 그 모든 감정이 싹 사라졌다. 모든 것이 제자리를 되찾았다. 하지만 그 일은 나에게 문을 하나 열어 놓았다. 남몰래 들여다보는 작은 구멍 하나를. 구멍 반대편에는 두 모습의 어거스트가 있다. 아무런 편견 없이 내가 보던 어거스트와 다른 사람들이 보는 어거스트.

온 세상을 통틀어 이런 내 마음을 털어놓을 수 있는 사람은 오직 한 사람, 외할머니뿐이었지만 말하지 못했다. 전화로는 그 마음을 설명하기가 무척 어려웠다. 추수 감사절에 할머니가 오시면 꼭 말해야겠다고 마음속으로 생각했다. 하지만 몬타우크에서 할머니와 함께 지낸 지 겨우 두 달 뒤, 사랑하는 할머니는 세상을 떠났다. 청천벽력 같은 소식이었다. 속이 메스껍다며 병원에서 검진까지 받았는데. 엄마는 나를 태우고 황급히 차를 몰았지만 차로 세 시간이나 걸리는 거리였고, 병원에 도착했을 때 할머니는 이미 세상을 떠난 뒤였다. 심장 마비라고 했다. 그렇게 황망하게 할머니는 우리 곁을 떠났다.

어제까지만 해도 분명히 세상에 있었는데 오늘은 없다니 너무도 이상했다. 할머니는 어디로 가셨을까? 다시 할머니를 만날 날이 올까? 그건 그냥 동화 속 얘기일 뿐일까?

영화나 드라마에서 보면 병원에서 나쁜 소식을 접하는 장면이 자주 나오지만, 우리 식구들은 어거스트를 데리고 그렇게 병원을 많이 다녔어도 항상 좋은 결과만 접했다. 할머니가 돌아가신 그날, 무엇보다 엄마의 모습이 가장 기억에 많이 남는다. 엄마는 바닥에 털썩 주저앉아 한 대 얻어맞기라도 한 사람처럼 배를 부여잡고 온몸을 들썩이며 한없이 흐느꼈다. 그런 엄마의 모습은 난생처음이었다. 엄마가 그런 소리를 내는 것도 처음 들었다. 어거스트와 함께 그 모든 수술을 겪으면서도 엄마는 늘 꿋꿋했다.

몬타우크에서 보낸 마지막 날, 할머니와 나는 바닷가에서 해가 지는 광경을 지켜보았다. 처음에는 가져온 담요를 바닥에 깔고 앉았다가 점점 바람이 쌀쌀해져서, 나중에는 둘이서 꼭 부둥켜안고 담요를 어깨에 두른 채 바다 위로 태양이 한 줄기 은빛 광선으로 남을 때까지 도란도란 이야기를 나누었다. 그때 할머니는 나에게 한 가지 비밀을 털어놓았다. 나를 이 세상 그 누구보다 사랑한다는.

나는 이렇게 물었다.

"어거스트보다 더요?"

할머니는 빙그레 웃고는 뭐라고 말할까 곰곰이 생각하는 듯이 내 머리를 부드럽게 쓰다듬어 주었다.

"할머니는 어기를 아주, 아주 많이 사랑한단다. 하지만 어기한테는 이미 지켜 주는 천사들이 많잖니. 그러니까 내가 널 지켜 주고 있다는 사실을 꼭 알아주었으면 좋겠구나, 알겠지? 사랑한다, 비아, 너는 내 착한 손녀야, 그리고 이것도 알아주었으면 좋겠구나. 넌 나의……."

할머니는 바다를 내다보며 양손을 쭉 폈다. 마치 손으로 구불구불한 파도를 쫙 펴려는 것처럼.

"넌 나의 모든 것이란다. 내 말 알겠지, 비아?"

나는 할머니의 말을 이해했다. 할머니가 왜 비밀이라고 했는지도 잘 알았다. 할머니들은 원래 특별히 누구를 편애하면 안 되는 법이다. 그건 누구나 안다. 하지만 할머니가 돌아가신 뒤 나는 그 비밀에 의지했고, 그 비밀을 담요처럼 내 몸에 두르고 살았다.

엿보기 구멍으로 본 어거스트

어거스트의 눈은 원래 있어야 할 자리보다 2.5센티미터가량 밑으로 처져서 거의 볼 중간쯤에 내려와 있다. 더구나 심하게 아래로 기울어져서 마치 누군가가 얼굴에 대각선으로 가느다랗게 줄을 그어 놓은 것처럼 생긴 데다, 왼쪽 눈은 오른쪽 눈보다 눈에 띄게 밑으로 처져 있다. 또 눈구멍이 얕아서 눈을 잘 받쳐 주지 못하기 때문에 두 눈이 바깥쪽으로 툭 불거져 있다. 위쪽 눈꺼풀은 당장에라도 잠이 들 것처럼 늘 반쯤 감겨 있다. 아래쪽 눈꺼풀은 너무 많이 처져서 투명 실이 눈꺼풀을 아래로 잡아당기고 있는 것처럼 보일 정도다. 그래서 마치 눈이 반쯤 뒤집힌 것처럼 눈 안쪽의 붉은 살까지 다 보인다. 어거스트는 눈썹이나 속눈썹이 없다. 코는 얼굴에 비해 어울리지 않게 크고 살이 많다. 머리는 원래 귀가 있어야 할 부분이 안으로 집혀서, 펜치로 얼굴의 중간 부분을 찌그러뜨려 놓은 것 같다. 어거스트는 광대뼈도 없다. 코에서 입을 따라 양쪽으로 주름이 깊게 패여 있어서 밀랍 같은 느낌을 준다. 가끔 화상을 입은 게 아닌가 의심하는 사람들도 있는데, 양초를 따라 흘러내리는 촛농처럼 얼굴이 녹아내리는 듯이 보이는 것도 사실이다. 구개열을 고치려고 서너 번 수술을 한 탓에 입가에 흉터가 몇 개 남았는데, 윗입술 중앙에서 코까지 이어지는 움푹 팬 날카로운 자국이 가장 눈에 띈다. 윗니는 작고 바깥쪽으로 비스듬히 벌어져 있다. 위턱이 심하게 앞으로 튀어나와서 앞니가 돌출되어 있고, 턱뼈는 굉장히 작다. 어거스트는 턱이 아주 작다. 아주 어렸을 때, 엉덩이 뼈 일부를 아래턱에 이식하는 수술을 받기 전까지는 아예 턱이 없었다. 그때는 혀를 받쳐 주는 게 아무것도 없어서 혀가 그냥 입 밖에 매달려 있었다. 감사하게도 지금은 많이 나아졌다. 최소한 먹을 수는 있다. 더 어렸을 때는 몸에 삽입한 관을 통해서 음식을 섭취했다. 그리고 말도 할 수 있다. 서너해가 걸리긴 했지만 혀를 입 밖으로 내밀지 않는 법도 배웠다. 목까지 줄줄 흘러내리곤 하던 침을 조절하는 법도 배웠다. 이 모든 것은 기적으로 여겨졌다. 어거스트가 아기 적에는 얼마 못 살 거라고 생각하는 의사들이 태반이었다.

어거스트는 들을 수도 있다. 선천적 기형을 지니고 태어난 아이들은 대부분 귀에 문제가 있어서 청력을 잃는 경우가 많지만 어거스트는 꽃양배추처럼 생긴 작은 귀로 그럭저럭 잘 듣는다. 하지만 의사들은 결국 어거스트도 보청기가 필요하게 될 거라고 했다. 어거스트는 보청기를 끔찍하게 싫어한다. 보청기를 끼면 눈에 확 띌 거라며, 어거스트가 지닌 숱한 문제들에 비하면 보청기는 새발의 피다. 물론 직접 그런 말을 한 적은 없다. 본인이 더 잘 알 테니까.

그런데 다시 생각해 보면, 어거스트가 뭘 알고 뭘 모르는지, 뭘 이해하고 뭘 이해하지 못하는지 난 정말 모르겠다.

어거스트는 다른 사람들이 자신을 어떻게 보는지 알고 있을까, 아니면 모르는 척하는 데 이골이 난 걸까? 아니, 신경이 쓰이기는 하는 걸까? 거울을 보면 엄마와 아빠가 보는 어기의 모습이 보일까, 아니면 다른 모든 이들의 눈에 비친 모습이 보일까? 혹시 기형이 된 머리와 얼굴 뒤편으로 자신의 상상 속 누군가인, 또 다른 어거스트가 보이는 건 아닐까? 나는 외할머니를 볼 때면, 할머니의 쭈글쭈글한 주름살 아래로 한때는 그랬을 어여쁜 소녀의 모습이 보이곤 했다. 혹시 어거스트도 단 하나의 유전자가 자신의 얼굴에 일으킨 재앙만 없었다면 남들과 같았을 자신의 모습이 보이는 건 아닐까? 이런 얘기를 어거스트와 자연스럽게 나눌 수 있다면 좋으련만. 어거스트의 속마음을 알고 싶다. 수술을 받기 전에는 어거스트의 마음을 읽기가 쉬웠다. 눈을 가늘게 뜨면 기분이 좋다는 뜻이었다. 입 모양이 일자가 되면 장난기가 발동했다는 뜻이었다. 뺨이 부들부들 떨리면 울기 직전이라는 뜻이었다. 지금은 예전보다 겉모습이 한결 나아졌지만, 그 바람에 어거스트의 기분을 판단하던 기준들도 사라져 버렸다. 물론 새로운 기준들이 생겨났다. 엄마와 아빠는 하나도 놓치지 않고 어거스트의 마음을 읽는다. 하지만 나는 따라잡기가 버겁다. 솔직히 마음 한편에서는 내가 왜? 라는 생각이 들 때가 있다. 어거스트는 왜 남들처럼 그냥 말로 자기 기분을 표현하지 못하는 걸까? 예전처럼 입안에 기관 절개관이 있는 것도 아니다. 철사로 턱을 꽁꽁 묶어 놓은 것도 아니다. 어거스트는 열 살이다. 충분히 말로 의사 표현이 가능하다. 그런데 우리는 아직도 어거스트를 아기 취급하며 주위를 빙빙 맴돈다. 어거스트의 기분과 변덕과 요구에 따라 계획을 변경하고, 대안을 만들고, 대화를 중단하고, 약속을 어그러뜨린다. 어거스트가 어렸을 때는 상관없었다. 하지만 어거스트는 이제 어른이 될 필요가 있다. 우리는 어거스트가 자라도록 놔두고, 도와주고, 또 그렇게 만들어 줄 필요가 있다. 내 생각은 이렇다. 우리 모두는 그동안 어거스트가 스스로를 평범하다고 생각하게 하려고 너무 많은 시간을 쏟았고, 실제로 어거스트는 자신이 평범하다고 생각한다. 바로 그게 문제다. 어거스트는 평범하지 않다.

고등학교

중학교에 가서 가장 좋은 점은 집과 떨어져 있고, 집과는 다르다는 거였다. 학교에서는 집에서 부르는 이름인 비아가 아닌, 올리비아 풀먼이 될 수 있었다. 초등학교 때는 다들 나를 비아라고 불렀다. 그때는 우리를 모르는 사람이 없었다. 학교가 끝나면 늘 엄마가 나를 데리러 왔는데, 어거스트도 유모차를 타고 따라왔다. 어기를 봐 줄 만한 사람이 많지 않아서 엄마와 아빠는 학예회와 연주회, 경연 대회는 물론, 자선 빵 판매 행사나 도서전과 같은 온갖 학교 행사에 어기를 꼭 데리고 왔다. 친구들은 어기를 알았다. 친구 부모님들도 어기를 알았다. 선생님들도 어기를 알았다. 수위 아저씨도 어기를 알았다("안녕, 잘지냈니, 어기?" 하고 수위 아저씨는 늘 반갑게 인사를 건네며 하이 파이브를 나누었다). 어거스트는 우리 학교의 터줏대감이나 마찬가지였다.

하지만 중학교에서는 사정이 달랐다. 옛 친구들이야 당연히 알았지만 새로 사귄 친구들은 어거스트를 몰랐다. 아니, 안다고 해도 일 순위는 아니었다. 두 번째나 세 번째쯤. "올리비아?

맞아, 걔 착하더라. 그런데 동생이 기형이라며?" 나는 항상 그 단어가 싫었지만 사람들이 여기를 그렇게 설명한다는 걸 잘 알고 있었다. 그리고 그런 종류의 대화가 내 뒤에서 틈만 나면 오고 간다는 사실도. 파티에서 내가 잠깐 자리를 비웠을 때, 혹은 피자 가게에서 우연히 친구들과 만났을 때. 그런 건 괜찮다. 나는 앞으로도 쭉 선천적 기형을 지닌 아이의 누나로 살 테니까. 그건 문제가 아니다. 단지 모두에게 항상 그런 사람으로 규정되고 싶지 않을 뿐이다.

고등학교에 올라와서 제일 좋은 점은 나에 대해 아는 사람이 아주 드물다는 거다. 물론 미란다와 엘라는 예외다. 하지만 그 둘은 그런 말을 떠들고 다녀서는 안 된다는 것쯤은 아는 애들이다.

미란다와 엘라와 나는 초등학교 1학년 때부터 알고 지내는 죽마고우다. 우리 셋은 서로 이러쿵저러쿵 설명할 필요가 없어서 좋다. 내가 비아 말고 올리비아라고 불러 줬으면 좋겠다고 결정하자, 두 사람은 아무런 설명도 요구하지 않고 흔쾌히 받아들였다.

두 사람은 어거스트가 아기였을 때부터 친하게 지냈다. 어렸을 때 우리는 여기에게 옷을 입히며 노는 게 취미였다. 우리 셋은 여자용 깃털 목도리와 커다란 모자, 그리고 우리가 즐겨 보던 시트콤의 주인공인 한나 몬타나 가발로 여기를 잔뜩 꾸며 주곤 했다. 어기도 그 놀이를 좋아했고, 우리는 어기가 그 나름 대로 아주 귀엽다고 여겼다. 엘라는 어기를 보면 이티ET가 생각난다고 했다. 물론 못된 마음으로 한 말은 아니었다(아주 조금은 그런 마음이 있었는지도). 실제로 영화 속에서도 드류 베리모어가 이티에게 금발의 가발을 씌워 주는 장면이 나오는데, 우리의 마일리 사이러스 가발을 쓴 어기와 완전 판박이나 다름 없었다.

중학교를 다니는 내내 우리 셋은 어딜 가든 꼭 붙어 다녔다. 최고 인기 그룹과 보통 인기 그룹의 중간쯤이랄까. 아주 똑똑한 편도 아니고, 운동광도 아니고, 부자도 아니고, 마약도 하지 않고, 못되게 굴지도 않고, 착한 척하지도 않고, 왕가슴도 아니고, 납작가슴도 아닌. 비슷한 점이 많아서 친하게 된 건지, 아니면 친하다 보니 여러모로 비슷하게 된 건지 잘 모르겠다. 세 사람 모두 포크너 고등학교로 입학이 결정되자, 우리는 뛸 듯이 기뻐했다. 셋 다 입학 허가가 났다는 건 하늘의 별 따기나 마찬가지였다. 더구나 우리 중학교에서는 우리 셋밖에 없었으니 오죽할까. 우편으로 입학 허가서가 날아온 그날, 셋이서 전화로 얼마나 소리를 질러 댔는지 지금도 생생하다.

그렇게 시작된 고등학교 생활이라서 요즘 우리 세 사람 사이에 대체 무슨 일이 벌어지고 있는 건지 더더욱 이해가 되지 않는다. 내가 생각한 고등학교 생활과는 하늘과 땅 차이였다.

톰 소령

우리 셋 중에 어거스트를 제일 살뜰히 챙겨 준 사람은 미란 다였다. 언제나 어거스트를 꼭 안아 주고, 엘라와 내가 다른 놀이를 하려고 자리를 옮긴 뒤에도 끝까지 남아서 어거스트와 오랫동안 같이 놀아 주곤 했다. 우리가 더 컸을 때에도 미란다는 항상 어거스트를 우리 대화에 끼워 주려고 했고, 어거스트의 안부를 잊지 않았으며, 〈아바타〉나 〈스타워즈〉처럼 어거스트가 좋아하는 것들에 대해 함께 이야기를 나누려고 노력했다. 어기에게 우주 비행사 헬멧을 준 사람도 바로 미란다였다. 어기는 다섯 살인가 여섯 살 때 거의 매일 그 헬멧을 쓰고 다녔다. 미란다는 어기를 '톰 소령'이라고 불렀고, 어기와 함께 데이비드 보위의 〈우주의 괴짜〉를 부르곤 했다. 그것은 두 사람만의 작은 즐거움이었다. 두 사람은 가사를 모두 외워서 아이팟에 쩌렁쩌렁하게 틀어 놓고 큰 소리로 따라 불렀다.

원래 미란다는 여름 캠프에서 돌아오면 제일 먼저 우리한테 전화를 하는데, 때가 돼도 아무런 소식이 없어서 웬일인가 싶었다. 문자를 보내 봤지만 답장도 없었다. 이제는 청소년 지도

자 자격이 있으니까 캠프가 더 길어지나 보다 짐작할 뿐이었다. 혹시 멋진 남자애를 만났을지도.

그러다가 페이스북에서 미란다가 돌아온 지 벌써 두 주나 지났다는 사실을 알고 메신저로 연락을 했고, 잠깐 채팅을 하긴 했지만 미란다는 그동안 전화를 하지 않은 까닭에 대해선 입을 다물었다. 그래서 정말 이상하다 싶었다. 그래도 미란다가 원래 좀 괴짜인 구석이 있어서 그냥 대수롭지 않게 넘겼다. 우리는 시내에서 만나기로 했지만 주말 동안 할머니 할아버지 댁에 가야 해서 하는 수 없이 약속을 취소했다.

결국 입학 첫날이 되어서야 미란다와 엘라를 만났다. 그런데 정말이지 난 엄청난 충격을 받았다. 미란다는 달라도 너무 달라져 있었다. 머리를 아주 귀여운 단발머리로 자르고 연분홍색으로 물들인 데다 줄무늬 튜브탑 차림이었는데, 첫째, 등교용 복장이라기에는 너무 과하다 싶었고, 둘째, 그런 차림은 평소 미란다의 스타일과 거리가 멀었다. 옷차림에 관해서는 상당히 보수적인 편인 미란다가 분홍 머리에 튜브탑이라니. 달라진 것은 겉모습뿐이 아니었다. 하는 행동도 달랐다. 상냥하지 않은 건 아니었다. 평소처럼 상냥하긴 했지만 그저 흔한 친구 사이처럼 뭔지 모를 거리감이 느껴졌다. 그거야말로 세상에서 가장 이상한 일이었다.

점심시간이 되자, 언제나처럼 셋이 함께 앉긴 했지만 분위기는 썰렁했다. 말은 안 해도 방학 동안 나만 빼고 둘이서 만났던 게 틀림없다. 애써 태연한 척했지만 얼굴이 화끈거렸고, 나도 모르게 자꾸만 억지웃음이 나왔다. 엘라 역시 미란다만큼은 아니지만 평소 스타일과는 많이 달랐다. 고등학교에 와서 새로운 이미지를 만들기 위해 사전에 의견이 오간 것 같은 분위기였지만 그동안 나한테는 한마디 말도 없었다. 솔직히 지금까지보통 십 대들의 쩨쩨함보다는 내가 한 수 위라고 자부했는데, 점심을 먹는 내내 목이 콱 막히는 것 같았다. 수업종이 울리고, "나중에 보자."라고 인사를 건네는 내 목소리가 떨리고 있었다.

방과 후

"오늘 우리 엄마 차 타고 간다며?"

8교시, 미란다의 얘기다. 미란다는 막 내 바로 뒷자리에 앉았다. 어젯밤에 엄마가 미란다네 집에 전화해서 태워다 달라고 부탁한 걸 깜빡 잊고 있었다.

"그럴 필요 없어. 엄마가 데리러 오신대."

나도 모르게 그 말이 툭 튀어나왔다.

"어기 데리러 가신다는 것 같던데."

"나중에 태우러 온대. 방금 문자 왔어. 괜찮아."

"아, 그래."

"아무튼 고마워."

새빨간 거짓말이었지만 도저히 새로운 미란다와 같은 차에 앉아 있을 기분이 아니었다. 학교가 끝나자 미란다네 엄마와 마주칠까 봐 재빨리 화장실로 몸을 숨겼다. 삼십 분 뒤, 학교 밖으로 걸어 나와 세 골목을 걸어 버스 정류장까지 가서 센트럴 파크 웨스트로 가는 M86 버스에 올라탔고, 다시 지하철로 바꿔 타고 집으로 왔다.

"어머나, 왔구나!"

현관문으로 들어서자마자 엄마가 나를 반겼다.

"첫날인데 어땠어? 지금쯤 어디에 있을까 막 궁금해 하던 참이었는데."

"피자 먹으러 갔었어."

거짓말이 어쩌나 술술 나오던지 말해 놓고 깜짝 놀랐다.

"미란다는 같이 안 왔어?"

엄마는 미란다가 보이지 않자 놀란 눈치였다.

"곧바로 집으로 갔어. 숙제가 많거든."

"첫날부터?"

"응, 첫날부터!"

내가 느닷없이 큰 소리로 대꾸하자, 엄마는 화들짝 놀랐다. 하지만 엄마가 더 무어라 말을 꺼내기도 전에 내가 선수를 쳤다.

"학교는 좋았어. 정말 크더라. 애들도 좋은 것 같아."

엄마가 궁금할 만한 건 미리 다 말해 줘서 괜히 이것저것 물어볼 필요가 없게 만들 요량이었다.

"어기는 뭐래?"

엄마는 잠시 멈칫했다. 방금 전 내가 엄마한테 딱딱거릴 때부터 치뜬 눈 그대로였다.

"괜찮았어."

숨을 돌리기라도 하는 듯이 엄마가 천천히 대꾸했다.

"괜찮다니 무슨 뜻이야? 좋았다는 거야, 나빴다는 거야?"

"좋았대."

"그런데 왜 엄마는 좋지 않다고 생각하는 건데?"

"좋지 않다고는 안 했어! 세상에, 비아, 너 왜 그러니?"

"아무것도 아니야, 그냥 안 물은 걸로 해."

이렇게 말하고 잽싸게 어기의 방으로 들어가 쾅 하고 문을 닫아 버렸다. 어거스트는 게임에 빠져서 고개를 들지도 않았다. 비디오 게임만 하면 어거스트가 좀비처럼 되는 게 정말 싫었다.

"학교는 어땠어?"

어거스트 옆에 앉으려고 데이지를 옆으로 쓱 밀면서 내가 물었다.

"좋았어."

여전히 눈은 화면에서 떨어질 줄 몰랐다.

"어기, 너한테 말하고 있잖아!"

어거스트의 손에서 게임기를 획 잡아당겼다.

"누나!"

어거스트가 화를 내며 외쳤다.

"학교는 어땠냐고?"

"좋았다고 했잖아!"

어거스트가 내 손에서 도로 게임기를 확 잡아채며 맞받아쳤

158

다.

"다들 잘해 줬어?"

"그래!"

"못되게 군 사람은 없고?"

어거스트가 게임기를 탁 내려놓더니 세상에서 가장 멍청한 질문이라는 얼굴로 나를 올려다보았다.

"사람들이 왜 못되게 굴어야 하는데?"

어거스트가 그렇게 빈정대는 투로 말하는 걸 태어나서 처음 들었다. 어거스트에게는 아예 그런 마음이 없는 줄만 알았다.

파다완이 전사하다

그날 밤 무슨 이유로 어기가 파다완 머리를 잘랐고, 나는 또 왜 그렇게 화가 치밀었는지 나도 잘 모르겠다. 그동안 어기가 스타워즈와 관련된 거라면 뭐든지 집착하는 걸 괴상하게 여겼고, 뒷머리에 땋은 머리를 기르는 것도 너무 싫었다. 그렇지만 그 머리를 기르는 데 투자한 엄청난 시간하며, 구슬 장식 하나도 심사숙고 끝에 고르는 등, 파다완 머리에 대한 어기의 자부심은 대단했다. 제일 친한 친구인 크리스토퍼와 만날 때마다 광선 검과 스타워즈 장난감을 가지고 놀더니 둘 다 동시에 땋은 머리를 기르기 시작했다. 그날 밤, 어거스트가 아무 설명 없이, 더구나 나한테 말 한마디 없이(그래서 더욱 놀라웠다), 아니 심지어는 크리스토퍼에게 전화 한 통 없이 그 머리를 싹둑 잘라 버리자, 나도 모르게 불쑥 화가 치밀어 올랐다.

언젠가 어기가 화장실 거울을 보며 머리를 빗질하는 모습을 본 적이 있다. 어기는 머리카락 한 올 한 올 꼼꼼하게 빗질하길 좋아한다. 마치 자신의 얼굴을 다른 차원으로 변화시킬 수 있는 마법의 각도라도 있는 양 고개를 갸웃거리며 거울을 쳐다본다.

저녁 식사 후에 엄마가 방문을 두드렸다. 녹초가 다 된 얼굴이었다. 엄마 역시 나와 어기 사이에서 힘든 하루를 보냈음을 깨달았다.

"무슨 일인지 말해 줄래?"

"지금 말고, 나중에."

나는 책을 읽는 중이었다. 피곤했다. 나중이라면 미란다에 대해 털어놓고 싶은 마음이 생길지 모르겠지만 지금은 아니었다.

"자기 전에 다시 올게."

엄마가 나에게 다가와 머리에 입을 맞춰 주었다.

"오늘 밤에 데이지랑 같이 자도 돼?"

"그럼. 이따가 엄마가 데리고 올게."

"꼭 와야 돼."

"약속할게."

그날 밤 엄마는 오지 않았다. 대신 아빠가 왔다. 어기가 오늘 힘든 첫날을 보내서 엄마가 다독여 주고 있다고. 아빠는 오늘 하루가 어땠느냐고 물었고, 나는 좋았다고 대답했다. 아빠가 속일 생각 말라며 고개를 저어서 결국 미란다와 엘라 얘기를 털어놓았다(혼자서 지하철을 타고 온 얘기는 하지 않았다). 아빠는 세상 그 무엇도 우정을 시험하지는 못하고, 그건 고등학교도 마찬가지라며 위로해 주더니, 이내 내가 『전쟁과 평화』를 읽는 걸 보며 놀려 대기 시작했다. 물론, 정말로 놀리는 건 아니었다. 사람들에게 아빠가 '톨스토이를 읽는 열다섯 살 난 딸'이 있다고 자랑하는 말을 들은 적이 있다. 하지만 아빠는 내가 『전쟁과 평화』를 읽고 있으면 전쟁 부분인지 평화 부분인지, 그리고 혹시 나폴레옹이 힙합 댄서였던 시절이 나와 있냐며 나를 골려 대길 좋아했다. 말도 안 되는 얘기지만, 아빠는 천연덕스럽게 남을 웃기는 재주가 있다. 때로는 울적한 기분을 푸는 데는 웃음만 한 보약이 없다.

"엄마한테 화내지 마."

아빠가 입맞춤을 해 주려고 허리를 숙이며 말했다.

"엄마가 여기를 얼마나 걱정하는지 너도 잘 알잖아."

"알아."

"불 켜둘까, 끌까? 시간이 너무 늦은 것 같은데."

아빠가 전원 스위치 옆에서 잠시 멈춰 서서 물었다.

"먼저 데이지 좀 데려다주면 안 돼?"

잠시 뒤, 아빠가 데이지를 팔에 대롱대롱 매달고 돌아와 내 옆에 내려놓았다.

"잘 자라, 우리 딸."

아빠가 내 이마에 입을 맞추었다.

"잘 자라, 녀석. 좋은 꿈 꾸고."

아빠는 데이지의 이마에도 입을 맞춰 주었다.

문가의 유령

언젠가 목이 말라서 한밤중에 잠에서 깼는데, 어기의 방 밖에 엄마가 서 있는 게 보였다. 손은 문고리에 대고, 이마는 살짝 열린 문에 기댄 채였다. 들어가려는 것도 나오려는 것도 아니었다. 그냥 잠든 어기의 숨소리를 듣는 양 문밖에 가만히 서 있었다. 복도의 불은 다 꺼져 있었다. 어거스트 방에서 나오는 푸른 취침 등 불빛만 엄마를 비추고 있을 뿐이었다. 우두커니 서 있는 모습이 꼭 유령처럼 보였다. 아니 천사 같다고 해야 할까. 엄마를 방해하지 않고 도로 내 방으로 들어가려고 했지만 인기척을 느낀 엄마가 나에게 다가왔다.

"어기는 괜찮아?"

어기는 자면서 몸을 뒤집다가 자기 침에 숨이 막혀서 깰 때가 종종 있었다.

"음, 괜찮아."

엄마가 나에게 팔을 둘렀다. 엄마는 나를 내 방까지 데려다주고 이불을 덮어 준 다음, 잘 자라고 입을 맞춰 주었다. 어기의 방 밖에서 뭘 하고 있었는지 엄마는 말해 주지 않았고, 나도 문지 않았다.

　엄마는 얼마나 많은 밤을 그렇게 서 있었을까. 문득 궁금해진
다. 과연 내 방 앞에서도 엄마가 그렇게 서 있던 적이 있었을까.

아침 식사

"오늘 학교 끝나고 데리러 올 수 있어?"

이튿날 아침, 베이글에 치즈를 바르며 내가 물었다.

어거스트가 식탁에 앉아 오트밀을 먹는 동안 엄마는 어거스트의 도시락(어기가 먹기 좋을 만큼 부드럽게 만든 통밀빵 토스트에 치즈를 얹어서)을 만들고 있었다. 아빠는 출근 준비를 하는 중이었다. 고등학생이 된 뒤로 등교 방법을 바꾸어서 아빠랑 같이 지하철을 타기로 했다. 그 말은 곧, 아빠가 평소보다 출근 시간을 십오 분 앞당겨야 한다는 뜻이었다. 내가 먼저 내리고, 아빠는 계속 타고 가면 된다. 방과 후에는 엄마가 차로 데리러 오기로 했다.

"미란다네 집에 전화해서 오늘도 신세 좀 질 수 있나 물어보려던 참인데."

나는 재빨리 반대하고 나섰다.

"싫어, 엄마! 엄마가 데리러 와. 아니면 그냥 지하철 탈래."

"아직은 너 혼자 지하철 타는 거 엄마가 싫어하는 거 알잖아."

"엄마, 나 열다섯 살이야. 내 또래 아이들은 다 혼자서 지하철

165

타고 다녀!"

"비아 혼자 지하철 타고 집으로 와도 돼."

아빠가 넥타이를 고쳐 매며 부엌으로 들어왔다.

"그냥 미란다네 차 타고 오면 되잖아."

"비아도 다 컸어. 혼자서 타도 돼."

엄마가 우리 두 사람을 바라보았다.

"무슨 일 있는 거야?"

엄마는 딱히 누구를 지목해서 묻지 않았다.

"내 방에 왔으면 알았겠지. 약속해 놓고."

내가 밉살스럽게 툴툴거렸다.

"참, 내 정신 좀 봐."

엄마는 어젯밤에 나를 완전히 버려 둔 사실을 이제야 기억해 냈다. 엄마는 어기가 먹을 포도(어기는 입천장의 구멍 때문에 지금도 질식할 위험이 있다)를 반으로 자르던 칼을 손에서 내려놓았다.

"정말 미안해. 어기 방에서 잠이 들었어. 잠에서 깼을 땐……."

내가 차갑게 말을 잘랐다.

"알아, 알아."

엄마가 다가와 내 뺨을 붙잡고 얼굴을 들어 올렸다.

"정말, 정말 미안해."

엄마는 진심이었다.

"괜찮아!"

"비아······."

"엄마, 괜찮아."

이번에는 나도 진심이었다. 엄마가 진심으로 미안한 표정이라서 그만 넘어가고 싶었다. 엄마는 나를 안고 입을 맞춘 뒤 다시 포도를 자르러 갔다.

"미란다랑 무슨 일 있는 거야?"

"걔가 완전히 바보처럼 굴잖아."

어기가 재빨리 끼어들었다.

"미란다 누나는 바보 아니야!"

"그랬다니까! 진짜란 말이야."

"그럼 좋아, 엄마가 데리러 갈게, 그러면 돼."

반으로 자른 포도 알들을 칼로 지퍼 백에 쓸어 담으며 엄마가 다짐하듯 말했다.

"원래 그럴 생각이었어. 어기부터 태우고 데리러 갈게. 늦어도 4시 15분 전에는 도착할 거야."

"싫어!"

나는 엄마가 채 말을 끝맺기도 전에 딱 잘라 거절했다. 아빠가 참지 못하고 나섰다.

"여보, 지하철을 타면 돼. 비아도 다 컸어. 『전쟁과 평화』도

읽는데 뭘."

"『전쟁과 평화』가 지금 이 얘기랑 무슨 상관인데?"

엄마가 짜증 섞인 목소리로 대꾸했다.

"비아가 어린애도 아닌데 당신이 차로 데리러 갈 필요가 없다 이 말이야. 비아, 준비됐지? 가방 가져와, 어서 가자."

내가 책가방을 메며 대답했다.

"준비됐어. 엄마, 다녀오겠습니다! 잘 갔다 와, 어기!"

재빨리 두 사람에게 입을 맞추고 현관으로 향했다.

엄마가 등 뒤에 대고 외쳤다.

"교통 카드는 있니?"

"그걸 말이라고 해!"

아빠가 답답해 죽겠다는 목소리로 대꾸했다. 그러더니 엄마의 뺨에 입을 맞추며 이렇게 덧붙였다.

"넵, 엄마! 너무 걱정하세요! 다녀오겠습니다. 잘 있어라, 아들. 정말 장하다. 좋은 하루 보내라."

아빠는 뒤이어 어거스트에게 인사하고 어거스트의 머리에 입을 맞추었다.

"응, 아빠! 아빠도 잘 다녀오세요!"

아빠와 나는 재빨리 현관 계단을 내려와 골목 아래로 향했다.

"끝나면 지하철 타기 전에 엄마한테 전화해!"

엄마가 창문에서 나에게 큰 소리로 말했다. 돌아보지는 않았

지만 알았다는 뜻으로 엄마에게 손을 흔들어 주었다. 아빠가
몇 걸음 뒷걸음질하며 엄마를 돌아보았다.

"여보, 전쟁과 평화, 전쟁과 평화!"

아빠는 씩 웃으며 손으로 나를 가리켰다.

유전학 개론

아빠 쪽 식구들은 양쪽 다 러시아와 폴란드 출신의 유대인이다. 할아버지의 조부모님은 유대인 학살을 피해 19세기 말에 뉴욕으로 이주했다. 할머니의 부모님은 나치를 피해 1940년대에 아르헨티나로 갔다. 할머니와 할아버지는, 할머니가 사촌을 만나러 뉴욕에 왔을 때 맨해튼 동부의 댄스장에서 처음 만났다. 두 사람은 결혼을 했고, 베이사이드로 옮겨서 아빠와 벤 삼촌을 낳았다.

엄마 쪽 식구들은 브라질 출신이다. 엄마의 엄마, 즉 사랑하는 외할머니와 내가 태어나기 전에 돌아가신 엄마의 아빠, 즉 아고스토 할아버지만 빼고 나머지 외갓집 식구들인 엄마의 매력 넘치는 이모들과 삼촌들, 그리고 조카들은 아직도 리오데자네이루 남부 교외의 고급 주택가인 알토 레블론에 살고 있다. 외할머니와 외할아버지는 60년대 초반에 보스턴으로 이사해서 엄마와 케이트 이모를 낳았고, 이모는 포 이모부와 결혼했다.

엄마와 아빠는 브라운 대학교에서 만났고, 그때부터 줄곧 함께였다. 이사벨과 네이트, 두 사람은 천생연분이었다. 두 사람은 대학을 졸업하자마자 뉴욕으로 옮겨 와 몇 년 뒤에 나를 낳았고, 내가 한 살쯤 됐을 때 북부 맨해튼 중에서도 최상단, 히피족 방랑자들의 수도인 노스 리버 하이츠에 위치한 벽돌 건물인 타운하우스로 이사했다.

특이하게 혼합된 '유전자 풀'을 지니긴 했지만 친척들 중에서 어거스트와 같은 징후를 보이는 사람은 단 한 명도 없었다. 오래전에 세상을 뜬 친척들의 빛바랜 사진, 빳빳한 하얀색 린넨 양복 차림의 먼 사촌들과 군복을 입은 병사들 사진, 벌집 같은 머리 모양을 한 여자들의 흑백 사진과 나팔바지를 입은 십대들 사진, 장발의 히피들을 찍은 폴라로이드 사진들까지 우르르 쏟아서 다 살펴보았지만 아무리 봐도 어거스트의 얼굴이 나올 만한 흔적은 눈곱만큼도 보이지 않았다. 단 한 명도. 어거스트가 태어난 뒤 부모님은 유전자 검사를 받았다. 어거스트는 TCOF1 유전자의 '상염색체 열성 유전' 돌연변이로 인해 야기된 지금까지 알려지지 않은 유형의 '하악 안면 이골증'을 지닌 것 같다는 결과가 나왔다. TCOF1 유전자는 5번 염색체에 존재하는데, 골덴하르 증후군의 전형적인 증상인 반안면 왜소증까지 더해져 상태가 더욱 악화되었다고 했다. 이들 돌연변이들은 종종 임신 중에 발생한다. 우성 유전자를 지닌 한쪽 부모로부터 유전되는 경우도 있다. 때로는 수많은 유전자들의 상호 작용에 의해 야기되기도 하는데, 환경적 요소들과 결합되어 일어날 가능성도 있다. 이것을 다인성 유전이라고 한다. 어거스트의 경우, 의사들은 어거스트의 얼굴에 전쟁을 일으킨 '단일염기 결실변이'들 중의 하나를 확인할 수 있었다. 이상한 것은, 엄마 아빠의 얼굴을 봐서는 상상도 못 할 일이지만, 엄마 아빠 모두 그 돌연변이 유전자를 가지고 있다는 사실이다.

그리고 내 몸에도 그 유전자가 존재한다.

푸네트의 사각형*

　만약 나에게 자녀가 있다면 그들에게 내 돌연변이 유전자를 유전시킬 확률은 두 명 중 한 명이다. 그렇다고 내 아이들이 어거스트처럼 생긴다는 의미는 아니지만, 엄마 아빠를 통해 이중으로 받아 어거스트가 지금의 외모를 갖는 데 일조를 한 바로 그 유전자를 지니게 된다. 만약 내가 똑같은 돌연변이 유전자를 지닌 사람과 결혼한다고 가정하면, 우리 아이들이 그 유전자를 받고 평범한 외모를 지닐 확률이 50%, 그 유전자를 받지 않게 될 확률이 25%, 그리고 어거스트처럼 생길 확률이 25%이다.

　만약 어거스트가 그 유전자가 없는 사람과 결혼해 아이를 갖게 되면 그 아이들은 그 유전자를 받게 될 확률은 100%지만, 어거스트처럼 이중으로 받게 될 확률은 0%가 된다. 그것은 곧, 누구와 결혼을 하든지 어거스트의 아이들은 100% 그 유전자를 지니겠지만 외모는 완벽하게 일반적인 모습이라는 뜻이다.

---

*특정 배우자의 결합으로 생기는 자손의 유전자형 및 표현형의 수와 형태를 결정하는 데 사용하는 바둑판 형식의 판.

만약 어거스트가 그 유전자를 지닌 사람과 결혼을 한다고 가정하면 그때는 내 아이들의 경우와 동일한 확률을 갖게 된다.

하지만 이것은 어거스트의 경우에서 설명 가능한 극히 일부분을 보여 주는 한 예일 뿐이다. 어거스트의 기타 유전자 구성을 보면 유전에 의해서가 아닌, 단지 지독한 불운에 의해 형성된 부분들이 있다.

몇 년에 걸쳐 수많은 의사들이 엄마 아빠에게 열심히 바둑판 모양을 그려 보이면서 유전학적 제비뽑기에 대해 설명하려고 노력했다. 유전학자들은 유전을 결정하고, 열성 유전자와 우성 유전자, 확률과 가능성을 결정하는 데 이 사각형들을 사용한다. 그렇지만 유전학자들도 인정하다시피, 아직은 알려지지 않은 사실이 더 많다. 그들은 확률을 시도하고 예상할 수는 있지만 보장하지는 못한다. 그들은 '배선 섞임증', '염색체 재배열', 혹은 '지연 돌연변이'와 같은 용어를 사용해 그들의 과학이 왜 정확한 과학이 아닌지를 설명한다. 나는 의사들이 말하는 방식을 좋아한다. 과학의 어감이 좋다. 이해되지 않는 말로 이해할 수 없는 것들을 설명하는 방식이 마음에 든다. 배선 섞임이나 염색체 재배열, 혹은 지연 돌연변이와 같은 말들 밑에는 무수한 사람들이 있다. 결코 세상의 빛을 보지 못할 무수한 아기들이. 나의 아기들처럼.

낡은 것은 보내고

미란다와 엘라, 두 사람과 끝냈다. 두 사람은 학교에서 잘나가는 새로운 무리에 합류했다. 온통 내 관심 밖인 사람들에 대한 얘기뿐인 일주일간의 괴로운 점심시간 이후, 나는 두 사람과 깨끗하게 갈라서기로 마음을 굳혔다. 두 사람은 아무것도 묻지 않았다. 둘러댈 필요도 없었다. 우리는 그냥 각자의 길로 갔다.

시간이 지나도 불편한 마음조차 없었다. 하지만 변화를 쉽게 하기 위해, "오, 이런, 네가 앉을 자리가 없네, 올리비아!"와 같은 거짓 변명을 피하기 위해, 일주일 남짓 점심을 건너뛰었다. 도서관에 가서 책이나 읽는 게 마음이 편했다.

10월에 『전쟁과 평화』를 다 읽었다. 굉장한 작품이었다. 사람들은 읽기 어려운 작품이라고 하지만, 알고 보면 수많은 등장인물들이 나오는 드라마나 다름이 없다. 사랑에 빠지는 사람들, 사랑 때문에 싸우는 사람들, 사랑 때문에 죽는 사람들. 나도 언젠가는 그런 사랑을 하고 싶다. 안드레이 공작이 나타샤를 사랑하듯 내 남편도 나를 사랑해 주길.

초등학교 때부터 아는 사이긴 했지만 다른 중학교를 다녔던 엘레노어와 친해졌다. 엘레노어는 옛날부터 아주 똑똑한 여자애였다. 어렸을 때는 조금 울보이긴 했지만 마음씨는 착했다. 그동안 나는 엘레노어가 얼마나 우스운지 몰랐고(아빠처럼 배꼽 빠지게 웃기지는 않지만 익살과 재치가 많았다), 엘레노어는 내가 유쾌하고 활달한 애라는 걸 몰랐다. 늘 나를 아주 진지한 아이로 여겼던 것 같다. 알고 보니 엘레노어는 미란다와 엘라를 탐탁지 않게 생각했다. 두 사람 다 콧대가 높은 것 같다나.

엘레노어를 통해 점심시간에 똑똑한 애들 무리에 끼게 됐다. 제법 규모가 큰 데다 아이들의 면면도 다양했다. 엘레노어의 남자 친구인 케빈은 학급 회장감이었고, 좀 까다로운 남자애 몇 명, 엘레노어처럼 졸업 앨범부와 토론 동아리 회원인 여자 아이들 몇 명, 그리고 작고 동그란 안경을 쓰고 바이올린을 연주하는 저스틴이라는 조용한 남자애가 있었는데, 나는 저스틴에게 한눈에 반해 버렸다.

이제는 학교에서 제일 잘나가는 애들과 어울려 다니는 미란다와 엘라를 만나면, 그냥 "안녕, 잘 지내?"라며 형식적인 인사를 나누고 헤어진다. 미란다는 이따금씩 어거스트의 안부를 물은 뒤 "어거스트한테 안부 좀 전해 줘."라고 말했다. 하지만 한 번도 전해 주지 못했다. 미란다한테 심술이 나서가 아니라 요즘 어거스트가 자기만의 세계에 빠져 있기 때문이다. 어떤 때는 집에서 얼굴 구경도 못 하고 지나가는 날도 있을 정도였다.

10월 31일

외할머니는 핼러윈 전날 밤에 돌아가셨다. 벌써 사 년이 흘렀지만, 나는 이맘때가 항상 일 년 중 가장 슬프다. 한 번도 내색은 하지 않았지만 엄마 역시 그렇다. 대신 엄마는 어거스트의 핼러윈 복장 준비에 열중한다. 어거스트에게 핼러윈은 일 년 중 가장 즐거운 때라는 사실을 우리 모두 잘 알고 있기 때문이다.

올해도 다르지 않았다. 어거스트는 꼭 보바 펫이라는 〈스타워즈〉의 캐릭터를 원했다. 그래서 엄마는 어거스트의 몸에 맞는 보바 펫 복장을 찾아다녔지만, 희한하게도 가는 데마다 품절이었다. 온라인 매장까지 샅샅이 뒤진 끝에 몇 개 찾아내긴 했지만 터무니없이 비싸서 결국 장고 펫을 샀고, 초록색을 덧칠해서 보바 펫으로 바꾸어 놓았다. 그 바보 같은 복장 하나에 엄마는 꼬박 이 주일을 투자했다. 엄마가 내 핼러윈 복장을 한 번도 만들어 준 적이 없다는 사실은 굳이 말할 필요도 없다. 지금 그 얘기를 하려는 게 아니니까.

핼러윈 날 아침 외할머니 생각을 하며 잠에서 깬 터라 슬퍼서 눈물이 나왔다. 그런데 아빠가 자꾸만 옷을 입으라고 재촉해 더욱 스트레스를 받아서 갑자기 울음보가 터져 버렸다. 그냥 집에 있고 싶었다.

결국 그날 아침에는 아빠가 어거스트를 데려다주었고, 엄마가 결석을 해도 좋다고 해서 우리 두 사람은 한참 동안 같이 울었다. 한 가지 사실은 분명했다. 내가 할머니를 그리워해도 엄마에 비하면 아무것도 아니라는 사실이었다. 수술 뒤 어거스트가 생사를 오갈 때마다, 헐레벌떡 응급실을 오갈 때마다, 엄마곁에는 항상 할머니가 있었다. 엄마랑 같이 우니까 기분이 좋았다. 엄마도 나도. 그러다가 엄마가 〈유령과 뮈어 부인〉을 보자고 했는데, 그 영화는 예나 지금이나 우리가 가장 좋아하는 흑백 영화 가운데 하나였다. 나는 좋은 생각이라며 고개를 끄덕였다. 이 눈물의 시간을 미란다랑 엘라랑 있었던 모든 일을 엄마에게 털어놓을 기회로 삼아도 괜찮겠다고 생각하면서. 그런데 막 디브이디 플레이어 앞에 앉자마자 따르릉 전화벨이 울렸다. 어거스트가 배가 아프니 와서 데려가라는 학교 보건 선생님의 전화였다. 추억의 영화는 고사하고, 모녀 간의 끈끈한 유대도 그 자리에서 막을 내렸다.

엄마가 어거스트를 데려왔고, 집에 들어오자마자 어거스트는 화장실로 직행해서 토했다. 그런 다음 침대로 가서 이불을 머리끝까지 뒤집어썼다. 엄마는 열을 잰 뒤 따뜻한 차를 가져다주었고, 다시 '어거스트의 엄마'로 되돌아갔다. 잠시 드러났던 '비아 엄마'는 어느새 자취를 감추었다. 그래도 나는 이해했다. 어거스트는 상태가 좋지 않았다.

엄마도 나도 어거스트에게 왜 엄마가 만들어 준 보바 펫 대신 피 흘리는 스크림을 입고 갔느냐고 묻지 않았다. 꼬박 이 주를 투자해 만들어 준 복장이 입어 보지도 않은 채 바닥에 널브러져 있는 것을 보고 화가 날 법도 했지만 엄마는 아무런 내색도 하지 않았다.

사탕을 주지 않으면 장난칠 거야

어거스트는 오후가 돼도 밖에 나가지 못할 것 같다고 했다. 어거스트가 사탕 받으러 다니는 걸 얼마나 좋아하는지 누구보다 잘 아는 터라(바깥이 어둑해진 뒤에는 더더욱) 안쓰러운 마음이 들었다. 이미 사탕 받으러 다닐 나이는 훨씬 지났지만, 보통은 나도 가면을 쓰거나 다른 걸 챙겨 입고 골목 위아래를 활보하며 어거스트가 한껏 들뜬 모습으로 이 집 저 집 현관문을 두드리는 광경을 지켜보았다. 핼러윈 밤이야말로 어거스트가 다른 모든 아이들과 똑같아질 수 있는, 일 년 중 유일한 밤이었다. 가면을 쓰면 아무도 어거스트가 다르다는 것을 몰랐다. 어거스트에게 그보다 더 굉장한 느낌이 있을까.

그날 저녁 7시, 어거스트의 방문을 두드렸다.

"어기."

"어."

어거스트는 게임을 하지도, 만화책을 읽지도 않았다. 그냥 침대에 누워서 멍하니 천장만 바라보았고, 늘 그렇듯 데이지가 어거스트의 다리 위에 머리를 걸치고 누워 있었다. 방바닥에는 피 흘리는 스크림이 보바 펫 옆에 아무렇게나 내던져져 있었다.

"배 아픈 건 어때?"

어거스트 옆에 앉으며 내가 물었다.

"아직 속이 울렁거려."

"정말 핼러윈 퍼레이드에 안 나갈 거야?"

"안 나가."

그 말을 듣고 깜짝 놀랐다. 건강 문제에 있어서만큼은 어거스트는 불굴의 용사였다. 수술하고 며칠 만에 스케이트보드를 타러 가고, 입에 재갈을 물려 놓다시피 한 상태에서도 꾸역꾸역 빨대로 음식을 빨아 먹었다. 보통 사람들이 열 번의 인생을 살면서 견뎌야 할 과정보다 더 많은 주사를 맞고, 더 많은 약을 먹고, 더 많은 수술을 견뎌 낸 아이인데, 한낱 속이 울렁거리는 정도로 나가지 못한다니.

"무슨 일인지 말해 줄래?"

조금은 엄마 같은 말투였다.

"싫어."

"학교 문제야?"

"응."

"선생님? 공부? 친구?"

어거스트는 대답하지 않았다.

"누가 뭐라고 했어?"

"다들 항상 뭐라고 하지."

어거스트가 씁쓸하게 말했다. 울기 일보 직전이었다.

"괜찮아, 말해 봐."

어거스트가 어떻게 된 일인지 털어놓았다. 우연히 남자애들
이 자신을 욕하는 말을 들었다고. 다른 아이들이야 뭐라고 쑥
덕대도 상관없지만, 그 패거리 중 하나가 가장 친한 친구인 잭
윌이라는 사실에 상처를 받았다고 했다. 지난 몇 달 동안 어거
스트에게 잭 얘기를 두어 번 들었던 기억이 난다. 엄마 아빠가
정말 착한 친구 같다고 칭찬하면서 벌써 그런 친구를 사귀어서
기쁘다고 했던 말도 기억난다.

"가끔 애들은 생각 없이 굴 때가 있어. 별 뜻 없이 떠벌린 말
일 거야."

내가 어거스트의 손을 잡으며 가만히 달랬다.

"그렇다고 왜 그런 말을 하는데? 지금까지 계속 친구인 척 흉
내만 낸 거야. 교장 선생님이 걔한테 점수를 후하게 주겠다고
했든지 뭐 어떻게 해 준다고 꼬신 게 틀림없어. 분명히 이랬을
걸. '야, 잭, 그 괴물이랑 친구가 돼 주면 올해 너는 시험을 하나
도 안 보게 해 줄게.'"

"그런 거 아니라는 거 너도 알잖아. 그리고 너를 괴물이라고
부르지 마."

"그러든지 말든지. 애초부터 학교에 간 게 잘못이야."

"그래도 난 네가 학교를 좋아하는 줄 알았는데."

"싫어!"

어거스트는 갑자기 불같이 화를 내며 주먹으로 퍽퍽 베개를 내리쳤다.

"싫어! 싫어! 싫어!"

어거스트는 목청이 터지도록 고래고래 소리를 질렀다.

나는 아무 말도 하지 않았다. 무슨 말을 해야 할지 몰랐다. 어거스트는 마음의 상처를 입었다. 분노했다.

잠시 어거스트가 분노를 토해 내도록 가만히 내버려 두었다. 데이지가 어거스트의 얼굴 위로 흘러내린 눈물을 쓱쓱 혀로 핥았다.

"가자, 어기. 장고 펫 입고 나갈까?"

가만히 등을 토닥이며 어거스트를 달랬다.

"보바 펫이야! 왜 다들 헷갈리는 거야?"

애써 침착을 유지하며 다시 고쳐 말했다.

"그래, 보바 펫."

어거스트의 어깨에 팔을 둘렀다.

"퍼레이드 하러 가자, 응?"

"퍼레이드 하러 가면 다 나은 줄 알고 엄마가 내일 학교에 가라고 할 거야."

"엄마는 절대 억지로 학교에 보내지 않을 거야. 가자, 어기.

나가자. 재미있을 거야, 내가 장담할게. 내가 받은 사탕까지 다 너 줄게."

어거스트는 더 이상 고집을 부리지 않았다. 침대에서 일어나 천천히 보바 펫을 차려 입었다. 내가 가죽끈을 조절하고 허리 띠를 조이는 것을 도와주었다. 헬멧을 쓸 무렵에는 한결 기분 이 풀려 있었다.

생각할 시간

어거스트는 이튿날에도 배가 아픈 척 꾀병을 부려서 학교에 가지 않았다. 아무것도 모르고 어거스트 걱정을 하는 엄마한테 조금 미안하긴 했지만 비밀을 지키겠다고 이미 어거스트와 약속을 한 터였다.

일요일에도 어거스트는 여전히 학교에 가지 않겠다고 고집을 부렸다.

"엄마 아빠한테는 뭐라고 말할 작정이야?"

읽고 있던 만화책에서 눈을 떼지 않은 채 어거스트가 대꾸했다.

"가기 싫으면 언제든 안 가도 된다고 했잖아."

"하지만 넌 중간에 그만두는 그런 애가 아니잖아. 너답지 않아."

"그만둘 거야."

"엄마 아빠한테 이유를 말씀드려야 할 거야. 그럼 엄마가 학교에 전화할 테고, 결국 학교에 소문이 쫙 퍼지겠지."

내 얼굴을 보라고 어거스트의 손에서 만화책을 확 빼앗았다.

"잭이 곤란해질까?"

"아마도."

"잘됐네."

어거스트는 가면 갈수록 나를 놀라게 했다. 어거스트는 책장에서 만화책을 새로 한 권 꺼내 휘리릭 넘겼다.

"어기, 너 고작 그런 멍청이들 두어 명 때문에 학교에 가지 않을 작정이야? 네가 학교 다니는 거 좋아하는 거 다 알아. 그런 애들이 너를 마음대로 휘두르게 가만히 있으면 안 돼. 걔네들 좋은 일만 시키는 거야."

"걔네들은 내가 들은 줄도 몰라."

"알아, 그래도……."

"누나, 괜찮아. 내 걱정은 하지 마. 이미 마음을 정했어."

"하지만 이건 미친 짓이야, 어기!"

나는 또다시 만화책을 빼앗았다.

"넌 학교로 돌아가야 돼. 누구나 학교가 싫을 때가 있어. 어쩔 때는 나도 학교가 싫어. 어쩔 때는 나도 친구들이 싫어. 그게 인생이야, 어기. 너를 정상적으로 대해 주길 바라지, 안 그래? 이게 정상이야! 살다 보면 나쁜 날이 있어도 학교에 가야 하는 거야, 알겠어?"

"누나도 애들이 누나 몸에 닿지 않으려고 피해 다녀?"

어거스트의 질문에 순간 할 말을 잃었다.

"알겠지? 내 말 알아들었으면 누나하고 나하고 비교할 생각도 하지 마, 알겠어?"

"좋아, 그건 인정해. 하지만 이건 누가 학교생활이 더 나쁜지 견줘 보는 시합이 아니야. 중요한 건 우리 모두 그런 나쁜 날들을 견뎌 내야만 한다는 거야. 죽을 때까지 아기 취급 받고 싶지 않으면, 아니 특별한 도움이 필요한 아이로 남고 싶지 않으면 받아들이고 이겨 내야 해."

어거스트는 아무런 대꾸도 하지 않았지만 내 마지막 말이 마음에 걸린 것 같다. 나는 계속해서 말을 이었다.

"그런 아이들과는 말을 섞을 필요도 없어. 어거스트, 걔네들이 한 말을 너는 다 아는데, 정작 걔네들은 네가 그걸 안다는 사실조차 모른다는 게 통쾌하지 않아?"

"무슨 소리야?"

"무슨 소린지 알잖아. 싫으면 걔네들하고 다시는 말 안 해도 돼. 그런데 걔네들은 네가 왜 그러는지 이유를 절대 모를 거야. 알겠어? 아니면 그냥 친구인 척할 수도 있어. 하지만 마음 깊은 곳에선 친구가 아니라는 걸 너는 아는 거지."

"누나도 미란다 누나랑 그렇게 지내는 거야?"

나는 재빨리, 방어적으로 말했다.

"아니. 난 절대 미란다한테 내 감정을 속인 적 없어."

"그러면서 왜 나한테는 그렇게 하라는 건데?"

"그런 말이 아니야! 난 그냥 그런 멍청이들이 너를 쥐락펴락하게 가만히 놔두면 안 된다는 말이야, 그게 다야!"

"미란다 누나가 누나한테 한 것처럼."

내가 참지 못하고 소리를 질렀다.

"왜 계속 미란다 얘기를 꺼내는데? 지금 네 친구들에 대해 말하고 있잖아. 제발 내 얘기는 끌어들이지 마."

"누나는 미란다 누나랑 이제 친구도 아니잖아."

"그게 지금 우리가 하는 얘기랑 무슨 상관인데?"

나를 바라보는 어거스트의 모습은 흡사 인형의 얼굴을 떠올리게 했다. 어거스트는 반쯤 감긴, 인형 같은 검은 눈동자로 공허하게 나를 바라보았다. 이윽고 어거스트가 입을 열었다.

"며칠 전에 미란다 누나한테 전화 왔었어."

잠깐 정신이 멍했다.

"뭐라고? 그런데 왜 말 안 했어?"

어거스트가 내 손에서 만화책 두 권을 모두 잡아당겼다.

"누나한테 건 거 아니야. 나한테 걸었어. 그냥 안부 전화래. 잘 지내냐고. 내가 학교에 다니는 줄도 모르더라. 어떻게 미란다 누나한테 입도 벙긋 안 할 수가 있어. 누나랑 예전만큼 같이 다니지는 않지만, 그래도 항상 나를 큰누나처럼 아낀다는 걸 알아줬으면 좋겠대."

멍하다 못해 까무러칠 지경이었다. 사기 당한 기분. 뒤통수를 얻어맞은 기분. 말문이 콱 막혔다. 마침내 내가 물었다.

"나한테 왜 말 안 했어?"

어거스트가 처음에 보던 만화책을 다시 펼치며 어깨를 으쓱했다.

"그냥."

"계속 학교에 가지 않으면 엄마 아빠한테 잭 월 얘기 이를 거야. 그럼 교장 선생님이 너를 부를 테고, 잭과 그 녀석들더러 전교생이 보는 앞에서 너한테 사과하라고 할걸. 그러면 다들 너를 특별한 도움이 필요한 애들이 다니는 특수 학교로 보내야 할 그런 애라고 여기게 되겠지. 네가 원하는 게 그거야? 두고 봐, 내 말이 틀린가. 그게 싫으면 그냥 학교로 돌아가서 아무 일도 없었던 척하든지. 잭한테 따지고 싶으면, 그것도 좋아. 하지만 어떤 식이든, 만약 네가……."

"알았어. 알았어. 알았어."

"뭐라고?"

"알았다고! 갈게! 그 얘긴 그만해. 이제 책 좀 읽으면 안 돼?"

"좋아!"

방을 나오려다 문득 한 가지 생각이 머리를 스쳤다.

"미란다가 다른 말은 없었어?"

어거스트는 만화책에서 눈을 떼고 고개를 들어 내 눈을 똑바로 바라보았다.

"누나를 그리워하고 있다고 전해 달래."

나는 고개를 끄덕였다.

"알았어."

속으로는 날아갈 듯이 기뻤지만, 어거스트한테 들킬까 봐 창피해서 자못 태연한 척 대꾸했다.

제3부

서머 SUMMER

당신은 아름다워요, 사람들이 무슨 말을 하든

그 어떤 말도 당신을 절망시킬 수는 없어요.

당신은 아름다워요. 그 어떤 당신의 모습이라도

그래요, 사람들의 말이 당신을 절망시킬 수는 없어요.

-크리스티나 아길레라, 〈뷰티풀Beautiful〉 중에서

이상한 아이들

어떤 아이들은 대놓고 나더러 왜 그 '괴물'과 그렇게 어울려 다니느냐고 물었다. 그 애를 잘 알지도 못하면서. 그 애를 알게 되면, 절대로 그렇게 부르지 못할걸.

나는 항상 이렇게 대답한다.

"좋은 애니까! 그리고 걔를 그렇게 부르지 마."

요전에 히메나 친이 그랬다.

"너는 성녀야, 서머. 나는 절대 너처럼 못 해."

나는 사실대로 말했다.

"뭐가 대단하다고."

샬롯 코디는 이랬다.

"교장 선생님이 너한테 걔랑 친구해 주래?"

"아니. 난 걔랑 친구가 되고 싶어서 친구가 된 것뿐이야."

어거스트 풀먼과 점심시간에 같은 식탁에 앉는 게 그렇게 대단한 일이 될 줄 상상도 못했다. 애들은 내가 어거스트와 함께 점심을 먹는 게 세상에서 제일 이상한 일이라도 되는 양 법석을 떨었다. 나는 애들이 그렇게 이상하게 구는 게 더 이상하다.

첫째 날에는 안타까운 마음에 그 애와 같이 앉았다. 그게 다였다. 자, 여기 희한하게 생긴 애가 새 학교에 들어왔다. 아무도 그 애에게 말을 붙이지 않았다. 모두 그 애를 빤히 쳐다볼 뿐. 우리 식탁의 여자애들은 하나같이 그 애에 대해 속닥거리느라 바빴다. 그 애는 비처 중학교의 유일한 신입생은 아니었지만 모두가 수군대는 유일한 아이였다. 줄리안은 벌써 좀비 소년이라는 별명을 붙여 놓았고, 어느새 다들 그렇게 불렀다. "그 좀비 봤어?" 그런 얘기들은 잘도 퍼져 나간다. 그 애도 그 사실을 알았다. 평범한 얼굴을 지녔다 해도 새로 온 아이가 된다는 건 견디기 어려운 일이다. 하물며 그런 얼굴이라면?

그래서 나는 그냥 다가가서 그 애와 함께 앉았다. 뭐 대단한 일이라고. 이제 그만 좀 떠벌리지?

어거스트는 그냥 아이일 뿐이다. 지금껏 본 중에 가장 이상하게 생긴 아이. 하지만 그냥 아이.

전염병

솔직히 말해서 어거스트의 얼굴은 적응하는 데 시간이 좀 걸린다. 어거스트와 함께 앉은 지 이 주일이 다 되어 가지만 어거스트가 먹는 모습을 깔끔하다고 칭찬하기는 곤란한 게 사실이다. 그것만 빼면, 어거스트는 정말 좋은 애다. 그리고 이제는 어거스트에게 안타까운 마음이 들지 않는다. 처음에는 그런 마음 때문이었을지 모르지만, 그 뒤로도 같이 앉는 이유는 다르다. 어거스트가 재미있기 때문이다.

올해 들어서 싫은 것들 가운데 하나가, 애들이 죄다 어른 티를 내려고 한다는 거다. 쉬는 시간마다 끼리끼리 어울려 다니며 수다만 떨 뿐. 게다가 대화의 주제도 누가 누구를 좋아하고, 누가 괜찮니, 누가 별로니, 오로지 그런 얘기뿐이다. 어거스트는 그러거나 말거나 신경 쓰지 않는다. 어거스트는 쉬는 시간에 포스퀘어*를 하며 노는 걸 좋아하는데, 나도 그 놀이를 좋아한다.

실은 어거스트와 같이 포스퀘어를 하다가 나도 그 '전염병'

---

* 네 개의 사각형 안에서 공을 튀기면서 하는 놀이.

194

이란 걸 알게 됐다. 그건 학년 초부터 계속되고 있는 분명한 '놀이'다. 어거스트를 만진 사람은 삼십 초 이내에 물로 손을 닦거나 손 세정제를 찾아내지 못하면 전염병에 걸린다는 놀이. 그런데 전염병에 걸리면 어떻게 되는지는 잘 모르겠다. 아직까지 직접 어거스트를 만진 사람은 아무도 없었으니까.

전염병 놀이에 대해 알게 된 건 마야 마코위츠 덕분이었다. 마야는 전염병에 걸리기 싫어서 쉬는 시간에 포스퀘어 놀이를 하지 않는다고 했다. 그래서 내가 "전염병이 뭐야?"라고 물었다. 그랬더니 마야가 말해 주었다. 나는 정말 멍청한 생각이라며 어이없어 했고 마야도 동의했지만, 마야는 여전히 어거스트가 방금 만진 공에는 손을 대지 않으려고 한다. 도저히 피할 수 없는 경우가 아니라면.

핼러윈 파티

사바나의 핼러윈 파티에 초대를 받고 정말 들떠 있었다.

사바나는 학교에서 가장 인기가 많은 여자애다. 남자애들은 하나같이 사바나를 좋아한다. 여자애들도 사바나와 친구가 되고 싶어 안달이다. 사바나는 우리 학년에서 일등으로 남자 친구가 생겼다. 281 공립 중학교에 다니는 멋진 남자애였지만 뺑차 버리고 지금은 헨리 조플린과 데이트를 시작했는데, 두 사람 다 벌써 십 대 청소년 티가 나는 터라 고개가 절로 끄덕여졌다.

아무튼 나는 인기 그룹도 아닌데 초대를 받아서 대단히 기뻤다. 초대에 응하자, 사바나는 정말로 싹싹하게 굴면서 초대한 사람이 많지 않으니까 초대받은 사실을 자랑하고 다니지 말아 달라고 부탁했다. 실례로 마야는 초대를 받지 못했다. 사바나는 또 핼러윈 복장은 사절이라고 덧붙였는데, 하마터면 낭패를 볼 뻔했다. 핼러윈 퍼레이드용으로 만들어 둔 유니콘까지는 아니어도 학교에 입고 갔던 고딕 소녀 정도는 하고 갔을 테니까. 사바나의 파티에는 그런 옷도 금물이었다. 사바나의 파티에 가게 돼서 나쁜 점이 하나 있다면, 퍼레이드에 입으려고 준비해

둔 유니콘 복장을 썩히게 된다는 거다. 그건 좀 실망이었지만,
그래도 뭐.

아무튼 파티에 갔을 때, 사바나는 현관에서 나를 맞이하며 이
렇게 농담을 던졌다.

"남자 친구는?"

무슨 말인지 몰라서 어리둥절했다.

"걔는 오늘 같은 날 굳이 가면을 쓸 필요가 없을 것 같은데,
안 그래?"

그제야 어거스트를 두고 하는 말이라는 것을 알았다.

"걔는 내 남자 친구 아니야."

"알아. 농담이야!"

사바나는 내 뺨에 입을 맞추고는(사바나네 여자애들은 만나
서 인사할 때마다 서로 볼에 입을 맞춘다) 복도에 있는 옷걸이
에 내 외투를 획 내걸었다. 그런 다음 내 손을 잡고 계단을 내
려가 지하실로 향했다. 그곳에선 파티가 한창이었다. 사바나의
부모님은 보이지 않았다.

다 해서 열다섯 명쯤 되는 것 같았다. 모두 사바나 그룹이나
줄리안 그룹에서 온 인기남, 인기녀들이었다. 두 그룹을 합쳐
서 하나의 커다란 최강 인기 그룹을 탄생시킨 듯한 분위기였는
데, 몇몇 아이들은 이미 서로 데이트를 시작한 것 같았다.

커플이 이렇게 많은 줄 미처 몰랐다. 사바나와 헨리가 커플이

라는 건 알았지만 히메나와 마일즈가? 엘리와 아모스도? 엘리
는 나만큼이나 납작 가슴인데.

아무튼 파티장에 도착하고 오 분쯤 지났을까, 헨리와 사바나
가 내 주위를 빙빙 돌았다.

"넌 뭐가 좋다고 그 좀비랑 그렇게 같이 다니는 거야?"

"좀비는 무슨."

개네들의 말을 농담인 양 미소로 얼버무렸다. 웃고 있었지만
웃을 기분은 아니었다.

사바나가 말했다.

"서머, 개랑 그렇게 어울려 다니지만 않으면 너는 훨씬 더 인
기가 좋을 거야. 솔직하게 얘기할게. 줄리안이 너를 좋아해. 너
하고 데이트하고 싶대."

"줄리안이?"

"줄리안 괜찮지 않니?"

"어…… 뭐, 그런 것 같아. 그래, 괜찮지."

"그럼 누구랑 다니고 싶은지 똑바로 선택을 해야 돼."

언니가 여동생을 타이르는 듯한 말투였다.

"다들 너를 좋아해, 서머. 네가 정말로 멋지고, 정말, 정말 예
쁘다고. 원한다면 너도 우리 그룹에 끼워 줄게. 우리 그룹에 들
어오고 싶어 하는 여자애들이 우리 학년에 얼마나 많은데."

"나도 알아. 고마워."

"고맙긴. 줄리안한테 너랑 얘기해 보라고 말해 줄까?"

사바나가 가리키는 쪽을 봤더니 줄리안이 우리 쪽을 흘끔거리고 있었다.

"어, 그런데 화장실에 좀 갔다 와야겠어. 화장실이 어디야?"

사바나가 가르쳐 준 대로 가서 욕조에 걸터앉아 곧바로 엄마에게 전화를 걸었다. 엄마한테 당장 데리러 와 달라고 부탁했다.

"별일 없지?"

"네, 그냥 여기 있기 싫어서요."

엄마는 더 이상 묻지 않고 십 분 내로 데리러 오겠다고 말했다.

"초인종 누르지 마세요. 그냥 도착하면 나한테 전화하세요."

전화를 받을 때까지 화장실에서 어슬렁거리다가 살그머니 위층으로 올라가 외투를 챙겨 밖으로 나왔다.

이제 겨우 9시 반이었다. 에임스포트가에서는 핼러윈 퍼레이드가 한창이었다. 사방이 사람들로 가득했다. 하나같이 핼러윈 복장이었다. 해골. 해적. 공주. 뱀파이어. 슈퍼 히어로.

유니콘은 하나도 없었다.

11월

이튿날, 핼러윈 사탕을 잘못 먹고 탈이 나서 일찍 집에 갔다고 둘러댔더니 사바나는 내 말을 곧이곧대로 믿었다. 실제로 요즘 배탈이 난 애들이 많아서 거짓말로 써먹기에는 안성맞춤이었다.

나는 줄리안 말고 첫눈에 반한 사람이 따로 있다고도 귀띔해 주었다. 그러니 사바나가 더 이상 그 문제로 나를 귀찮게 굴 일은 물론, 시키지 않아도 사바나가 알아서 전할 테니 줄리안이 내 관심 밖이라는 사실을 내 입으로 직접 전할 필요도 없어졌다. 당연히 사바나는 내 마음을 뺏어 간 상대가 누군지 궁금해했지만 나는 비밀이라며 입을 닫았다.

어거스트는 핼러윈이 끝나고 사나흘이나 결석을 했는데, 마침내 다시 등교를 했을 때는 분위기가 심상치 않았다. 점심시간에 어거스트는 여느 때와 달리 정말로 이상하게 굴었다.

내가 말을 걸어도 입을 꾹 다물고 음식만 내려다봤다. 일부러 내 눈을 피하려는 기색이 역력했다.

내가 참다 못 해 물었다.

"어기, 무슨 일 있니? 나한테 화난 거야?"

"아니."

"핼러윈에 아팠다며. 복도에서 계속 보바 펫을 찾아다녔는데."

"응, 좀 아팠어."

"배탈이라도 났었어?"

"응, 그랬나 봐."

어거스트가 갑자기 책을 펴들었다. 무례한 행동이었다.

"이집트 박물관 프로젝트, 기대되지 않니? 너는 안 그래?"

어거스트는 입에 음식을 가득 문 채 고개를 저었다. 그만 고개를 돌리고 말았다. 왠지 보란 듯이 지저분하게 먹는 것 같은 데다가 눈을 내리깔고 있는 모습 틈틈이 영 기분 나쁘고 불편한 느낌을 풍겼기 때문이다.

"너는 무슨 프로젝트를 받았어?"

어거스트는 어깨를 으쓱하고는 청바지 주머니에서 작은 쪽지를 꺼내 식탁 위로 툭 던졌다.

5학년생들은 모두 12월에 있을 이집트 박물관의 날에 전시할 이집트 유물을 지정받았다. 선생님들이 작은 쪽지에 과제들을 미리 적어서 어항에 넣은 다음, 5학년생들을 한자리에 모아 놓고 돌아가며 한 장씩 쪽지를 뽑게 했다.

나는 어거스트의 쪽지를 펼쳐 보았다.

"우아, 좋겠다! 사카라의 계단식 피라미드를 뽑았네!"

어거스트의 기분을 띄워 보려고 조금 호들갑스럽게 말했다.

"나도 알아."

"나는 죽은 자의 신, 아누비스야."

"머리가 개인 신?"

"개가 아니라 자칼 머리야. 야, 학교 끝나고 우리 프로젝트 준비 같이 시작할래? 우리 집에 와서 해도 돼."

어거스트가 샌드위치를 탁 내려놓더니 의자에 등을 기댔다. 그러더니 도무지 설명할 수 없는 표정으로 나를 바라보았다.

"괜찮아, 서머. 이러지 않아도 돼."

"무슨 얘기 하는 거야?"

"일부러 나랑 친구해 줄 필요 없다고. 교장 선생님이 너한테 부탁한 거 다 알아."

"도대체 무슨 소리야?"

"괜히 친구인 척할 필요 없다니까. 개학하기 전에 교장 선생님이 몇 사람한테 나랑 친구가 돼 주라고 부탁했잖아."

"나한테는 그런 말씀 안 하셨어, 어거스트."

"아냐, 했어."

"아니, 안 했어."

"아냐, 했어."

"안 했다니까! 맹세해!"

양손을 번쩍 들어서 손가락을 꼬고 있지 않다는 걸 분명히 확인시켜 주었다.* 어거스트는 곧바로 내 발을 내려다보았고, 나는 어그 부츠를 확 벗어서 발가락까지 보여 주었다.

어거스트는 의심을 거두지 않았다.

"스타킹을 신고 있잖아."

"발가락은 보일 거 아냐!"

"알았어, 소리 지르지 마."

"나는 억울한 거 딱 질색이야."

"알았어. 미안해."

"당연히 미안하지."

"교장 선생님이 정말로 너한테 아무 말도 안 했어?"

"어기!"

"알았어, 알았어, 정말 미안해."

보통 때 같으면 그 정도로 화를 풀지 않았겠지만 핼러윈 날 어거스트에게 안 좋은 일이 있었다는 얘기를 듣고 나니 더는 화를 낼 수가 없었다. 내용인즉슨, 잭이 뒤에서 어거스트 흉을 봤는데, 그 내용이 정말 끔찍했다는 거다. 그제야 어거스트의 반응이 이해가 되었다. 그동안 어거스트가 '아파서' 결석한 데는 다 그만한 이유가 있었다.

---

*손가락을 꼬는 것은 행운을 비는 손짓이긴 하지만, 손가락이나 발가락을 뒤로 감추고 꼬면 거짓말을 하고 있다는 표시이기도 하다.

"아무한테도 말하지 않겠다고 약속해."

나는 고개를 끄덕였다.

"말 안 할게. 너도 나한테 다시는 못되게 굴지 않겠다고 약속해."

"약속할게."

우리는 새끼손가락을 걸고 약속했다.

경고 : 이 아이는 제한 등급임

미리 엄마에게 어거스트의 얼굴에 대해 경고를 했다. 어거스트가 어떻게 생겼는지 요모조모 강조해서 누누이 말해 주었다. 오늘 처음으로 어거스트가 우리 집에 오기로 했는데, 엄마는 원래 감정을 잘 감추지 못하는 편이라 영 마음이 놓이지 않았다. 혹시 잊어버릴까 봐 문자까지 보냈다. 하지만 퇴근 후 집에 온 엄마의 표정을 봤을 때 내 준비가 미흡했음을 깨달았다. 현관으로 들어와 어거스트의 얼굴을 본 순간, 엄마는 완전히 충격에 빠졌다. 내가 재빨리 물었다.

"다녀오셨어요, 엄마. 얘가 어거스트예요. 저녁 먹고 가도 되죠?"

엄마는 잠시 내가 하는 말도 못 알아들었다.

"왔구나. 어, 당연하지, 그럼. 어거스트네 집에서 허락하시면."

어거스트가 휴대 전화로 통화를 하는 사이, 재빨리 엄마에게 속삭였다.

"그런 소름 끼치는 얼굴은 제발 그만 지어요!"

뉴스에서 끔찍한 사건을 접했을 때 나오는 바로 그 표정이었다. 엄마는 자신이 그런 얼굴인 줄도 몰랐다는 듯 양손을 뺨에 가져다 댔다. 잠시 후 엄마는 냉정을 되찾았고, 그 뒤로는 아무렇지도 않게, 아주 상냥한 모습으로 되돌아왔다.

잠시 후 프로젝트를 하다가 지친 우리는 잠시 거실로 나와 돌아다녔다. 벽난로 선반 위에 놓인 사진들을 구경하던 어거스트의 눈길이 아빠와 함께 찍은 내 사진에 닿았다.

"너희 아빠야?"

"응."

"난 네가 그런 줄 몰랐는데…… 그걸 뭐라고 하지?"

"혼혈."

"맞다! 그 말이었지."

"응."

어거스트가 다시 찬찬히 사진을 보았다.

"너희 부모님 이혼하셨어? 차에서 내려 주거나 할 때 한 번도 뵌 적이 없는 것 같은데."

"아니야. 아빠는 원래 중사셨어. 몇 년 전에 돌아가셨어."

"세상에! 몰랐어."

"응."

어거스트에게 군복 차림의 아빠 사진을 내밀며 내가 고개를 끄덕였다.

"와, 저 훈장들 좀 봐."

"응. 아빠는 정말 훌륭한 분이셨어."

"이런, 서머. 정말 안타깝다."

"그래, 그러게 말이야. 아빠가 정말 그리워."

"그래, 세상에."

어거스트가 고개를 끄덕이며 나에게 도로 사진을 내밀었다.

내가 물었다.

"아는 사람 중에 누구 돌아가신 분 있어?"

"우리 외할머니, 그런데 기억도 잘 안 나."

"안됐다."

어거스트가 고개를 끄덕였다. 다시 내가 물었다.

"사람이 죽으면 어떻게 될지 생각해 봤어?"

어거스트가 어깨를 으쓱했다.

"별로. 하늘나라로 가는 거 아니야? 우리 외할머니는 하늘나라로 가셨는데."

"나는 그런 생각 많이 해. 사람이 죽으면 영혼은 하늘나라로 가겠지만 그건 잠깐이라고. 하늘나라에서 옛 친구들이나 다른 사람들을 만나고 옛 시절을 이야기하든지 그러겠지. 하지만 그 다음엔 자신이 살았던 삶에 대해 생각해 볼 것 같아. 살면서 착했는지, 나빴는지, 뭐 그런 것 말이야. 그러고 나서 완전히 새로운 아기로 다시 세상에 태어나는 거야."

"영혼들이 왜 그러고 싶어 하는데?"

"자신의 삶을 바로잡을 기회가 생기는 거잖아. 새로 시작할 기회를 얻는 거지."

어거스트는 내 말을 곰곰이 생각해 보더니 고개를 끄덕였다.

"재시험을 보는 거나 마찬가지네."

"그래."

"하지만 영혼들이 똑같은 모습으로 돌아가지는 않겠지? 내 말은, 돌아갈 때는 완전히 다른 모습이라는 얘기야, 그렇지 않을까?"

"아, 그래. 영혼은 그대로겠지만 나머지는 몽땅 바뀌겠지."

어거스트는 고개를 연신 끄덕이며 맞장구를 쳤다.

"그거 마음에 드네. 그거 정말 마음에 든다, 서머. 그럼 다음 생에서는 나도 이 얼굴하고는 안녕이잖아."

어거스트가 자기 얼굴을 손으로 가리키며 우스꽝스러운 표정을 지어 보여서 깔깔 웃음이 터져 나왔다.

"그렇겠지."

어거스트가 씩 웃으며 말했다.

"야, 그럼 꽃미남이 될 수도 있겠네! 그럼 끝내주겠다, 안 그래? 얼굴 잘생겼지, 몸짱이지, 기럭지 끝내주지."

다시 까르르 웃음이 터졌다. 어거스트는 정말 재미있는 친구다. 난 이래서 어거스트가 좋다.

"그런데, 어기, 뭐 하나 물어봐도 돼?"

"응."

내가 무엇을 물어보고 싶은지 정확하게 아는 눈치였다. 나는 망설였다. 예전부터 궁금했지만 선뜻 용기가 나지 않았다.

"뭔데? 내 얼굴이 왜 그런지 궁금한 거야?"

"응. 대답해 줘도 괜찮다면."

어거스트는 어깨를 으쓱했다. 화가 나거나 슬픈 것 같지 않아서 마음이 놓였다.

"뭐, 별거 아니야. 제일 큰 요인은 하악-안면-이골증인데, 아마 죽을 때까지 제대로 발음하기 힘들 거야. 거기다 골덴하르 증후군이라는 것도 있고, 발음조차 할 수 없는 다른 게 또 있어. 이런 모든 것들이 함께 변형을 일으켜서 하나의 커다랗고 엄청난 걸 만들었는데, 그건 너무 희귀해서 이름도 없어. 그러니까, 잘난 척하려는 건 아니지만, 이래봬도 내가 의학적 기적의 산물로 간주되는 귀하신 몸이라 이 말이야."

어거스트는 빙그레 웃었다.

"농담이야. 웃어도 돼."

나는 생긋 따라 웃고는 고개를 절레절레 흔들었다.

"너는 정말 웃겨, 어기."

어거스트가 자랑스레 대꾸했다.

"그래, 좀 웃기지. 난 쿨한 녀석이잖아."

이집트의 무덤

한 달여 동안 어거스트와 나는 학교를 마치면 우리 집과 어거스트네 집을 오가며 많은 시간을 함께 보냈다. 어거스트의 부모님은 엄마와 나를 저녁 식사에도 두 번 초대했다. 우리 엄마한테 어거스트의 삼촌을 소개시켜 주겠다는 말도 들었다.

이집트 박물관 전시회 날, 우리는 모두 한껏 흥분한 상태였다. 추수 감사절 연휴 때만큼은 아니지만, 바로 전날 눈까지 내렸다. 어쨌든 눈은 눈이니까.

체육관은 거대한 이집트 박물관으로 탈바꿈했고, 탁자마다 아이들이 작업한 이집트 유물들과 각각의 유물을 설명하는 문구를 적은 카드로 가득 채워졌다. 대부분의 작품이 아주 근사했지만, 솔직히 말해서 나와 어거스트의 작품이 제일 훌륭했다. 내 아누비스 조각상은 제법 진짜처럼 보였는데, 진짜 황금빛 페인트까지 사용했다. 어거스트는 각설탕을 이용해 계단식 피라미드를 완성했다. 가로 세로 60센티미터 크기에 깔깔한 모래 느낌이 나는 페인트 비슷한 걸로 스프레이 칠을 해 놓았더니 정말 그럴듯해 보였다.

우리는 모두 이집트 의상으로 차려입었다. 몇몇 아이들은 인디아나 존스 차림의 고고학자로 변신했다. 파라오처럼 입은 아이들도 있었다. 어거스트와 나는 미라로 꾸몄다. 작은 눈구멍 두 개와 입 구멍 하나만 빼고 얼굴을 꽁꽁 싸맸다.

부모님들이 도착해 체육관 앞 복도에 긴 줄을 만들었다. 각자 부모님을 모시고 와도 좋다는 말이 떨어지자, 저마다 부모님을 모시고 캄캄한 체육관을 이리저리 다니며 손전등 여행에 나섰다. 어거스트와 나는 엄마들을 함께 모시고 다녔다. 우리는 전시된 작품들 주위를 돌면서 하나하나 설명을 하고, 소곤소곤 속삭이며 질문에 답했다. 워낙 어두웠기 때문에 손전등으로 작품을 비추며 이야기를 했다. 가끔은 극적 효과를 높이기 위해 턱에 손전등을 댄 채 자세한 설명을 이어갔다. 어둠 속에서 모두 속닥속닥 얘기를 하고 여기저기에서 손전등 불빛들이 지그재그로 움직이는 광경을 보니 정말 재미있었다.

그러다가 잠깐 물을 마시러 식수대로 향했다. 물을 마시려면 얼굴을 덮은 미라 붕대를 벗어야 했다.

"안녕, 서머. 의상 멋진데."

잭이 다가오며 아는 체를 했다. 잭은 영화 〈미라〉에 나오는 주인공처럼 차려입었다.

"고마워."

"다른 미라는 어거스트야?"

"응."

"근데…… 너 혹시 어거스트가 왜 나한테 화났는지 알아?"

나는 고개를 끄덕였다.

"알아."

"말해 주면 안 돼?"

"안 돼."

잭은 고개를 끄덕였다. 실망한 기색이 역력했다.

"너한테 말하지 않겠다고 어거스트와 약속했어."

"너무 이상하잖아. 갑자기 왜 나한테 화가 났는지 도통 모르
겠어. 전혀. 힌트라도 좀 주면 안 돼?"

체육관 건너편, 엄마들과 이야기를 하고 있는 어거스트를 흘
깃 바라봤다. 핼러윈 날 어거스트가 우연히 들었던 말을 비밀
에 붙이기로 한 우리의 굳은 맹세를 깰 생각은 없었지만, 문득
잭이 안 됐다는 생각이 들었다.

"피 흘리는 스크림."

나는 잭의 귀에 대고 짧게 속삭인 뒤 서둘러 자리를 떴다.

제4부

잭 JACK

내 비밀은 이거야, 아주 간단하지.

제대로 보려면 마음으로 봐야 해.

가장 중요한 것은 눈에는 보이지 않거든.

- 앙투안 드 생텍쥐페리, 『어린 왕자』 중에서

전화

8월 달에 중학교 교장 선생님인 터시먼 선생님한테서 부모님 앞으로 전화가 걸려 왔다. 엄마는 "환영 인사차 모든 신입생들에게 전화를 거시나 봐."라고 했고, 아빠는 "전화 걸 학생이 한둘이 아닐 텐데."라고 말했다. 엄마가 답례로 교장 선생님한테 전화를 했고, 나는 옆에서 두 분이 나누는 대화를 들었다. 통화 내용은 정확히 다음과 같았다.

"어머, 안녕하세요, 교장 선생님. 아만다 윌인데요, 전화 주셨죠? 잠시 침묵. 아, 감사합니다! 그렇게 말씀해 주시니 정말 고맙네요. 잭도 기대하고 있어요. 잠시 침묵. 네. 잠시 침묵. 아. 잠시 침묵. 네, 그럼요. 긴 침묵. 어머나. 네에. 잠시 침묵. 뭐, 그렇게 말씀해 주시니 고맙죠. 잠시 침묵. 물론이죠. 오, 와. 어머나. 완전히 긴 침묵. 알겠습니다, 물론이죠. 잭은 틀림없이 그럴 거예요. 제가 좀 적을게요, 네, 적었어요. 잭하고 얘기 좀 해 보고 다시 전화드릴게요. 잠시 침묵. 아뇨, 잭을 그렇게 생각해 주신다니 감사하죠. 안녕히 계세요!"

그렇게 엄마가 전화를 끊은 뒤 내가 물었다.

"왜요, 교장 선생님이 뭐래요?"

"뭐, 네 칭찬을 많이 하셨는데 좀 안타깝기도 하구나. 올해 새로 중학교에 다니게 된 애가 한 명 있는데, 그동안 홈스쿨을 했기 때문에 학교 환경은 처음이라는 거야. 그래서 교장 선생님이 초등학교 선생님들한테 5학년에 올라오는 애들 중에 특별히 마음씨 착한 애들이 누가 있을까 알아봤는데, 선생님들이 너를 추천해 주셨나 봐. 우리 아들 착한 거야 엄마가 잘 알지. 그래서 교장 선생님이 너한테 그 새로 온 남자애를 좀 부탁할 수 있을까 하고 전화하신 거야."

"저더러 개랑 같이 다니라는 말이세요?"

"그래. 교장 선생님은 그걸 '환영 친구'라고 하시더라."

"하필이면 왜 난데요?"

"아까 말했잖아. 초등학교 때 선생님들이 너라면 믿을 만하다고 추천했다니까. 선생님들이 너를 그렇게 잘 봐주셨다니 정말 자랑스럽구나……."

"그게 왜 안타까운데요?"

"무슨 말이야?"

"엄마가 아까 '칭찬을 많이 하셨는데 좀 안타깝기도 하구나.'라고 했잖아요."

"아. 그게, 그 아이한테 좀 문제가 있는데…… 그러니까, 잘은 모르겠지만 얼굴에 무슨 문제가 있다든가, 그런 것 같아……

아마 사고를 당했나 봐. 다음 주에 학교에 나오면 더 자세히 말씀해 주시겠대."

"학교는 9월 달에 시작하잖아요!"

"입학식 전에 미리 그 애를 만나 봤으면 하셔."

"꼭 해야 돼요?"

엄마는 조금 놀란 표정이었다.

"글쎄, 아니, 꼭 그런 건 아니지만, 그렇게 해 주면 좋을 것 같구나, 잭."

"안 해도 되면, 전 하기 싫어요."

"적어도 생각은 해 볼 수 있잖니?"

"생각해 봤는데 하기 싫어요."

"억지로 권하지는 않을게. 하지만 조금만 더 생각해 봐, 알겠지? 교장 선생님한테는 내일 전화드릴 테니까, 딱 잘라 말하지 말고 조금만 더 생각해 봐. 엄마 말은, 잭, 새로 온 애한테 시간을 좀 내주는 게 그렇게 힘든 일은 아닌 것 같……."

내가 말을 잘랐다.

"그냥 새로 온 애가 아니에요, 엄마. 걔는 기형이에요."

"그런 말 하는 거 아니야, 잭."

"사실이 그렇잖아요, 엄마."

"너는 걔가 누군지도 모르잖아!"

"아니, 알아요."

216

엄마가 그 애 얘기를 꺼내자마자, 그 애가 바로 어거스트란 걸 단박에 알아차렸으니까.

아이스크림 가게

대여섯 살쯤 되었을 때, 에임스포트가에 있는 아이스크림 가게 앞에서 처음으로 그 애를 본 기억이 난다. 보모였던 베로니카 누나와 나는 가게 밖 벤치에 앉아 있었고, 어린 남동생 제이미는 유모차에 앉아 우리를 마주보고 있었다. 아이스크림을 먹느라 정신이 없어서 옆에 누가 앉아 있는지도 몰랐나 보다. 콘 밑으로 흘러내리는 아이스크림을 빨아 먹으려고 고개를 들었다가 그 애, 어거스트를 보았다. 그 애는 우리 바로 옆에 앉아 있었다. 그러면 안 되는 줄은 알았지만 얼마나 무서웠던지 나도 모르게 "헉!" 소리가 튀어나왔다. 처음에는 좀비 가면 같은 걸 쓴 줄 알았다. 내 입에서 나온 '헉' 소리는 공포 영화를 볼 때나 덤불 속에서 악당이 불쑥 튀어나왔을 때 나도 모르게 내지르게 되는 바로 그 소리였다. 그래도 나는 그런 짓을 하면 나쁘다는 걸 알고 있었다. 그 애는 내 말을 듣지 못한 것 같았지만 그 애 누나는 들은 눈치였다.

베로니카 누나가 우리를 재촉했다.

"잭! 가야겠다!"

베로니카 누나는 자리에서 일어나 황급히 유모차를 돌렸다. 어느새 제이미까지 그 애를 보고 뭔가 난처한 말을 꺼낼 기세였기 때문이다. 그래서 나는 갑자기 벌이 내려앉기라도 한 것처럼 벌떡 일어나 서둘러 자리를 뜨는 베로니카 누나를 뒤따라갔다. 뒤에서 그 애 엄마가 조용히 말했다.

"그래, 얘들아, 가야 할 시간인 것 같구나."

고개를 돌려 한 번 더 그들을 쳐다보았다. 그 애는 아이스크림을 빨아 먹고 있었고, 그 애 엄마는 스쿠터를 챙기는 중이었다. 그런데 그 애 누나가 당장이라도 죽일 듯한 눈빛으로 날 노려보았다. 나는 재빨리 시선을 돌렸다.

내가 조그맣게 물었다.

"누나, 쟤 얼굴 왜 그래?"

"쉿!"

화가 난 목소리였다. 나는 베로니카 누나를 좋아하지만 누나는 한번 화가 나면 정말 벼락같이 화를 냈다. 누나가 서둘러 유모차를 몰자, 제이미는 그 애를 다시 한번 보려고 유모차 밖으로 떨어질 정도로 몸을 쑥 내밀었다.

"근데, 누나……."

"너희들은 너무 못됐어! 정말 못됐어! 그렇게 빤히 쳐다보다니!"

골목길을 내려오자마자 베로니카 누나가 버럭 화를 냈다.

내가 말했다.

"일부러 그런 건 아니야."

제이미가 끼어들었다.

"누나."

베로니카 누나가 혼잣말로 중얼거렸다.

"그렇게 와 버리다니. 오, 세상에, 가엾은 아주머니. 잘 들어, 얘들아. 우리가 얼마나 복 받은 사람들인지 항상 하느님께 감사드려야 해, 알겠지?"

"누나!"

"왜, 제이미?"

"그거 핼러윈이야?"

"아니야, 제이미."

"근데 그 형은 왜 가면을 썼어?"

베로니카 누나는 대답하지 않았다. 가끔 화가 나면 누나는 입을 꾹 다물어 버렸다.

내가 대신 말했다.

"가면을 쓴 게 아니야."

"그만, 잭!"

"왜 그렇게 화를 내, 누나?"

나는 묻지 않을 수 없었다. 그렇게 물으면 더 화를 낼 줄 알았는데, 누나는 그냥 고개만 저었다.

"우리가 한 행동은 옳지 않아. 악마라도 본 것처럼 그렇게 확 일어서다니. 제이미가 무슨 말을 할지 몰라서 겁이 났어. 혹시라도 그 꼬마의 마음을 다치게 하는 말이라도 할까 봐. 그래도 그렇게 가 버리면 안 되는데. 그 아주머니가 다 알았을 거야."

"그렇지만 우리가 일부러 그런 건 아니잖아."

"잭, 꼭 나쁜 마음을 먹어야만 다른 사람의 마음을 다치게 하는 게 아니야, 알겠니?"

아무튼 내 기억으로는 그날이 동네에서 어거스트를 처음 본 날이었다. 그 뒤로도 어거스트를 여러 번 보았다. 놀이터에서 두어 번, 공원에서 몇 번. 우주 비행사 헬멧을 쓰고 나올 때도 있었던 것 같다. 하지만 헬멧을 쓴 애가 바로 그 애라는 걸 항상 알고 있었다. 우리 동네 애들은 그 애가 어거스트라는 것을 다 알았다. 모두 이렇게 저렇게 한 번씩은 그 애와 마주쳤다. 그 애는 우리 이름을 모르지만 우리는 모두 그 애의 이름을 알았다.

그 애를 볼 때마다 베로니카 누나가 했던 말을 잊지 않으려고 노력한다. 하지만 쉽지가 않다. 자꾸 몰래 힐긋거리지 않으려고 해도 마음처럼 되지 않는다. 그 애를 보면 아무렇지도 않은 척하기가 힘들다.

마음을 바꾼 이유

그날 밤 늦게 엄마에게 물었다.

"교장 선생님이 또 누구한테 전화했대요? 엄마한테 말해 줬어요?"

"줄리안과 샬롯 얘기를 하시더구나."

"줄리안! 헐, 줄리안은 왜요?"

"너 원래 줄리안이랑 친했잖아!"

"엄마, 그건 유치원 때 얘기죠. 줄리안은 세상에서 제일가는 위선자예요. 어떻게 하면 인기를 높일까 맨날 그것만 연구하는 애라고요."

"글쎄다, 그래도 줄리안은 선뜻 도와주겠다고 했다던데. 그 점은 높이 사 줘야 되지 않겠니."

틀린 말이 아니라서 아무런 대꾸도 하지 못했다.

"샬롯은요? 걔도 하겠대요?"

"그래."

"당연히 하겠지. 착한 척하는 데는 걔 따라갈 사람이 없으니까."

"세상에, 잭. 요즘 마음에 드는 애가 하나도 없나 보구나."

"그건 그냥……. 엄마, 엄마는 걔가 어떻게 생겼는지 정말 몰라서 그래요."

"대충은 알아."

"아뇨! 엄마는 몰라요! 한 번도 못 봤잖아요. 나는 봤어요."

"네가 생각하는 애가 아닐 수도 있잖아."

"정말이에요, 걔가 맞아요. 그리고 분명히 말씀드리지만, 진짜, 진짜 끔찍해요. 걔는 기형이에요, 엄마. 눈이 이 밑에 있다고요."

나는 내 양 뺨을 손으로 가리켰다.

"귀도 없어요. 게다가 입은……."

때마침 제이미가 냉장고에서 주스를 꺼내러 주방으로 들어왔다.

"제이미한테 물어보세요. 맞지, 제이미? 작년에 학교 끝나고 공원에서 봤던 애? 어거스트라는 애? 얼굴 이상한 애 있지?"

제이미가 눈을 커다랗게 뜨며 말했다.

"아, 그 형? 그 형 때문에 악몽을 꿨어! 엄마, 생각나요? 작년에 좀비 꿈을 꿨잖아요."

"엄마는 공포 영화 때문인 줄 알았는데."

"아니야! 그 형을 봐서 그런 거야! 그 형을 보고 내가 아아악! 하고 도망갔……."

엄마가 심각한 목소리로 말을 잘랐다.

"잠깐만. 그 애 앞에서 그랬단 말이야?"

제이미가 징징대는 목소리로 대꾸했다.

"어쩔 수가 없었어요!"

"왜 어쩔 수가 없어! 얘들아, 엄마 말 잘 들어. 엄마는 너희 얘기 듣고 정말 실망했어."

엄마는 목소리만큼이나 실망스러운 표정을 지었다.

"그 애는 그냥 남자애일 뿐이야, 너희들이랑 똑같은! 제이미, 네가 그렇게 도망가 버리는 걸 보고, 더구나 비명까지 지르면서, 그 애 기분이 어땠겠니?"

"비명은 아니었어요. 그냥 '아아악!' 그런 거예요."

제이미는 양손을 뺨에 대고 주방을 이리저리 뛰어다녔다.

"세상에, 제이미! 엄마는 우리 아들들이 그보다는 더 인정이 많은 줄 알았는데."

이제 겨우 2학년이 된 제이미가 물었다.

"인정이 많은 게 뭐예요?"

"그게 무슨 뜻인지 너도 잘 알 텐데, 제이미."

"그래도 그 형은 정말 흉측하단 말이에요, 엄마."

엄마가 소리를 질렀다.

"제이미! 엄마는 그런 말 싫어. 어서 주스 가지고 가. 잠깐 형이랑 얘기 좀 하고 싶구나."

제이미가 나가자마자 엄마가 나를 불렀고, 한바탕 잔소리가 이어질 게 뻔했다.

　"들어 봐, 잭."

　"알았어요, 할게요."

　내 말에 엄마는 깜짝 놀랐다.

　"할 거야?"

　"네!"

　"그럼 교장 선생님한테 전화드려도 돼?"

　"네! 엄마, 한다고요, 한다고 했잖아요!"

　엄마가 미소를 지었다.

　"넌 뭐든 잘 해내잖니. 잘 생각했어. 네가 자랑스럽구나, 잭."

　엄마가 내 머리를 쓱쓱 쓰다듬었다.

　마음을 바꾸게 된 계기는 이렇다. 엄마의 한바탕 잔소리를 듣기 싫어서가 아니었다. 만사가 제맘대로인 줄리안에게서 어거스트라는 애를 지켜 주기 위해서도 아니었다. 제이미가 어거스트를 보고 '아아악!' 하며 달아났다는 얘기를 듣자, 갑자기 안타까운 마음이 들었다. 세상에는 줄리안처럼 못되게 구는 아이들이 있게 마련이다. 하지만 원래 마음씨가 착한 제이미 같은 꼬마들이 그렇게 못되게 굴 정도라면 어거스트 같은 애는 중학교에서 전혀 설 자리가 없다.

네 가지 사실

첫째, 누구든 어거스트의 얼굴에 익숙해진다. 처음 두어 번은 이랬다. 우아, 난 절대 그 얼굴에 익숙해지지 못할 거야. 그러다 일주일쯤 지나자 이랬다. 뭐, 그렇게 나쁘지는 않네.

둘째, 어거스트는 정말 괜찮은 녀석이다. 꽤 웃기다. 예를 들어, 선생님이 무슨 말을 하면 어거스트가 나한테만 들리게 우스운 말을 속닥거리는데, 그럼 나는 완전히 뒤집어진다. 전체적으로 멋진 녀석이다. 같이 어울리기 편하고, 대화도 잘 통한다.

셋째, 정말 똑똑하다. 집에서 공부를 했다고 해서 공부를 못할 줄 알았다. 그런데 대부분의 과목 성적이 나보다 우수하다. 샬롯이나 히메나만큼은 아닐지 모르지만 상위권에 속한다. 게다가 샬롯이나 히메나와 달리 어거스트는 내가 정말로 절박할 때면(그래봤자 두어 번이긴 했지만) 은근슬쩍 시험지를 보여준다. 숙제도 한 번 보여 줬는데, 덕분에 수업이 끝나고 우리 둘다 혼이 났다. 루빈 선생님이 "어제 숙제에서 너희 둘 다 틀린 답이 똑같아."라고 나무라며 어디 변명이라도 해보라는 듯이 우리 두 사람을 빤히 지켜보았다. 내 입장에선 '아, 그건 제가 어거스트의 숙제를 베껴서 그래요.'라고밖에 할 말이 없었던 터라 입을 꾹 다물고 있었다. 그런데 어거스트가 대뜸 거짓말을 했다. 어거스트는 "아, 그건 우리가 어젯밤에 숙제를 같이 해서 그래요."라고 둘러댔고, 백 퍼센트 틀린 말은 아니었다. "음, 숙제를 같이 하는 건 좋은 일이지. 하지만 그래도 답은 각자 써야지. 나란히 앉아서 하는 것까지는 괜찮지만 숙제를 같이 할 수는 없는 거야. 무슨 말인지 알겠지?"라며 선생님은 마무리를 지었다.

교실을 나온 뒤에 내가 말했다.

"자식, 둘러대 줘서 고맙다."

"뭘."

정말 멋진 녀석이다.

넷째, 이제 어거스트를 잘 알게 되었으니 어거스트의 친구가 되고 싶다고 흔쾌히 말할 수 있다. 솔직히 처음에는 교장 선생님의 특별한 부탁이 없었다면 친구가 될 생각도 안 했을 거다. 하지만 지금은 어거스트와 다니는 게 좋다. 어거스트는 내가 무슨 농담을 해도 다 웃어 준다. 어거스트한테는 무슨 말이든 털어놓을 수 있을 것 같다. 어거스트는 좋은 친구다. 만약 5학년생들을 모두 벽에 세워 놓고 같이 다니고 싶은 친구를 고르라고 한다면 나는 기꺼이 어거스트를 택하겠다.

전 친구

피 흘리는 스크림? 대체 무슨 뚱딴지같은 소리야? 원래부터 서머 도슨은 조금 별난 구석이 있지만, 이건 너무 심하다. 난 어거스트가 왜 나한테 화가 난 것처럼 구는지 물었을 뿐이다. 서머는 그 이유를 아는 눈치였다. 그런데 '피 흘리는 스크림'이라니? 대체 무슨 말인지.

어제까지만 해도 어거스트는 내 친구였는데, 하룻밤 자고 나니, 휴우, 나하고는 말도 안 붙이려고 한다. 정말 갑갑할 노릇이다. 도무지 그 이유를 모르겠다. "야, 어거스트, 나한테 뭐 화난 거 있냐?"라고 묻자, 어거스트는 어깨를 으쓱하더니 그냥 가 버렸다. 나는 그것을 확실한 긍정으로 받아들였다. 나는 어거스트가 무엇 때문에 화가 났는지 전혀 모르겠지만 서머라면 실마리를 줄 거라 기대했다. 그런데 '피 흘리는 스크림'이 다라고? 좋아, 엄청난 도움이 됐군. 고마워, 서머.

나는 학교에 다른 친구들이 아주 많다. 그러니 어거스트가 공식적으로 나와 친구이기를 거부한다면, 좋다, 나는 괜찮다. 내가 눈 하나 깜짝하나 봐라. 어거스트가 나를 무시하듯이 이제

나도 어거스트를 무시하기 시작했다. 그런데 어거스트와는 거의 모든 시간에 짝이라서 생각만큼 쉬운 일이 아니다.

어느새 다른 애들도 눈치를 채고 싸웠냐며 물었다. 어거스트에게는 아무도 묻지 않는다. 어거스트에게는 말을 거는 애가 거의 없다. 나를 빼면 어거스트와 어울려 다니는 애는 서머뿐이다. 가끔 레이드 킹슬리랑 다니기도 하고, 쉬는 시간에는 두 맥스가 '던전스 앤드 드래건스'*에 두어 번 끼워 주는 것 같았다. 도덕군자인 척하는 데 선수인 샬롯도 복도에서 만나면 고개를 까닥이며 아는 체하는 게 전부였다. 나한테 대놓고 말하는 사람이 없기 때문에 어거스트 몰래 아직도 전염병 놀이를 하는지는 잘 모르겠다. 아무튼 어거스트에게 나를 대신할 만한 친구가 많지 않은 것만은 확실하다. 어거스트가 나를 무시한다면 손해 보는 사람은 다름 아닌 어거스트다. 나는 밑질 게 없다.

우리 둘 사이는 현재 이런 상태다. 꼭 필요한 경우가 아니면 절대 말을 하지 않는다. 이를테면, 내가 "루빈 선생님이 숙제가 뭐래?"라고 물으면 어거스트가 대답한다. 아니면 어거스트가 "연필깎이 좀 빌려줄래?"라고 하면 내가 필통에서 꺼내서 빌려 준다. 하지만 수업 종이 울리면 우리는 각자의 길을 간다.

더 많은 친구들과 다니게 돼서 나는 나쁠 게 없다. 전에 어거스트와 다닐 때는, 내 옆에 있으면 어거스트와 어울릴 수밖

---

*Dungeons & Dragons. 역할을 분담해 게임을 즐기는 롤플레잉 보드 게임의 일종.

에 없다 보니 애들이 나와도 거리를 두려고 했다. 더구나 전염
병 같은 얘기는 내 앞에선 아예 말도 꺼내지 않았다. 던전스 앤
드 드래건스를 하는 애들이나 서머를 빼면 전염병 놀이를 하지
않는 애는 나밖에 없는 듯싶었다. 노골적으로 드러내는 사람은
없지만, 어거스트와 어울리고 싶어 하는 애는 아무도 없다. 다
들 인기 그룹에 들어가고 싶어서 안달인데, 하물며 어거스트
와? 이제 나는 아무하고나 어울려 다닐 수 있다. 인기 그룹에
들어가고 싶으면 언제든 들어갈 수도 있다.

그렇지만 그래서 나쁜 점은 첫째, 나는 인기 그룹과 어울려
다니는 게 별로고, 둘째, 어거스트와 다니는 게 즐겁다는 사실
이다.

결국 모든 게 뒤죽박죽이다. 그리고 그건 다 어거스트 탓이
다.

눈

추수 감사절 연휴가 시작되기 바로 전날, 첫눈이 내렸다. 덕분에 휴교를 해서 연휴가 하루 더 늘어났다. 어거스트 문제로 울적해서, 하루라도 어거스트를 보지 않고 마음을 정리할 시간이 좀 필요하던 차라 기분이 좋았다. 게다가 눈 내린 날 아침에 일어나는 게 나는 세상에서 제일 좋다. 아침에 눈을 떴는데 뭔지 모르지만 평소와 다르다는 느낌이 들 때, 기분이 참 좋다. 그러다가 문득 귀를 기울이면 빵빵대는 차가 없다. 거리에는 버스가 다니지 않는다. 신나게 창가로 달려가 보면 온 세상이 하얀색이다. 인도와 나무, 거리의 자동차와 우리 집 창틀까지. 더구나 공휴일도 아닌데, 학교가 휴교라는 걸 알게 되면 나이가 무슨 상관이랴. 평생이 가도 세상에서 그것만큼 기분 좋은 일은 없을 것 같다. 그리고 눈이 올 때 우산을 쓰는 그런 어른은 되지 않겠다. 절대로.

아빠 학교도 휴교라서 제이미와 나는 아빠를 따라 공원에 있는 해골 언덕으로 썰매를 타러 갔다. 몇 년 전에 꼬마애가 거기서 썰매를 타다가 목이 부러졌다는 소문이 돌았지만, 믿거나 말거나. 집으로 오는 길에 바위에 기대어 놓은 망가진 나무 썰매 하나를 발견했다. 아빠는 남이 버린 것이니 내버려 두라고 했지만, 어쩐지 끝내주는 썰매가 탄생할 것 같은 예감이 들었다. 그래서 아빠의 허락을 받고 집으로 끌고 와서 온종일 썰매에 매달렸다. 부러진 널조각을 초강력 풀로 단단히 붙인 뒤, 더 잘 버티게 하기 위해 튼튼한 은색 접착테이프도 둘렀다. 그런 다음 이집트 박물관 프로젝트 때 스핑크스를 만들고 남은 페인트를 뿌려서 썰매 전체를 하얀색으로 칠했다. 페인트가 다 마른 뒤에는 중간에 있는 널빤지 위에 하얀색 물감으로 '번개'라고 쓰고, 글자 위에 작은 번개 모양도 그려 넣었다. 전문가가 만든 것처럼 꽤 그럴듯했다. 아빠는 "우아, 잭! 네 예감이 정확했구나!"라며 감탄을 금치 못했다.

이튿날 우리는 번개를 챙겨 다시 해골 언덕으로 향했다. 지금껏 타 본 썰매 중에 제일 빨랐다. 그동안 우리가 썼던 플라스틱 썰매들보다 훨씬, 훨씬, 훨씬 빨랐다. 게다가 기온이 조금씩 올라가는 중이라 사박사박하면서도 축축하게 눈이 잘 다져져 있었다. 제이미와 나는 오후 내내 번갈아 가며 번개를 탔다. 손가락이 꽁꽁 얼고 입술이 파래질 때까지 공원을 떠날 줄을 몰랐다. 결국 아빠 손에 질질 끌리다시피 해서 집으로 돌아왔다.

주말 무렵에는 눈이 거무죽죽하고 누렇게 변해 버렸고, 비까지 내려서 대부분 질척하게 녹아내렸다. 월요일에 다시 학교에 나갈 때쯤에는 눈은 모두 녹고 없었다.

연휴를 마치고 학교로 돌아가는 첫날은 비가 주룩주룩 내려서 아주 불쾌했다. 질척질척한 날. 내 기분과 똑같았다. 어거스트를 보고 "안녕." 고갯짓을 보냈다. 우리는 사물함 앞에 있었다. 어거스트도 "안녕." 하고 대꾸했다.

어거스트에게 번개 이야기를 하고 싶었지만 하지 않았다.

용기 있는 자가 운명을 개척한다

브라운 선생님의 12월의 금언은 이렇다. **'용기 있는 자가 운명을 개척한다.'** 지금까지 살면서 개인적으로 매우 용감한 행동을 한 경험과, 그로 인해 어떠한 긍정적인 결과가 있었는지 글로 써야 했다.

12월의 금언에 대해 진심으로 많은 생각을 했다. 솔직히 말해서 내가 지금껏 한 일 가운데 가장 용감한 일은 어거스트와 친구가 된 거다. 그렇지만 당연히 그 얘기는 쓸 수 없었다. 내가 쓴 글을 큰 소리로 발표해야 하거나, 종종 그렇듯이 게시판에라도 붙여 놓으면 큰일이었다. 그래서 대신 어렸을 때 바다를 두려워했던 경험에 대해 썼다. 시시하기 짝이 없었지만 다른 생각이 떠오르지 않았다.

어거스트는 뭘 썼을까? 어거스트는 고를 게 아주 많을 것 같았다.

사립 학교

우리 부모님은 부자가 아니다. 사립 학교에 다니면 다 부자라고 오해하는 사람들이 있는데, 우리 집은 예외다. 아빠는 학교 선생님이고 엄마는 사회 복지사다. 그 말은 곧, 두 분 다 수억을 버는 그런 직업이 아니라는 뜻이다. 원래는 차가 있었지만 제이미가 비처 사립 유치원에 다니기 시작하면서 팔았다. 대형 타운 하우스나 공원을 따라 늘어서 있는, 경비원이 지키는 고급 아파트에 살지도 않는다. 우리는 브로드웨이와 완전히 반대편에 있는, 도냐 페트라라는 할머니 소유의 엘리베이터도 없는 오 층 아파트에 세 들어 산다. 그곳은 버클리 하이츠에서 사람들이 차를 대기 싫어하는 구역으로 통한다. 나는 제이미와 한 방을 쓴다. 엄마 아빠가 "일 년만 더 에어컨 없이 지내 볼까?"라거나 "올해는 두 가지 일을 할 수 있을 것 같아."와 같은 대화를 나누는 장면도 심심찮게 볼 수 있다.

오늘 쉬는 시간에 줄리안, 헨리, 마일즈, 그리고 다른 남자애 둘과 잡담을 하고 있었다. 누구나 다 아는 부잣집 아들인 줄리안이 먼저 말을 꺼냈다.

"이번 크리스마스 때도 파리에 가야 돼. 정말 질색이야. 너무 너무 따분해!"

내가 바보처럼 끼어들었다.

"야, 그래도 파리잖아."

"아냐, 진짜 지루하다니까. 우리 할머니가 외딴 곳에 있는 집에 사시거든. 파리에서 한 시간쯤 떨어진 아주, 아주, 아주 작은 마을이야. 거짓말이 아니야. 거기는 도대체 무슨 새로운 일이라는 게 눈을 씻고 찾아봐도 없어! 뭐냐면 이런 거야. 어, 애 좀 봐, 벽에 못 보던 파리가 나타났네! 어, 보도에 처음 보는 개가 자고 있네, 우아!"

깔깔 웃음이 나왔다. 줄리안은 가끔 아주 웃길 때가 있다.

"그런데 올해는 부모님이 파리에 가는 대신 성대한 파티를 열까 의논하는 중이셔. 제발 그랬으면 좋겠어. 너는 방학 때 뭐 해?"

"그냥 여기저기."

"정말 좋겠다."

"또 눈이나 펑펑 내리면 좋겠어. 새로 썰매를 하나 구했는데, 정말 끝내주거든."

막 번개 얘기를 꺼내려는데, 마일즈가 먼저 말을 시작했다.

"나도 썰매 새로 샀어! 아빠가 사 주셨는데, 완전히 예술 작품이야."

줄리안이 끼어들었다.

"무슨 썰매가 예술 작품이냐?"

"800달러쯤 되거든."

"우아!"

"우리 다 같이 해골 언덕에 가서 썰매 경주하자." 하고 내가
제안했다.

줄리안이 고개를 내저었다.

"거기는 너무 시시해."

내가 말했다.

"시시하긴? 거기에서 목이 부러진 애도 있대."

줄리안이 눈을 가늘게 뜨고는 이런 멍청한 녀석을 봤나 하는
눈길로 나를 쳐다봤다.

"거기가 왜 해골 언덕인 줄 알아? 인디언들 묘지였거든. 지금
거기는 쓰레기 언덕이라고 불러 줘야 돼. 완전 쓰레기 같은 데
니까. 지난번에 갔더니 음료수 깡통에 깨진 유리병들이 너저분
하더라."

줄리안은 고개를 내저었다.

마일즈가 말했다.

"거기다 내가 타던 썰매를 두고 왔어. 완전히 고물이었는데,
그걸 또 누가 가져갔더라!"

줄리안이 낄낄거렸다.

"어떤 노숙자 양반이 썰매가 타고 싶었나 보지!"

내가 물었다.

"어디다 놨는데?"

"언덕 맨 밑에 있는 바위에 기대 놨지. 다음 날 갔더니 어느새 없어졌더라고. 누가 그걸 가져간 게 신기해."

줄리안이 말했다.

"이렇게 하자. 다음에 눈이 오면 아빠가 웨스트체스터에 있는 골프장까지 태워다 주실 수 있을 거야. 해골 언덕은 상대도 안 돼. 야, 잭, 너 어디 가?"

나는 자리를 뜨고 있었다. 나는 대충 둘러댔다.

"사물함에서 책 좀 가져오려고."

아이들에게서 빨리 벗어나고 싶은 마음뿐이었다. 그 썰매를 가져간 '노숙자'가 바로 나라는 걸 아무에게도 들키고 싶지 않았다.

과학 시간

나는 세상에서 가장 우수한 학생이 아니다. 학교를 좋아하는 애들이 있다는 건 알지만, 솔직히 나는 아니다. 체육 시간이나 컴퓨터 시간 같은 때는 좋다. 점심시간과 쉬는 시간도. 하지만 난 학교 같은 건 없어도 좋다. 제일 싫은 건 숙제다. 수업 시간 내내 엉덩이를 붙이고 앉아 굳이 알 필요도 없는 온갖 것들을 머릿속에 꾹꾹 채워 넣느라 졸린 마음을 참는 것만으로도 성이 안 찬단 말인가? 예를 들어, '정육면체의 겉면의 넓이를 계산하시오.'라던가 '운동 에너지와 위치 에너지의 차이가 무엇입니까?'라는 문제를 보자. 그걸 알아서 뭐에 쓰려고? 엄마 아빠 입에서 '운동 에너지'라는 말을 들어 본 적이 태어나서 단 한 번도 없는데!

나는 모든 과목 중에서도 과학이 제일 싫다. 배울 게 많으면 재미라도 있는가! 게다가 루빈 선생님은 너무 깐깐해서 하나도 그냥 넘어가는 게 없다. 하다못해 숙제 맨 위에 제목을 쓰는 방식까지도 트집을 잡으니! 맨 위에 날짜를 쓰지 않았다고 숙제 점수를 2점이나 깎았다. 어처구니가 없다.

그나마 어거스트와 친구였을 때는 과학도 그럭저럭 참을 만했다. 그때는 어거스트가 옆자리에서 항상 자기 공책을 보여 줬으니까. 어거스트는 내가 본 남자애들 가운데 글씨를 제일 또박또박 잘 쓴다. 필기체까지도 깔끔하다. 작고 동글동글한 글자들로 위아래 위치를 완벽하게 맞춘다. 이제는 전 친구 사이라 공책도 베껴 쓸 수 없으니 과학이 좋아졌을 리가 없다.

그래서 오늘도 루빈 선생님이 하는 말을 받아 적으려고 허둥대고 있었는데(내 글씨체는 완전히 삐뚤삐뚤이다), 난데없이 선생님이 5학년 과학 전시회 프로젝트 얘기를 꺼내더니, 각자 작업할 과학 프로젝트를 고르는 방법에 대해 설명을 시작했다.

선생님이 설명을 하는 동안 나는 '그 힘든 이집트 프로젝트를 끝낸 게 엊그제 같은데, 또야?'라며 속으로 툴툴거렸다. 그랬더니 영화 〈나홀로 집에〉에서 주인공 남자애가 입을 쩍 벌리고 얼굴에 양손을 올리면서 "으악!" 하는 장면이 머릿속에 떠올랐다. 마음속에서 나도 똑같은 얼굴을 하고 있었다. 순간 입을 쩍 벌린 채 일그러진 얼굴로 비명을 지르는 유령 그림을 어딘가에서 본 것 같았다. 곧이어 그 그림이 머릿속을 스쳐 지나갔고, 기억이 되살아나며, 서머가 말한 '피 흘리는 스크림'이 무슨 뜻인지 이해가 되었다. 어떻게 그 모든 생각이 순식간에 파바박 떠오를 수 있는지 정말 희한하다. 핼러윈 날 우리 반 교실에 피 흘리는 스크림 복장을 하고 온 애가 있었다. 내 책상에서 얼마 떨어지지 않은 자리에서 본 기억이 난다. 그런데 그 이후로는 그 애를 본 기억이 없다.

이럴 수가. 그 애가 어거스트였다!

선생님이 말을 하는 동안 그 모든 생각이 순식간에 머리를 스치고 지나갔다.

이럴 수가.

나는 줄리안에게 어거스트 흉을 보고 있었다. 이럴 수가. 이제야 이해가 된다! 나는 너무 잔인했다. 내가 왜 그랬지? 무슨 말을 지껄였는지조차 잘 모르겠지만 좋은 말은 아니었다. 그래 봤자 일이 분? 줄리안을 비롯해 모든 아이들이 내가 어거스트와 다니는 걸 하도 희한하게 여기니까 나도 모르게 확 짜증이 치밀었다. 왜 그런 말을 내뱉었는지 나도 잘 모르겠다. 그냥 상황이 그랬다. 나는 어리석었다. 어리석기 그지없었다. 오, 하느님! 그날 어거스트는 보바 펫을 하고 온다고 했는데! 보바 펫 앞이었다면 그런 말을 했을 리가 없다. 책상에 앉아 우리를 쳐다보고 있던 피 흘리는 스크림이 어거스트였다니. 가짜 피를 흘리는 길쭉한 하얀색 가면. 입을 쩍 벌리고. 마치 귀신이 울고 있는 것처럼. 그게 어거스트였다니.

금방이라도 와락 토할 것 같았다.

짝

그다음부터 루빈 선생님 말은 한마디도 귀에 들어오지 않았다. 어쩌고저쩌고. 과학 전시회 프로젝트. 어쩌고저쩌고. 짝. 어쩌고저쩌고. 찰리 브라운 만화에 나오는 어른들 얘기처럼 들렸다. 마치 물속에서 말하는 소리처럼. 웅얼웅얼, 쫑얼쫑얼, 웅얼웅얼, 쫑얼쫑얼.

갑자기 루빈 선생님이 교실에 앉은 아이들을 손으로 가리키기 시작했다.

"레이드와 트리스탄. 마야와 맥스. 샬롯과 히메나. 어거스트와 잭."

선생님은 우리 둘을 가리키고 계속해서 짝을 지었다.

"마일즈와 아모스, 줄리안과 헨리, 사바나와……."

나머지 말은 듣지 않았다.

"뭐야?"

수업이 끝나는 종이 울렸다.

"여러분, 각자 짝과 상의해서 어떤 프로젝트를 할지 목록에서 고르도록 하세요!"

루빈 선생님의 말이 끝나자, 모두 자리를 뜨기 시작했다. 어거스트를 힐끗 쳐다봤지만 어거스트는 어느새 책가방까지 메고는 휙 밖으로 나가 버렸다.

　　줄리안이 다가와 하는 말을 듣고 보니, 내가 꽤나 멍청한 표정을 짓고 있었나 보다.

　　"와, 절친이랑 짝꿍이 되셨네."

　　줄리안이 히죽히죽 웃으며 비아냥거렸다. 줄리안이 너무나도 얄미웠다. 나는 아무런 대꾸도 하지 않았다.

　　"야, 듣고 있냐?"

　　나는 공책을 가방에 챙겼고, 그냥 줄리안이 가 주기를 바랐다.

　　"입 닥쳐, 줄리안."

　　"개랑 짝이 됐으니 기분이 좋을 리가 없지. 루빈 선생님한테 짝을 바꾸고 싶다고 말해. 들어주실걸."

　　"아니, 안 들어주실 거야."

　　"여쭤 봐."

　　"아니, 그러기 싫어."

　　"루빈 선생님?"

　　줄리안이 몸을 돌리며 한 손을 번쩍 들어올렸다.

　　루빈 선생님은 교실 앞에서 칠판을 지우는 중이었다. 줄리안이 부르는 소리에 선생님이 고개를 돌렸다.

　　내가 조그맣게 악을 썼다.

"그러지 마, 줄리안!"

"얘들아, 뭐지?"

줄리안이 천진난만한 얼굴로 물었다.

"원하면 짝을 바꿔도 되나요? 잭이랑 둘이서 꼭 같이 하고 싶은 과학 전시회 프로젝트가 있거든요."

"뭐, 정 그러면 조정해 볼 수도 있고……."

나는 교실 밖으로 향하며 재빨리 말했다.

"아뇨, 괜찮아요, 선생님. 안녕히 계세요!"

줄리안이 쫓아왔다. 줄리안은 계단까지 끈질기게 따라붙었다.

"왜 그랬어? 우리 둘이 짝이 될 수도 있었는데. 하기 싫으면 그 괴물하고 친구가 될 필요가……."

순간 줄리안에게 주먹을 날렸다. 입에다 정통으로.

정학

어떤 일들은 도무지 설명이 불가능하다. 엄두도 못 낸다. 어디부터 시작해야 좋을지 모른다. 입을 열면 한마디 한마디가 매듭처럼 뒤죽박죽 엉켜 버린다. 엉뚱한 말만 튀어나온다.

교장 선생님이 말했다.

"잭, 이건 대단히, 대단히 심각한 일이야."

나는 교장 선생님의 책상 맞은편 의자에 앉아 뒤쪽 벽에 걸린 호박 그림을 보고 있었다.

"이런 일에 연루된 아이들은 퇴학이야, 잭! 네가 착한 아이라는 걸 잘 알고, 그런 일을 당하게 하고 싶지 않다만, 반드시 네 입으로 해명을 해야 돼."

엄마가 말했다.

"정말 너답지 않은 행동이야, 잭."

엄마는 전화를 받자마자 일하다 말고 학교로 달려왔다. 엄마는 분노와 충격 사이에서 갈피를 잡지 못했다.

교장 선생님이 말했다.

"선생님은 네가 줄리안이랑 친한 줄 알았는데."

"개랑 친구 아니에요."

나는 팔짱을 꼈다.

엄마가 목소리를 높였다.

"그래도 입에다 주먹질을 하다니, 대체 무슨 생각을 한 거니?"

엄마는 교장 선생님을 바라봤다.

"잭은 지금까지 한 번도 누구를 때려 본 적이 없어요. 그런 애가 아니에요."

교장 선생님이 말했다.

"줄리안의 입에서 피가 줄줄 났어, 잭. 이까지 부러졌어, 그거 알고 있었니?"

"그래봤자 젖니 한 개예요."

엄마가 고개를 저으며 소리쳤다.

"잭!"

"보건 선생님이 그랬단 말이에요!"

"넌 진짜 중요한 게 뭔지 모르고 있어!"

교장 선생님이 어깨를 추켜올리며 말했다.

"선생님은 이유를 알고 싶을 뿐이란다."

내가 한숨을 쉬었다.

"그래 봤자 상황만 더 나빠질 거예요."

"그래도 말해 보렴, 잭."

어깨만 으쓱했을 뿐 아무 말도 하지 않았다. 할 수가 없었다. 줄리안이 어거스트를 괴물이라고 불렀다고 사실대로 털어놓으면 교장 선생님은 줄리안에게 그 일을 물을 테고, 그러면 줄리안은 내가 뒤에서 어거스트 욕을 했다고 이를 게 분명했다. 그렇게 되면 모두에게 소문이 퍼지는 건 시간문제였다.

엄마가 채근했다.

"잭!"

나는 갑자기 울음이 나왔다.

"죄송해요……."

교장 선생님은 눈을 치켜뜨며 고개를 끄덕였지만 아무런 말도 하지 않았다. 대신 추울 때 그러듯이 양손을 호호 불었다. 선생님이 입을 열었다.

"잭, 참 난감하구나. 너는 친구를 때렸어. 학교에는 교칙이라는 게 있단다, 알지? 폭행은 자동 퇴학이야. 그런데 너는 해명조차 거부하고 있어."

나는 이제 소리 내어 훌쩍거렸고, 엄마가 나에게 팔을 두르는 순간, 걷잡을 수 없이 엉엉 울음이 터져 나왔다.

교장 선생님이 안경을 벗어 닦으며 말했다.

"이렇게 하자…… 그래, 이렇게 해 보자. 어차피 다음 주면 겨울방학이잖아. 이번 주까지 집에 있다가 겨울 방학이 끝나면 돌아오는 거야. 그럼 모든 걸 완전히 새롭게 시작할 수 있을 거다. 말하자면, 새 출발이라는 얘기지."

나는 코를 훌쩍였다.

"정학인가요?"

교장 선생님이 어깨를 으쓱했다.

"엄밀히 따지면 그렇지. 하지만 그래 봤자 며칠이란다. 그리고 잘 듣거라. 집에 있는 동안 시간을 가지고 이 일을 잘 생각해 보기 바란다. 만약 네가 선생님한테 편지로 해명을 하고, 줄리안에게도 사과 편지를 쓰겠다고 한다면, 아무 기록도 남기지 않으마, 알겠지? 집에 가서 부모님과 찬찬히 얘기를 해봐. 내일아침이 되면 좀 더 차분하게 정리가 될 거다."

엄마가 고개를 끄덕이며 동의했다.

"좋은 생각이세요, 교장 선생님. 고맙습니다."

교장 선생님이 닫혀 있는 문으로 걸어가며 덧붙였다.

"모두 잘될 겁니다. 네가 착한 아이라는 거 안다. 착한 아이들도 간혹 어리석은 행동을 할 때가 있지."

교장 선생님이 문을 열었다. 엄마가 교장 선생님과 악수를 하며 인사를 건넸다.

"이해해 주시니 고맙습니다."

"별말씀을."

교장 선생님이 다가와 내 귀에 들리지 않게 목소리를 낮춰 엄마에게 속삭였다.

"알겠습니다, 고맙습니다."

교장 선생님이 양손을 내 어깨에 얹었다.

"그래, 녀석, 네 행동에 대해 곰곰이 생각해 보길 바란다, 알겠지? 그리고 방학 잘 보내라. 해피 하누카!* 메리 크리스마스! 해피 콴자**!"

소매로 코를 쓱 문지르고 문밖으로 향했다.

엄마가 내 어깨를 토닥이며 말했다.

"고맙습니다, 라고 인사드려야지."

"고맙습니다, 교장 선생님."

간신히 인사는 했지만 차마 선생님을 바라보지는 못했다.

"잘 가라, 잭."

나는 엄마를 따라 문밖으로 나왔다.

---

* 11월이나 12월에 8일간 진행되는 유대교 축제.
** 12월 26일에서 설날까지 일주일간 열리는 미국 일부 흑인의 문화제.

성탄을 축하합니다

집에 도착해서 엄마가 우편함에서 꺼내온 건 기막히게도 줄리안네와 어거스트네로부터 온 연하장이었다. 줄리안네 연하장에는 당장 오페라라도 보러 갈 듯한 모습으로 넥타이까지 매고 찍은 줄리안의 사진이 있었다. 어거스트네 연하장에는 순록의 뿔과 빨간 코를 달고 빨간 장화까지 갖춰 신은 귀여운 나이든 개 사진이 있었다. 머리 위로는 만화처럼 말풍선이 그려져 있고, 말풍선 안에는 "호-호-호"라고 써 놓았다. 카드 안쪽에는 이렇게 쓰여 있었다.

월 가족에게

땅에는 평화를.

사랑을 담아, 네이트, 이사벨, 올리비아, 어거스트(그리고 데이지)

"카드 귀엽다, 그쵸? 어거스트네 개가 분명해요."

집으로 오는 내내 거의 한마디도 하지 않은 엄마에게 내가 말했다. 엄마는 할 말을 잃은 것 같았다.

"네 머릿속에서 무슨 일이 일어나고 있는지 말해 줄래, 잭?"

엄마가 심각하게 대꾸했다.

"해마다 연하장에 개 사진을 넣나 봐요."

엄마는 내 손에서 카드를 가져가 조심스럽게 사진을 바라보았다. 그러더니 눈을 치뜨고 어깨를 추켜올리며 나에게 카드를 돌려주었다.

"우리는 정말 운이 좋은 거야, 잭. 세상에는 우리가 감사드려야 할 일이……."

"알아요."

굳이 말하지 않아도 엄마가 무슨 말을 하려는지 잘 알았다.

"줄리안네 엄마가 반 사진을 받고 포토샵으로 어거스트의 얼굴을 지워 버렸대요. 몇 장을 복사해서 다른 엄마들한테도 나눠 주고."

"정말 어처구니가 없구나. 사람들이 어쩜…… 늘 좋을 수만은 없겠지."

"알아요."

"그래서 줄리안을 때린 거니?"

"아니요."

엄마에게 줄리안에게 주먹을 날린 이유를 털어놓았다. 이제 어거스트는 전 친구에 불과하다는 사실도. 그리고 핼러윈 사건에 대해서도.

편지, 이메일, 페이스북, 문자

교장 선생님께

줄리안을 주먹으로 때려서 너무, 너무 죄송합니다. 너무, 너무 잘못했습니다. 줄리안에게도 꼭 사과 편지를 쓰겠습니다. 허락해 주신다면, 제가 왜 그랬는지는 말씀드리지 않는 게 나을 것 같습니다. 어차피 말씀드려도 해결되는 문제가 아니니까요. 줄리안이 입에 담지 말아야 할 말을 하긴 했지만, 그렇다고 줄리안을 곤란하게 만들고 싶지는 않습니다.

그럼 안녕히 계세요.

12월 18일 잭 윌 올림

줄리안에게

너를 때려서 너무, 너무, 너무 미안해. 내가 잘못했어. 부디 괜찮기를 바라. 네 영구치가 빨리 자라기를 기도할게. 내 영구치는 항상 금방 나왔어.

그럼 이만.

12월 18일 윌이

잭에게

편지 잘 받았다. 스무 해 동안 중학교 교장을 하면서 한 가지 배운 점이 있다면, 모든 이야기에는 항상 양면만 존재하는 게 아니라는 사실이란다. 자세한 사연은 모르지만 네가 왜 줄리안과 충돌을 일으켰는지 대충 짐작이 가는구나.

그렇지만 그 무엇도 폭력을 정당화시켜 주지는 못한단다, 절대로. 물론 좋은 친구는 지켜 줄 가치가 있겠지. 많은 학생들에게 올해는 힘든 해일 거다. 중학교에 올라온 첫해는 다 그렇단다.

계속 잘해 주길 바라고, 앞으로도 모두의 기대에 걸맞은 훌륭한 대장부가 되어 주길 바란다.

그럼 잘 있어라.

교장 선생님이

받는 사람: ltushman@beecherschool.edu

보내는 사람: melissa.albans@rmail.com

제목: 잭 윌

교장 선생님께

어제 아만다, 존 부부와 이야기를 했습니다. 두 사람은 잭이 제 아들 줄리안의 입을 주먹으로 친 일에 대해 깊은 유감을 표시했습니다. 제 남편과 저는 잭이 이틀간의 정학이 끝나면 비처 중학교로 돌아오도록 허락한다는 교장 선생님의 결정을 지지한다는 것을 알려 드리기 위해 편지를 드립니다. 다른 학교에서는 폭행을 퇴학의 사유로 보는 것을 합당하게 여기는 듯싶지만 우리 학교에서는 그런 극단적인 수단을 함부로 허용하지 않는다는 방침에 저도 동의합니다. 윌 가족과는 아이들이 유치원에 다닐 때부터 알고 지낸 사이로, 다시는 이런 일이 재발하지 않도록 모든 수단을 취할 거라 굳게 믿습니다.

그런 점에서, 잭의 돌발적이고 폭력적 행동이 혹시 어린 어깨에 너무 과도한 짐을 지운 결과는 아닐까 염려스럽습니다. 저는 정확히 잭과 줄리안이 "친구가 되어 주라."는 부탁을 받은, 특별한 도움이 필요한 새로 온 그 아이를 말하고 있습니다. 돌이켜 보건대, 또한 다양한 학교 행사와 학급 사진에서 그 아이를 보고 나니 그 모든 것을 받아들이기에 그동안 우리 아이들에게 너무 힘든 짐을 지운 게 아닌가 하는 걱정이 앞섭니다. 그 아이와 친구가 되는 게 힘들다는 줄리안의 말을 듣고, 앞으로는 그럴 필요가 없다고 분명히 못을 박았습니다. 아직 어리고 감수성이 예민한 아이들인지라 굳이 더 큰 짐이나 고난을 지워 주지 않아도 새로이 중학교 생활을 시작한다는 것만으로도 충분히 힘든 시기가 아닐까요? 저는 또한 교육 위원회 위원으로서 비처 중학교가 통합 교육을 실시하는 학교가 아니라는 사실에 입각하여 그 아이의 입학 절차를 진행하는 동안 더 숙고를 했어야 하는 게 아닌지 우려스러운 마음을 감출 수가 없습니다. 저를 포함해서, 그 아이를 우리 학교에 받아들인 결정에 의문을 품은 학부모들이 많습니다. 다른 것은 몰라도, 그 아이가 나머지 신입 중학생들과 똑같은 엄정한 입학 절차(예를 들면 면접과 같은)를 거치지 않았다는 점은 다소 유감스럽습니다.

안녕히 계십시오.

멜리사 퍼퍼 알반스 올림

받는 사람: melissa.albans@rmail.com

보내는 사람: ltushman@Beecherschool.edu

제목: 잭 윌

알반스 부인께

염려하신 내용을 전해 주신 이메일 잘 받았습니다. 잭 윌이 자신의 행동을 진심으로 뉘우치고 있다는 것을 확신하지 못했다면, 또한 앞으로 그러한 행동을 되풀이하지 않을 거라는 확신이 없었다면 결코 그 아이를 비처 중학교로 다시 받아들이지 않았을 것입니다.

새로 온 학생인 어거스트에 대한 부인의 염려에 대해 말씀드리자면, 어거스트는 특별한 도움이 필요한 학생이 아니라는 사실을 알아주시기 바랍니다. 어거스트는 신체적, 정신적 장애는 물론 발달 지체도 없으므로 통합 교육 학교 여부를 떠나서 어거스트의 중학교 입학을 두고 문제를 제기할 하등의 이유가 없습니다. 입학 절차에 관해서는, 여러 가지 분명한 이유들로 인해 어거스트의 집에서 학외 면접을 치르는 것이 우리의 권리를 남용하는 것이 아니라는 데에 입학 담당관과 저, 두 사람의 생각이 일치했습니다. 물론, 사소한 교칙 위반은 있었을지 모르지만, 입학 전형에 있어서만큼은 어떤 식으로든 결코 편파적인 요소가 없었음을 알려 드립니다. 어거스트는 대단히 훌륭한 학생이며, 잭 윌을 비롯해서 매우 우수한 몇몇 아이들과도 확고한 우정을 나누고 있습니다.

학년 초에 제가 신뢰할 만한 아이들에게 어거스트를 위해 '환영 친구'가 되어 달라는 협조를 구한 일은 어거스트가 학교 환경에 적응하는 과도기를 다소나마 편하게 해 주려는 방법의 일환일 뿐이었습니다. 저는 그 아이들에게 새로 온 학생에게 특별히 호의를 베풀어 달라고 부탁하는 것이 과도한 '부담이나 고난'을 부과하는 일이라고는 전혀 생각지 않았습니다. 오히려 우리 친구들이 공감과 우정, 그리고 의리에 대해 배울 훌륭한 기회가 될 거라 믿었습니다.

알고 보니 잭 윌은 굳이 이러한 덕목을 배울 필요가 없었습니다. 이미 차고 넘치게 지닌 학생이니까요.

연락 주셔서 다시 한번 감사드립니다. 안녕히 계십시오.

로렌스 터시먼 올림

받는 사람: melissa.albans@rmail.com

보내는 사람: johnwill@pillipsacademy.edu;amandawill@copperbeech.org

제목: 잭

안녕하세요, 멜리사.

잭의 행동을 사려 깊게 배려해 줘서 정말 고마워요. 알다시피, 잭은 자신의 행동을 진심으로 뉘우치고 있어요. 부디 줄리안의 치과 치료비를 부담하고 싶다는 우리의 제안을 받아들여 주길 바랄게요.

잭과 어거스트의 우정에 대해 걱정해 줘서 무척 고맙고 감동했어요. 혹시 그 문제로 마음에 부담이 있는지 잭에게 물었지만 대답은 확실한 '아니요'였어요. 잭은 어거스트와 지내는 걸 좋아하고 어거스트와 좋은 친구가 되고 싶어 했어요.

새해 복 많이 받으세요!

존과 아만다 부부로부터

안녕하세요, August 님!
Jacklope Will님이 회원님과 Facebook 친구가 되고 싶어 합니다.
Jacklope Will
친구 32명
고맙습니다!
Facebook 팀

받는 사람: auggiedoggiepullman@email.com
제목: 미안해!!!!!!
안녕, 어거스트. 나야, 잭 윌. 친구 목록에 내 이름이 빠지고 없더라.

정말 미안해. 다시 나와 친구해 줘. 그냥 그 말 하려고. 미안. 왜 나한테 화났는지 이제 알아. 별 뜻 없이 한 말이었어. 내가 너무 멍청했어. 용서해 주길 바라.

다시 친구가 되기를 바라며

잭이

새 메시지 1

발신: 어거스트

12월 31일 4:47 PM

문자 받았어. 이제 내가 화난 이유를 안다고? 서머가 그래?

새 메시지 1

발신: 잭 윌

12월 31일 4:49 PM

서머가 '피 흘리는 스크림'이라고 힌트 줬는데, 처음엔 못 알아들었어. 그러다가 핼러윈 때 교실에서 피 흘리는 스크림 봤던 게 생각났어. 넌 줄 몰랐어. 보바 펫으로 오는 줄 알았어.

새 메시지 1

발신: 어거스트

12월 31일 4:51 PM

마지막에 마음 바뀠어. 너 정말 줄리안한테 주먹 날렸어?

새 메시지 1

발신: 잭 월

12월 31일 4:54 PM

응. 내가 걔 때려서 이 하나 부러뜨렸어. 젖니 한 개.

새 메시지 1

발신: 어거스트

12월 31일 4:55 PM

왜 때렸어??????

새 메시지 1

발신: 잭 월

12월 31일 4:56 PM

그냥.

새 메시지 1

발신: 어거스트

12월 31일 4:58 PM

거짓말쟁이. 걔가 내 얘기 했지?

새 메시지 1

발신: 잭 윌

12월 31일 5:02 PM

쟤는 얼간이야. 그런데 나도 얼간이야. 그런 말 해서 너무 너무 너무 미안해, 응? 다시 친구해 줄래?

새 메시지 1

발신: 어거스트

12월 31일 5:03 PM

좋아.

새 메시지 1

발신: 잭 윌

12월 31일 5:04 PM

좋았어!!!!

새 메시지 1

발신: 어거스트

12월 31일 5:06 PM

그런데 솔직히 말해 봐.

네가 나라면 정말 자살할 거야???

새 메시지 1

발신: 잭 윌

12월 31일 5:08 PM

아니!!!!

목숨 걸고 맹세.

그런데……

내가 줄리안이라면 자살하고 싶을 거야.

새 메시지 1

발신: 어거스트

12월 31일 5:10 PM

ㅋㅋㅋ

그래, 짜샤. 우린 다시 친구.

겨울 방학이 끝나고

교장 선생님 말씀과 달리, 겨울 방학이 끝나고 1월 달에 다시 학교에 나왔을 때 애당초 '새 출발'이란 없었다. 아침에 내 사물함에 도착한 순간부터 분위기가 이상했다. 내 사물함은 아모스 옆이었고, 아모스는 늘 제법 올곧은 아이였는데, 내가 "어, 왔구나?"라고 인사하자, 그냥 고개만 살짝 까닥이고는 사물함 문을 닫고 가 버렸다. 나는 "별일이네."라며 혼잣말로 중얼거렸다. 이어서 헨리를 만나 "어, 왔어?"라고 먼저 인사를 건넸지만 헨리는 아예 웃어 주지도 않고 모른 척 가 버렸다.

좋아, 일이 터졌군. 오 분도 안 돼서 두 명한테 무시를 당하다니. 누가 그걸 세고 있겠냐만. 트리스탄에게 한 번 더 시도해 보았지만 휘리릭, 결과는 똑같았다. 트리스탄은 마치 나와 이야기하면 큰일이라도 난다는 듯 사뭇 긴장한 얼굴이었다.

이제는 나한테 그 전염병이 생겼군. 줄리안의 보복이다.

오전 내내 상황은 달라지지 않았다. 아무도 나에게 말을 걸지 않았다. 다는 아니었다. 여자애들은 변함이 없었다. 그리고 어거스트는 당연히 나와 말을 했다. 더불어 두 맥스도 인사를 건

넸는데, 그래서 더 서글펐다. 오 년 동안 같이 수업을 들었지만 그 애들과는 한 번도 어울려 다닌 적이 없었다.

점심시간에는 좀 낫지 않을까 기대했지만 착각이었다. 나는 루카랑 아이제이어와 함께 늘 앉던 자리에 앉았다. 둘 다 최고 인기 그룹이 아닌, 운동을 좋아하는 보통 그룹에 속하는 애들이라서 두 사람과는 별일이 없을 줄 알았다. 그런데 둘은 내 인사를 받고 고개를 까딱이다 말았다. 그러더니 우리 식탁이 불리자 급식을 받으러 나갔다가 돌아오지 않았다. 나중에 보니 저만치 떨어진 식당 반대쪽 식탁에 앉아 있었다. 줄리안이 앉은 식탁은 아니었지만, 그 근처에 자리를 잡은 게 인기 그룹의 언저리라도 차지한 모양새랄까? 아무튼 그렇게 나는 왕따를 당했다. 5학년이 되면 식탁 바꾸기가 예사로 일어난다는 얘기는 들었지만 내가 당할 줄은 꿈에도 몰랐다.

홀로 식탁을 지키는데 기분 참 더러웠다. 모두 나만 쳐다보는 것 같은 기분. 졸지에 친구 하나 없는 외톨이가 된 기분. 점심은 건너뛰고 도서관에나 가기로 했다.

전쟁

모두 왜 나를 무시하는지 비밀 정보를 제공해 준 사람은 다름 아닌 샬롯이었다. 하교 시간이 가까워질 무렵, 사물함 안에서 쪽지 하나를 발견했다.

학교 끝나자마자 301호에서 만나. 혼자서 와! 샬롯.

교실 안으로 들어가자 샬롯은 벌써 와 있었다. "왔어."라고 내가 아는 척을 했다. "왔구나."라고 샬롯도 대꾸했다. 샬롯은 좌우를 살피고 재빨리 문을 닫은 다음 안에서 문을 잠갔다.

"왜?"

샬롯이 초조한 듯 손톱을 깨물었다.

"지금 이 상황이 안타까워서 아는 대로 너한테 말해 주고 싶었어. 내가 한 말 아무한테도 말하지 않겠다고 약속해 줄래?"

"약속할게."

"겨울 방학 때 줄리안이 어마어마하게 성대한 파티를 열었어. 말 그대로 엄청났어. 우리 언니 친구가 작년에 같은 장소에서 열여섯 살 생일 파티를 했거든, 200명은 족히 들어간대, 그러니까 진짜 엄청난 곳이지."

"그런데?"

"그러니까…… 5학년생은 다 왔다고 해도 과언이 아니야."

내가 농담을 했다.

"다는 아니겠지."

"맞아, 다는 아니야. 설마. 그런데 부모님들까지 왔어. 우리 부모님도 가셨거든. 줄리안네 엄마가 교육 위원회 부회장이잖아, 알지? 그래서 인맥이 엄청나. 아무튼 그날 파티에서 무슨 일이 있었냐면, 줄리안이 돌아다니면서 네가 자기한테 주먹을 날린 이유가 네가 정서 불안이라서 그렇다고……."

"뭐라고?"

"너는 완전히 퇴학감인데 자기 부모님이 퇴학시키지 말라고 학교에 사정을 했다면서……."

"뭐라고?"

"그리고 애초에 교장 선생님이 너한테 어기하고 친구가 돼 주라고 시키지만 않았어도 이런 일은 일어나지 않았을 거라고. 개네 엄마는 네가 스트레스 때문에 갑자기 폭발한 것 같대……."

도무지 내 귀를 믿을 수가 없었다.

"세상에 누가 그따위 허무맹랑한 말을 믿냐, 안 그래?"

샬롯은 어깨를 으쓱했다.

"그건 아무것도 아니야. 요점은 걔가 정말 인기가 좋잖아. 게다가 우리 엄마가 들었는데, 걔네 엄마가 어기의 입학을 재검토하라고 압력을 넣고 있대."

"그게 가능해?"

"우리 학교가 통합 교육 학교가 아니라는 거야. 보통 애들과 특별한 도움이 필요한 애들을 섞어서 가르치는 그런 학교 말이야."

"엉터리. 어기는 특별한 도움이 필요하지 않아."

"그래, 하지만 걔네 엄마는 학교가 지금까지 하던 방식을 바꾸고 있다면서……."

"아무것도 바뀐 게 없잖아!"

"아니, 바뀌긴 했어. 올해 신년 미술 전시회 주제가 바뀐 거 몰랐어? 지난 5학년생들은 자화상을 그렸는데, 올해는 어이없게 '동물로 표현한 나의 자화상'을 그리라고 했잖아."

"참 대단하게 거지 같은 변화네."

"알아! 나도 그런 얘기에 동의한다는 게 아니야. 난 그냥 걔네 엄마가 그렇게 말했다는 거야."

"알아, 알아. 이건 너무…… 완전히 엉망진창이야."

"그래. 아무튼 줄리안은 네가 어기랑 친구가 된 것 때문에 의기소침해하는 것 같다면서 너 자신을 위해서는 어기와 그렇게 어울려 다니면 안 된댔어. 네가 옛 친구들을 모두 잃어 봐야 정신을 차린다는 거지. 그러니까 순전히 너를 위해서 자기는 너와 완전히 절교하겠대."

"뉴스 속보. 나는 먼저 그 자식과 완전히 절교하겠습니다!"

"그래, 하지만 걔는 남자애들이 모두 너와 절교할 거라고 확실히 믿고 있어, 바로 너를 위해서. 그래서 다들 너하고 말을 하지 않는 거야."

"너는 나한테 말하고 있잖아."

"맞아, 이건 남자애들 문제니까. 여자애들은 중립이야. 사바나네만 빼고. 걔네들은 줄리안네랑 한통속이잖아. 그 밖의 다른 여자애들은 이걸 순전히 남자애들의 전쟁이라고 생각해."

나는 고개를 끄덕였다. 샬롯은 내가 방금 넘어져서 무릎이 까진 어린애라도 되는 것처럼 머리를 한쪽으로 갸웃하며 얼굴을 찡그렸다.

"이런 얘기 듣고도 괜찮아?"

나는 거짓말을 했다.

"그럼! 당연하지! 나한테 말하든 말든 상관없어. 이런 멍텅구리 같은 짓이 어딨냐."

샬롯이 고개를 끄덕였다.

"야, 어기도 알아?"

"당연히 모르지. 어쨌든 나는 입도 벙긋 안 했으니까."

"서머는?"

"모를 거야. 그만 가야겠다. 참, 우리 엄마는 줄리안네 엄마가 제정신이 아니라고 생각해. 올바른 행동이 뭔지도 모르고 자기 자식 학급 사진이 어떻게 보일지 더 걱정하는 사람이라고. 포토샵 얘기 들었지?"

"응, 정말 구역질 나."

샬롯이 고개를 끄덕이며 맞장구를 쳤다.

"내 말이. 아무튼 난 가야겠다. 그냥 상황이 어떻게 돌아가는지 알려 주고 싶었어."

"고맙다, 샬롯."

"무슨 소식이 있으면 다시 알려 줄게."

교실 밖으로 나가기 전에 샬롯은 혹시라도 누가 보지 않을까 좌우를 살폈다. 중립이라고는 했지만 나와 함께 있는 모습을 들키고 싶은 생각은 추호도 없는 것 같았다.

식탁 바꾸기

이튿날 점심시간에 멍청하게도 트리스탄과 니노, 그리고 파
블로가 앉은 식탁으로 향했다. 인기 그룹도 아니고, 쉬는 시간
에 던전스 앤드 드래건스를 하는 무리도 아니라서 괜찮을 거라
고 마음을 놓았던 게 화근이었다. 걔네들은 중간 그룹에 속한
아이들이었다. 더구나 내가 다가갔을 때 무시한다기에는 생각
보다 친절하게 대해서 처음에는 성공이라고 생각했다. 서로 시
선을 교환한다는 것을 눈치채긴 했지만 모두 "왔어."라고 인사
를 건넸다. 아니나 다를까, 어제와 똑같은 일이 벌어졌다. 우리
가 앉은 식탁이 비었고, 세 사람은 돌아오지 않았다.

재수 없게도 그날 급식 담당인 지 선생님이 눈치를 채고 우
리 자리로 다가왔다.

걔네들이 식판을 들고 자리를 뜨는 걸 본 선생님이 꾸짖었다.

"그러면 안 되지. 학교에서 그러면 안 돼. 당장 원래 자리로
돌아가."

이런, 잘됐군, 눈물 나게 고맙습니다. 걔네들이 억지로 불려
와 앉기 전에 내가 먼저 식판을 들고 일어나 재빨리 자리를 떴

다. 지 선생님이 내 이름을 불렀지만 못 들은 척 식당 반대편 급식대 뒤쪽으로 황급히 걸음을 옮겼다.

"우리랑 앉자, 잭."

서머였다. 그 식탁에는 서머와 어거스트가 앉아 있었고, 두 사람 모두 이리 오라며 반갑게 손을 흔들었다.

입학식 날 어거스트와 같이 앉지 않은 까닭

그래, 나는 완벽한 위선자다. 나도 안다. 첫날, 식당에서 어거스트를 본 기억이 난다. 모두 어거스트를 쳐다보고 있었다. 어거스트에 대해 수군거렸다. 그때는 어거스트의 얼굴에 익숙한 사람이 드물었고, 어거스트가 우리 학교에 다닐 거라는 사실조차 몰랐기 때문에 학교에 온 첫날 식당에서 어거스트를 처음 본 사람들로서는 충격이 아닐 수 없었다. 대부분의 아이들은 어거스트 근처에 가는 것조차 두려워했다.

그래서 내 앞에서 식당으로 들어가는 모습을 봤을 때, 어거스트 혼자 식탁을 지킬 줄 뻔히 알면서도 옆에 가고 싶지 않았다. 같이 듣는 수업이 많아서 오전 내내 어거스트와 함께 다닌 터라 다른 아이들과 어울리면서 좀 평범한 시간을 보내고 싶었던 것 같다. 그래서 어거스트가 급식대 반대쪽으로 가는 걸 보고, 일부러 최대한 멀리 떨어진 식탁을 찾았다. 그래서 전에는 한 번도 본 적이 없는 아이제이어와 루카랑 같이 앉았고, 점심을 먹는 내내 야구 얘기를 하고, 쉬는 시간에는 함께 농구도 했다. 그때부터 두 사람은 내 점심 친구가 되었다.

서머가 어거스트와 함께 앉았다는 소문을 듣고 깜짝 놀랐다. 서머는 어기와 친구가 돼 주라는 교장 선생님의 부탁을 받은 아이가 아니었기 때문이다. 서머가 순수한 마음으로 그랬다는 걸 알고 정말 용감한 친구라고 생각했다.

그리하여 나는 서머랑 어거스트와 한 식탁에 앉게 되었고, 두 사람은 평소와 다름없이 나에게 아주 친절하게 대해 주고 있다. 두 사람에게 어제 샬롯에게 들은 말을 전달했다. 물론 내가 어기와 친구가 되면서 스트레스를 받아 '갑자기 폭발'했다는 부분과 줄리안의 엄마가 어기를 '특별한 도움'이 필요한 아이라고 한 부분, 그리고 교육 위원회 얘기는 생략했다. 두 사람에게 전해 준 얘기는 줄리안이 방학 때 파티를 열었다는 것과 5학년생이 몽땅 나에게서 등을 돌리도록 교묘히 조종했다는 내용이 전부였던 것 같다.

"정말 기분이 이상해. 사람들이 말을 걸지 않는다는 게. 아예 존재하지도 않는다는 듯이 말이야."

어거스트가 씨익 웃었다.

"그렇게 생각해?"

어거스트는 비아냥거리는 말투로 덧붙였다.

"나의 세상에 온 걸 환영해!"

편

"이게 공식적인 편이야."

이튿날 점심시간에 서머가 말했다. 서머가 종이 한 장을 꺼내서 쫙 펼쳐 보였다.

이름이 세 부분으로 나뉘어 있었다.

잭 편: 어거스트, 레이드, 맥스 G., 맥스 W.

줄리안 편: 마일즈, 헨리, 아모스, 사이먼, 트리스탄, 파블로, 니노,
아이제이어, 루카, 제이크, 톨랜드, 로만, 벤, 에마뉴엘,
제크, 토마소

중립: 말릭, 레모, 호세, 레이프, 램, 아이반, 러셀

내가 목록을 읽어 내려가자 어깨 너머로 보며 어기가 물었다.

"이거 어디서 났어?"

서머가 재빨리 대답했다.

"샬롯이 만들었어. 지난 시간에 잭한테 전해 달라면서 주더라. 누가 네 편인지 알아 둬야 할 것 같다고."

잭이 말했다.

"뭐, 많지 않은 건 확실하네."

"레이드가 있고. 두 맥스도 있고."

"훌륭해. 내 편은 다 나 같은 얼간이들이네."

"괜히 삐딱하게 굴지 마. 그런데 샬롯이 너를 좋아하는 것 같더라."

"그래, 나도 알아."

"데이트 신청할 거야?"

"농담해? 다들 내가 그 전염병에 걸린 것처럼 구는데 무슨."

말을 꺼낸 순간, 아차 싶었다. 잠시 어색한 침묵이 흘렀다. 나는 어기를 훔쳐봤다.

어거스트가 말했다.

"괜찮아. 나도 알고 있었어."

"미안해, 친구."

"그래도 그걸 전염병이라고 부르는 줄은 몰랐네. 나는 치즈 터치 같은 건 줄 알았는데."

내가 고개를 끄덕였다.

"아, 맞다, 『윔피키드』란 책에 나오잖아."

어거스트가 농담을 던졌다.

"전염병이 더 근사하게 들리는데. '못난이 흑사병' 같은 거잖아."

어거스트는 '못난이 흑사병' 부분을 강조하며 손으로 따옴표를 만들어 보였다.

"그런 놀이는 정말 끔찍해."라고 서머가 말했지만, 어거스트는 주스를 길게 빨아 마시며 어깨만 으쓱했다.

내가 딱 잘라 말했다.

"아무튼 난 샬롯한테 데이트 신청하지 않을 거야."

서머가 말했다.

"우리 엄마는 데이트하기에는 우리가 아직 이른 것 같대."

내가 물었다.

"만약에 레이드가 데이트 신청하면 어쩔래? 나갈 거야?"

서머는 깜짝 놀란 표정이었다.

"아니!"

"그냥 물어본 거야."라며 내가 깔깔 웃음을 터뜨렸다.

서머는 고개를 젓더니 생긋 웃었다.

"왜? 뭐 아는 거 있어?"

"없어! 그냥 물어본 거라니까!"

"나도 엄마 말이 맞는 것 같아. 그렇다고 우리가 데이트하기에 어리다고 생각하는 건 아니야. 그냥 서두를 필요가 있을까 싶은 거지."

어거스트가 말했다.

"그래, 내 말이 그 말이야. 창피해서 얼굴을 못 들겠다. 여자애들이 죄다 나라면 사족을 못 쓰니, 원."

어거스트가 너무 우스꽝스럽게 말을 해서 풋 웃음이 터졌다. 그 바람에 마시고 있던 우유가 코로 튀어나와서 모두 한바탕 웃음바다가 됐다.

어거스트네 집

벌써 1월 중순이었지만 아직도 과학 전시회 프로젝트 주제를 고르지 못했다. 너무 하기 싫어서 내가 차일피일 미룬 탓이었다. 참다못해 어거스트가 "야, 우리 이거 해야지."라며 채근했다. 그래서 방과 후에 우리는 어거스트네 집으로 갔다.

혹시 어거스트가 지금은 '핼러윈 사건'이라고 부르는 그 일을 부모님한테 말했는지 몰라서 부들부들 떨렸다. 집에 가니 아저씨는 퇴근 전이고, 아줌마는 잠깐 볼일을 보러 나가고 안 계셨다. 아줌마와 말을 해 보자마자 어기한테 아무 말도 듣지 못했음을 확신했다. 아줌마는 대단히 멋진 분인 것 같다. 나를 아주 친근하게 대해 주셨다.

처음 어기의 방에 들어갔을 때 나는 "우아, 어기, 너 심각한 〈스타워즈〉 중독자구나."라며 놀라움을 감추지 못했다.

선반에는 〈스타워즈〉 미니어처가 가득했고, 벽에는 거대한 '제국의 역습' 포스터가 걸려 있었다.

어거스트가 깔깔 웃음을 터뜨렸다.

"나도 알아."

어거스트는 책상 옆에 있는 회전의자에 앉았고, 나는 구석에 놓인 콩 주머니 의자에 털썩 주저앉았다. 바로 그때 어거스트네 개가 뒤뚱거리며 방으로 들어와 곧장 나에게 다가왔다.

"연하장에 있던 그 녀석이잖아!"

쿵쿵대며 내 손 냄새를 맡게 내버려 두며 내가 말했다.

"녀석이 아니라 아가씨야."

어거스트가 고쳐 말했다.

"데이지야. 쓰다듬어 줘도 돼. 안 물어."

내가 쓰다듬어 주자, 데이지는 등을 대고 벌렁 드러누웠다.

"배를 쓰다듬어 달래."

내가 배를 쓰다듬어 주며 말했다.

"알았어, 이렇게 귀여운 개는 처음 봤어."

"그렇지? 세상에서 제일 멋진 개야. 그렇지, 우리 아가씨?"

어거스트가 자기를 부르는 목소리를 듣자마자, 데이지는 꼬리를 흔들며 어거스트에게 다가갔다.

"우리 예쁜 강아지, 우리 예쁜 강아지."

어거스트가 이렇게 말하는 동안에도 데이지는 어거스트의 얼굴을 마구 핥아 댔다.

"나도 개를 키우고 싶어. 우리 부모님은 아파트가 너무 좁아서 안 된대."

어거스트가 컴퓨터를 켜는 사이 방을 이리저리 둘러보았다.

"와, 너 엑스박스 360 있네? 해 봐도 돼?"

"여보세요, 우리는 과학 전시회 프로젝트 하러 왔거든요."

"너 헤일로 있어?"

"당연히 있지."

"한판 할까?"

어거스트는 학교 웹사이트에 접속해서 루빈 선생님 페이지를 열고 열심히 과학 전시회 프로젝트 목록을 내려 보는 중이었다.

"거기서 이거 보여?"

나는 한숨을 쉬고 어거스트 바로 옆에 있는 작은 의자에 앉았다.

"아이맥 멋진데."

"네 컴퓨터는 어떤 건데?"

"짜샤, 나는 컴퓨터는 고사하고 내 방도 없다네. 부모님이 쓰시는 고물딱지 델 컴퓨터가 다야."

"좋아, 이건 어때?"

어거스트가 모니터를 내 쪽으로 돌리며 물었다. 재빨리 화면을 쭉 훑어봤지만 이내 눈이 뻑뻑해졌다.

어거스트가 제안했다.

"해시계를 만들자. 괜찮을 것 같은데."

내가 의자에 등을 기대고 앉으며 말했다.

"그냥 화산이나 만들면 안 돼?"

"화산은 개나 소나 다 만들잖아."

내가 다시 데이지를 쓰다듬으며 말했다.

"쯧쯧. 그게 쉬우니까 그렇지."

"그럼 '황산 마그네슘으로 크리스털 못 만들기'는 어때?"

"따분하다 따분해. 그런데 왜 이름이 데이지야?"

어거스트는 모니터에서 눈을 떼지 않았다.

"우리 누나가 지었어. 나는 다스라고 부르고 싶었거든. 엄밀히 말하면 정식 이름은 다스 데이지인데, 아무도 그렇게 부르는 사람이 없어."

"다스 데이지! 그거 재밌는데! 안녕, 다스 데이지!"

내가 부르자, 배를 문질러 달라며 데이지가 다시 등을 대고 벌렁 드러누웠다.

"좋아, 이걸로 하자."

어거스트가 전선들이 삐죽삐죽 튀어나온 감자 무더기 사진을 손으로 가리켰다.

"감자로 유기농 전지를 만드는 방법. 이거 괜찮네. 이걸로 램프에 불도 켠대. 감자 램프, 뭐 이렇게 이름을 붙이면 되겠다. 어때?"

"짜샤, 너무 어려울 것 같은데. 나 과학 못하는 거 알잖아."

"됐고, 잘할 수 있어."

"못해! 지난번 시험에서 54점 받았어. 나 과학은 진짜 못해."

"아니, 그렇지 않아! 그땐 우리가 싸우는 중이라 내가 도와주지 않아서 그런 거잖아. 내가 도와줄게. 이건 좋은 프로젝트야, 잭. 우리는 할 수 있어."

내가 어깨를 으쓱했다.

"알았어. 그럼 그러든지."

바로 그때 똑똑 노크 소리가 들렸다. 검은색 긴 곱슬머리의 고등학생쯤 되어 보이는 누나가 문 안쪽으로 고개를 쏙 내밀었다. 내가 있는 줄 몰랐던 것 같았다.

"어머, 안녕."

누나가 우리 두 사람에게 인사를 했다.

어거스트가 컴퓨터 화면에서 고개를 돌리며 인사했다.

"왔어, 누나. 누나, 얘는 잭이야. 잭, 이쪽은 우리 누나."

내가 고개를 까딱하며 인사했다.

"안녕하세요."

"안녕."

누나는 인사를 건네며 조심스럽게 나를 살폈다. 어기가 내 이름을 말하는 순간, 누나가 그 사건을 알고 있음을 직감했다. 나를 보는 눈길이 심상치 않았다. 몇 년 전, 에임스포트가의 아이스크림 가게에서 봤던 나를 기억하고 있는 것 같다는 생각마저 들었다.

"어기, 너한테 소개해 줄 친구가 있어, 괜찮지? 금방 올 거야."

어기가 놀렸다.

"누나 새 남자 친구야?"

누나는 어기가 앉은 의자 밑바닥을 발로 툭 찼다.

"까불면 안 돼."

누나는 이렇게 말하고 방에서 나갔다.

"짜샤, 너희 누나 예쁘다."

"그래."

"너희 누나가 나 싫어하지, 맞지? 핼러윈 사건 말했어?"

"응."

"날 싫어한다는 응이야, 아니면 핼러윈 사건을 말했다는 응이야?"

"둘 다."

남자 친구

잠시 뒤, 누나가 저스틴이라는 형을 데리고 다시 나타났다. 꽤 괜찮은 형 같았다. 긴 머리, 살짝 둥그스름한 안경테, 한쪽 끝이 뾰족하고 반짝이는 커다란 은색 케이스를 들고 있었다.

누나가 소개했다.

"저스틴, 얘는 내 동생 어거스트. 얘는 잭."

"안녕, 얘들아."

저스틴 형이 우리와 악수를 나눴다. 조금 긴장한 모습이었다. 어거스트를 처음 봐서 그런 것 같았다. 가끔은 나도 어거스트를 처음 봤을 때 얼마나 충격을 받았는지 까맣게 잊어버릴 때가 있다.

"방 멋진데."

"누나 남자 친구예요?"

어기가 짓궂게 묻자, 누나가 어기의 머리에 야구 모자를 푹 눌러 씌웠다.

내가 물었다.

"케이스 안에 뭐예요? 기관총?"

"하, 그거 재밌네. 아니, 이건…… 바이올린이야."

누나가 끼어들었다.

"저스틴은 바이올린을 켜. 자이데코 밴드에 있어."

어기가 나를 바라보며 물었다.

"자이데코가 뭐야?"

저스틴 형이 대신 대답했다.

"음악의 종류야. 크리올 음악처럼."

내가 물었다.

"크리올이 뭐지?"

어기가 말했다.

"사람들한테 그거 기관총이라고 하세요. 그럼 아무도 건드리
지 못할 거야."

"하, 그거 괜찮은 생각인데."

형이 귀 뒤로 머리를 넘기며 고개를 끄덕였다. 저스틴 형이
나에게 말했다.

"크리올은 루이지애나에서 연주하는 음악의 한 종류야."

"루이지애나 출신이세요?"

형이 안경을 추겨올리며 대꾸했다.

"아니. 어, 브루클린 출신이야."

그 말에 왜 웃음이 나왔는지 나도 모르겠다.

누나가 형의 손을 잡아당기며 재촉했다.

"나가자, 저스틴. 내 방으로 가."

"그래, 나중에 보자. 간다."

"가세요!"

"가세요!"

두 사람이 방에서 나가기가 무섭게 어기는 킥킥거리며 나를 바라봤다.

"브루클린 출신이야."라고 내가 말하자, 우리 둘 다 배꼽이 빠지게 웃어 댔다.

제5부

저스틴 *Justin*

가끔 내 머리가 이렇게 큰 게

꿈으로 가득 차 있기 때문인 것 같아.

– 버나드 포머런스, 〈엘리펀트 맨*The Elephant Man*〉 중에서*

---

*버나드 포머런스*Bernard Pomerance*가 머리가 무척이나 크고 괴상하게 생긴 존 메릭 *John Merrick*의 삶을 그린 희곡 〈엘리펀트 맨*The Elephant Man*〉의 내용 중 일부이다.

올리비아의 남동생

처음 올리비아의 남동생을 봤을 때, 솔직히 말해 충격이 컸다.

당연히, 그래선 안 된다. 올리비아는 나에게 동생의 '증후군'에 대해 말해 주었다. 생김새도 설명해 주었는데, 몇 년에 걸쳐 수술을 받았다고 해서 지금쯤은 조금 보통의 얼굴을 지니고 있을 줄 알았다. 구개열을 가지고 태어났지만 성형 수술로 고친 아이들처럼. 입술 위에 작은 흉터만 빼면 알아보지 못할 때도 있으니까. 그래서 그냥 얼굴 여기저기에 상처가 좀 있을 거라고 짐작했다. 하지만 이건 아니다. 야구 모자를 쓰고 바로 내 앞에 앉아 있는 이 남자애를 보게 될 줄은.

내 앞에는 남자애 둘이 앉아 있다. 한 명은 완전히 평범하게 생긴, 잭이라는 금발의 곱슬머리 남자애고, 다른 아이가 어기다.

부디 놀란 감정을 숨길 수 있을 거라 생각하고 싶다. 그러기를 바란다. 하지만 놀란 감정은 좀체 속이기 어려운 감정들 중 하나다. 놀라지 않았는데 놀란 척하는 것도, 놀랐는데 놀라지 않은 척하는 것도.

나는 그 애와 악수를 나눈다. 다른 아이와도 악수를 나눈다.

그의 얼굴을 똑바로 보고 싶지 않다. 방 멋진데. 내가 말한다.

누나 남자 친구예요? 그 애가 묻는다. 웃고 있는 것 같다.

올리비아가 그 애를 툭 친다.

기관총이에요? 금발 아이가 묻는다. 난생처음 들어 본 질문이다. 우리는 잠시 자이데코에 대해 이야기를 나눈다. 이어서 비아가 내 손을 잡아 방 밖으로 데리고 나온다. 우리가 문을 닫자마자, 낄낄낄 웃음소리가 터진다.

남자 친구랑 재미있게 놀아! 둘 중 하나가 노래를 부른다.

올리비아는 웃으며 눈을 굴린다. 내 방으로 가자. 올리비아가 말한다.

우리는 두 달째 데이트 중이다. 처음 본 순간부터, 식당에서 우리 식탁에 앉던 그 순간부터 그 애가 좋았다. 자꾸만 눈길이 갔다. 정말 아름다웠다. 녹갈색 피부와 내가 본 중에 가장 푸른 눈동자. 처음에 그 애는 그냥 친구 사이로 지내고 싶다는 듯, 무심하게 행동했다. 나는 그 애가 아무 의도 없이 그런 느낌을 풍기는 줄 알았다. 다가오지 마. 귀찮게 하지 마. 그 애는 다른 여자애들처럼 시시덕거리지 않는다. 그 애는 말을 할 때 도전하듯이 눈을 똑바로 바라본다. 그래서 나도 도전을 받아 주겠다는 듯이 지지 않고 그 애의 눈을 똑바로 바라보았다. 그러다가 데이트 신청을 했는데, 단번에 승낙을 해서 오히려 깜짝 놀랐다.

올리비아는 아주 멋진 여자애고, 함께 다니면 즐겁다.

세 번째 데이트가 되어서야 어거스트 얘기가 나왔다. 그의 얼굴을 설명할 때 '두개 안면 이상'이라는 말을 사용했던 것 같다. '두개 안면 이형'이라고 했었나. 하지만 '기형'이라는 말은 쓰지 않았다. 내 머릿속에 그 낱말이 콱 박힐까 봐 그랬던 것 같다.

어떻게 생각해? 올리비아가 방 안에 들어서자마자 초조하게 묻는다. 충격 받았어?

아니. 거짓말이다.

올리비아는 빙그레 웃고는 시선을 돌린다. 충격 받았잖아.

아니야. 올리비아를 안심시킨다. 네가 말한 그대로던데 뭘.

올리비아는 고개를 끄덕이고 침대에 털썩 주저앉는다. 아직도 침대에 인형이 한가득이라니 귀엽다. 올리비아가 그중 하나, 북극곰 인형을 골라 무릎 위에 올려놓는다.

나는 책상 옆 회전의자에 앉는다. 올리비아의 방은 깔끔하다.

올리비아가 말한다. 어렸을 때는 또 놀러 오겠다는 말을 하지 않는 애들이 많았어. 아주 많았어. 어거스트 때문에 내 생일에 오지 않겠다는 애들도 있었어. 절대 대놓고 말은 하지 않았지만 그렇게 답장을 줬어. 그냥 어기를 어떻게 대해야 할지 모르는 사람들이 있어. 무슨 말인지 알지?

나는 고개를 끄덕인다.

올리비아가 덧붙인다. 작정하고 못되게 구는 건 아니야. 그냥 무서워했어. 인정할 건 인정해야지. 얼굴이 좀 무섭긴 하지, 안 그래?

내가 대답한다. 그런 것 같아.

그래도 괜찮지? 올리비아가 다정하게 묻는다. 놀라 자빠질 정도는 아니지? 아니면 무서워 죽겠거나?

내가 웃는다. 놀라 자빠지지도 무섭지도 않아.

올리비아는 고개를 끄덕이고 무릎에 놓인 곰 인형을 내려다본다. 내 말을 믿는지 어쩐지는 모르겠지만 올리비아는 북극곰의 코에 입을 맞추더니 살며시 웃으며 나에게 툭 던진다. 내 말을 믿는다는 뜻인 것 같다. 아니, 그러고 싶거나.

밸런타인데이

밸런타인데이에 나는 올리비아에게 하트 목걸이를 주고, 올리비아는 나에게 낡은 플로피 디스크로 장식한 가방을 준다. 어떻게 그런 물건들을 만드는지 놀라운 재주다. 회로판 부품들로 귀걸이를, 티셔츠로 원피스를, 낡은 청바지로 가방을. 올리비아는 정말 창의적이다. 나는 올리비아한테 예술가가 돼야 한다고 말하지만, 올리비아는 과학자, 그중에서도 유전학자가 되고 싶어 한다. 남동생 같은 환자들을 치료할 방법을 찾고 싶은 것 같다.

마침내 올리비아의 부모님을 만나기로 하고 함께 계획을 세운다. 토요일 밤, 올리비아네 집 근처 에임스포트가에 있는 멕시코 레스토랑이다.

온종일 안절부절못한다. 나는 긴장을 하면 '틱'이 나온다. 원래 늘 틱이 있긴 하지만 어렸을 때처럼 심하지는 않다. 지금은 몇 번 심하게 눈을 깜빡이거나 가끔 머리를 움직이는 정도. 하지만 스트레스를 받으면 심해진다. 올리비아네 식구들을 만나는 일은 확실한 스트레스다.

레스토랑에 도착하니 미리 와서 기다리고 있다. 아저씨가 일어나 나와 악수를 나누고, 아주머니는 나를 안아 준다. 어기와 주먹을 마주치며 인사한 뒤 자리에 앉기 전에 올리비아의 뺨에 입을 맞춘다.

만나서 반갑구나, 저스틴! 네 얘기 정말 많이 들었다!

올리비아의 부모님은 더할 나위 없이 좋은 분들이다. 만나자마자 나를 편하게 대해 준다. 웨이터가 메뉴를 가져오고, 어거스트에게 눈길이 닿는 순간 웨이터의 얼굴 표정이 확 바뀐다. 하지만 모르는 척한다. 오늘 밤은 모두 모르는 척하는 분위기다. 나의 틱도. 어거스트가 나초를 우적우적 깨물어 먹고, 부스러기를 숟가락에 떠서 입으로 가져가는 모습도. 올리비아를 바라보니 나를 보고 싱긋 웃어 준다. 올리비아는 안다. 올리비아는 웨이터의 얼굴을 본다. 내 틱을 본다. 올리비아는 뭐든 보는 소녀다.

우리는 저녁 먹는 내내 웃고 떠들며 즐거운 시간을 보낸다. 올리비아의 부모님이 내 음악에 대해, 내가 바이올린에 빠져들게 된 사연에 대해 여러 가지 질문을 던진다. 원래 클래식 바이올린을 연주했는데, 애팔래치아 민속 음악을 좋아하게 됐고, 다시 자이데코에 흠뻑 빠지게 됐다고 답한다. 그들은 정말로 흥미롭다는 듯 내 말 한마디 한마디에 귀를 기울인다. 그러면서 다음번 우리 밴드 연주회 때 꼭 초대해 달라고 부탁한다.

솔직히 이렇게 관심을 받는 게 적응이 안 된다. 우리 부모님은 내가 하고 싶은 게 뭔지 전혀 모른다. 한 번도 묻지 않았다. 이런 대화조차 나눠 본 적이 없다. 바이올린을 바꾼 게 벌써 이년 전인데, 아직도 모르는 것 같다.

저녁을 먹고 아이스크림을 먹으러 올리비아네 집으로 간다. 올리비아네 개가 현관에서 우리를 맞이한다. 늙은 개. 정말 사랑스러운. 그런데 복도에다 줄줄이 토해 놓았다. 아저씨가 아기처럼 개를 번쩍 앉아 올리는 동안 아주머니가 황급히 키친타월을 가져온다.

아저씨가 묻는다. 무슨 일이야, 우리 아가씨? 개는 죽은 듯이 입 밖으로 혀가 축 처진 채 꼬리를 흔들고, 다리는 이상한 각도로 공중에 떠 있다.

아빠, 저스틴한테 데이지 데려온 얘기 좀 해 줘. 올리비아가 말한다.

해 줘! 어기가 거든다.

아저씨는 빙그레 웃더니 팔에서 개를 놓지 않은 채 의자에 앉는다. 이미 수없이 들은 얘기인 게 분명해 보였지만 모두 그 이야기를 듣고 싶어 한다.

아저씨가 이야기를 시작한다. 어느 날, 지하철에서 내려서 집으로 오고 있는데, 동네에서 처음 보는 노숙자가 유모차에 귀가 축 처진 똥개를 밀고 오는 거야. 노숙자가 나한테 오더니 이랬지. 여봐요, 아저씨, 내 개 사실라우? 그래서 내가 대답했지. 그럽시다, 얼마죠? 10달러를 부르길래 지갑에 있던 20달러를 몽땅 꺼내 줬더니 덥석 개를 주더라고. 저스틴, 농담 아냐. 살면서 그렇게 냄새가 지독한 개는 처음 봤다니까! 얼마나 냄새가 나는지 말도 못 해! 당장 개를 데리고 길 아래쪽에 있는 동물병원에 들렀다가 집으로 데려왔지.

바닥을 닦으면서 아주머니가 끼어든다. 그런데 나한테는 전화 한 통 안 했잖아! 노숙자가 판 개를 집으로 데려오면서 물어보지도 않고.

개가 아주머니를 바라본다. 마치 자신이 대화의 주인공임은 물론, 식구들이 하는 말을 다 알아듣는다는 눈빛이다. 이 가족에게 발견된 그날이 운 트인 날이라는 걸 안다는 듯. 행복한 개다.

데이지의 기분을 알 듯하다. 나는 올리비아네 식구들이 좋다. 그들은 많이 웃는다.

우리 식구들과는 딴판이다. 엄마와 아빠는 내가 네 살 때 이혼했고, 서로 못 잡아먹어서 안달이다. 나는 매주 호보켄에 사는 아빠의 아파트와 첼시에 사는 엄마 집을 오가며 자랐다. 내 의붓형은 나보다 다섯 살 위인데, 나 같은 동생이 있는 줄도 알까 말까다. 우리 부모님은 내가 어서 빨리 자라서 스스로를 돌볼 나이가 되기만 손꼽아 기다렸던 것 같다. "혼자서 가게에 갈 수 있잖아.", "아파트 열쇠 여기 있다." '과잉보호'라는 단어는 있는데, 그 반대말은 없다는 게 참 우습다. 충분한 보호를 해 주지 않는 부모를 설명하는 말로 적당한 말은? 보호 부족? 태만? 자기중심적? 변변찮은? 정답은 넷 다.

올리비아네 가족은 수시로 서로에게 '사랑해'라고 말한다.

우리 식구한테 마지막으로 그 말을 들은 게 언제인지 기억도 안 난다.

집에 갈 즈음, 내 틱은 모두 그쳤다.

우리 읍내

올해 봄 발표회 때 〈우리 읍내〉라는 연극을 할 예정이다. 겁내지 말고 무대 감독 역에 도전해 보라며 올리비아가 나를 부추겼고, 결국 역을 따낸다. 완전히 운이다. 주연은 난생처음이다. 올리비아에게 행운의 소녀라며 고마움을 전한다. 안타깝게도 올리비아는 여주인공 역인 에밀리 깁스를 따내지 못한다. 대신 미란다라는 분홍 머리 소녀가 따낸다. 올리비아는 단역 하나를 따냈고, 에밀리의 대역 배우도 맡는다. 올리비아보다 내가 더 실망스럽다. 올리비아는 오히려 안도하는 눈치다. 나는 사람들이 빤히 쳐다보는 게 싫어. 올리비아가 말한다. 이렇게 예쁜 여자애가 그런 말을 하다니. 혹시 일부러 오디션을 망친 게 아닌가 싶은 생각도 든다.

봄 발표회는 4월 말이다. 지금은 3월 중순이니 대사를 외울 시간이 육 주도 안 남았다. 더하기 리허설 시간. 더하기 우리 밴드와의 총연습. 더하기 기말고사. 더하기 올리비아와 보낼 시간. 힘든 육 주가 될 게 분명하다. 연극 담당이신 데이븐포트 선생님은 열의가 장난이 아니다. 발표회가 끝날 때까지 우리를 거세게 몰아칠 거다. 틀림없다. 원래는 〈엘리펀트 맨〉을 올릴 계획이었는데, 마지막 순간에 〈우리 읍내〉로 바꼈다는 소문이 들렸고, 덕분에 리허설 일정에서 일주일이 날아갔다.

정신없이 보낼 한 달 반의 시간이 그리 반갑지는 않다.

무당벌레

올리비아와 함께 올리비아네 집 현관 계단에 앉아 있다. 올리비아의 도움을 받으며 대사를 외운다. 따뜻한 3월 저녁, 마치 여름 같다. 하늘은 밝은 청록빛이고, 보도블록에는 그림자들이 길게 드리워져 있다.

대사를 암송해 본다.

"그렇죠. 해가 천 번도 더 떴다간 졌죠. 한여름 한겨울이 지나갈 때마다 저 산도 조금씩 뭉개지고, 비가 올 때면 산 흙을 씻어 내리곤 했습니다. 삼 년 전엔 이 세상에 나오지도 않은 애들이 제법 똑똑한 말을 하게 됐습니다. 그리고 하늘이라도 날듯이 젊다고 생각한 사람들도 전같이 계단을 뛰어 올라갈 수 없음을 알았죠. 숨이 차서 가슴이 뛰게 됐거든요……."

나는 고개를 젓는다. 나머지 대사가 가물가물하다.

"삼 년이 흘렀습니다."라고 올리비아가 대본을 읽으며 대사를 가르쳐 준다.

맞다, 맞다, 맞다. 내가 고개를 저으며 말한다. 한숨을 내쉰다. 난 지쳤어, 올리비아. 이 많은 대사를 내가 어떻게 다 외우

겠어?

외울 거야. 올리비아가 자신 있게 대꾸한다. 올리비아가 손을 뻗어 갑자기 나타난 무당벌레 위로 양손을 오목하게 오므린다. 봤지? 행운의 징조야. 천천히 위에 덮은 손을 떼면서 올리비아가 말한다. 무당벌레가 올리비아의 손바닥 위를 기어간다.

행운이든지 아니면 그냥 날이 더워서겠지. 내가 농담을 건넨다.

당연히 행운이지.

무당벌레가 자신의 손목으로 기어오르는 모습을 지켜보며 올리비아가 대꾸한다. 무당벌레에 대고도 소원을 비는 게 있어야 하는데. 어기랑 나랑 어렸을 때 개똥벌레에 대고 소원 많이 빌었거든. 올리비아가 다시 무당벌레 위로 한 손을 오목하게 오므린다.

빨리, 소원을 빌어. 눈 감고.

나는 시키는 대로 눈을 감는다. 긴 일 초가 지나가고 나는 다시 눈을 뜬다.

빌었어?

응.

올리비아가 빙그레 웃으며 덮었던 손을 치우자, 무당벌레는 때맞춰 날개를 활짝 펴고 파르르 날아가 버린다.

내가 무슨 소원 빌었는지 궁금하지 않아? 올리비아에게 입을 맞추며 내가 묻는다.

아니. 올리비아는 수줍게 대꾸하고 하늘을 올려다본다. 바로 이 순간 하늘은 올리비아의 눈동자와 정확히 똑같은 빛깔이다.

나도 빌었어. 올리비아는 알 듯 모를 듯 대답하지만, 올리비아는 빌 만한 소원이 너무 많아서 무엇을 빌었을지 잘 모르겠다.

버스 정류장

막 올리비아에게 작별 인사를 하는데, 아주머니와 어기, 잭과 데이지가 현관 계단을 내려온다. 한창 근사하게 긴 입맞춤을 하던 중이라 분위기가 조금 어색하다.

안녕, 얘들아. 아주머니는 아무것도 못 본 척했지만, 두 소년은 키득키득 웃고 있다.

안녕하세요, 풀먼 부인.

저스틴, 그냥 이사벨 아줌마라고 부르렴. 아주머니가 말한다. 이렇게 말한 게 벌써 세 번째니 정말로 그렇게 불러야겠다.

집에 가려고요. 내가 변명하듯 얼버무린다.

아, 지하철 타러 가니? 버스 정류장까지 잭 좀 데려다줄래? 신문을 들고 데이지를 따라가며 아주머니가 부탁한다.

그럼요.

괜찮지, 잭? 아주머니가 잭에게 묻자, 잭이 어깨를 으쓱한다. 저스틴, 버스 올 때까지 좀 기다려 줄 수 있지?

물론이죠!

우리는 모두 작별 인사를 나눈다. 비아가 나에게 한쪽 눈을 찡긋한다.

같이 안 있어 줘도 돼요. 골목길을 올라가는데, 잭이 말한다. 난 혼자서 버스 타고 잘 다녀요. 어기네 아줌마는 너무 과잉보호를 하세요.

꼬마 터프 가이처럼, 저음의 걸걸한 목소리다. 옛날 흑백 영화에 나오는 꼬마 악동들 중의 하나랑 비슷하다. 신문으로 만든 모자를 쓰고 헐렁한 반바지를 입으면 딱 어울릴 만한.

버스 정류장에 도착해 시간표를 보니, 버스는 팔 분 뒤에 도착 예정이다. 기다려 줄게. 내가 잭에게 말한다.

그러든지. 잭이 어깨를 으쓱한다. 1달러만 빌려 줄래요? 껌 좀 사게.

주머니를 뒤져 1달러를 주고 잭이 길 건너 모퉁이 가게로 들어가는 모습을 지켜본다. 아무래도 혼자서 돌아다니기에는 너무 어리지 않나 싶다. 내가 혼자서 지하철을 탔을 때가 몇 살쯤이었는지 헤아려 본다. 너무 어렸다. 언젠가는 나도 과잉보호 아빠가 될 거다. 분명히 그럴 거다. 내 아이들은 걱정하는 아빠의 마음을 느끼며 자랄 거다.

일이 분 가량 기다리는데, 반대 방향에서 사내아이 셋이 그 골목으로 다가가는 게 보인다. 그들은 그 가게를 그냥 지나치지만 셋 중 하나가 가게 안을 흘깃 보더니 다른 둘을 쿡쿡 찌르자, 우르르 되돌아와 가게 안을 들여다본다. 옆구리를 찔러 대고 낄낄거리는 폼이 뭔가 못된 짓을 꾸미는 게 분명하다. 셋 중하나는 잭과 키가 비슷하지만 다른 둘은 훨씬 더 커서 고등학생만 하다. 그들은 가게 앞의 과일 판매대 뒤에 숨어 있다가 잭이 나오자 요란하게 우엑거리는 시늉을 하며 뒤를 쫓는다. 잭이 모퉁이에서 무심코 돌아보자 서로 하이 파이브를 나누고 깔깔거리며 달아난다. 꼬마 악동들.

잭이 아무 일도 없다는 듯 길을 건너 풍선껌을 불며 버스 정류장으로 돌아와 내 옆에 선다.

친구들이야? 이윽고 내가 묻는다.

하, 잭이 코웃음을 친다. 잭은 웃어 보려고 하지만 화를 감추지 못한다.

잭이 말한다. 우리 학교 또라이들이에요. 줄리안이라는 애하고 줄리안의 두 고릴라, 헨리와 마일즈.

저런 식으로 자주 괴롭혀?

아뇨, 원래는 안 그랬어요. 학교에서는 절대 안 그래요. 그러다간 퇴학당할 테니까. 줄리안은 여기서 두 골목 떨어진 데 사는 앤데 이렇게 마주치다니 재수가 없는 거죠.

아, 그렇구나. 내가 고개를 끄덕인다.

별거 아니에요. 잭이 나를 안심시킨다.

둘 다 자동적으로 에임스포트가를 내려다보며 버스가 오는지 살핀다.

잠시 뒤 잭이 말한다. 뭐, 그냥 전쟁 중이랄까. 그 정도면 이 해가 되겠지, 하는 말투다. 그러더니 청바지 주머니에서 구겨 진 종이 한 장을 끄집어내 나에게 건넨다. 펴 보니 세 부분으로 나눠서 이름들이 죽 써 있다. 잭이 말한다. 그 자식이 5학년 애 들을 몽땅 내 반대편으로 만들었어요.

몽땅은 아닌데. 내가 목록을 내려다보며 말한다.

'다 너를 싫어해.' 같은 말을 쪽지에 써서 내 사물함에 넣어 놔요.

선생님한테 말해야지.

잭이 어이없다는 듯 바라보더니 고개를 젓는다.

중립도 꽤 많네. 내가 목록의 이름들을 가리키며 말한다. 애 네들만 네 편으로 끌어들이면 엇비슷해지겠는데.

맞아요, 그래도 그런 일은 없을 거예요. 잭이 비아냥대듯 말 한다.

왜 안 되는데?

잭이 이제껏 얘기해 본 사람 중에서 나같이 멍청한 사람은 처음 봤다는 표정으로 다시 한 번 나를 쏘아본다.

왜 안 되냐니까?

잭이 구제 불능이라는 듯 고개를 절레절레 흔든다. 그냥 내가 학교에서 인기남이라고 하기엔 좀 곤란한 누군가와 친구이기 때문이라고 해 두죠.

퍼뜩 떠오르는 생각. 잭이 차마 입 밖에 내지 못한 말. 어거스트. 이건 모두 잭이 어거스트와 친구가 돼서 생긴 일이다. 어거스트 누나의 남자 친구한테 대놓고 말하기는 곤란하겠지. 그래, 당연하지, 말이 된다.

에임스포트가에서 버스가 다가온다.

그래, 힘내. 종이를 도로 건네며 잭을 위로한다. 지금은 그보다 나쁠 수 없겠지만, 점점 좋아져. 다 잘 풀릴 거야.

잭은 어깨를 으쓱하고는 종이를 다시 주머니에 쑤셔 넣는다.

잭이 버스에 오르자, 서로 손을 흔들며 인사를 건넨다. 나는 버스가 멀어지는 모습을 지켜본다.

두 골목 떨어진 지하철역에 도착하자, 베이글 가게 앞에서 아까 본 세 녀석이 돌아다닌다. 값비싼 스키니진을 입은 부잣집 도련님들이 무슨 비행 청소년이라도 되는 양 거들먹거리고, 아직까지도 웩웩거리는 시늉을 하며 낄낄거린다.

뭐에 홀렸는지 모르겠지만, 안경을 벗어 주머니에 넣고 뾰족한 쪽을 앞으로 해서 바이올린 케이스를 옆구리에 척 끼운다. 잔뜩 힘을 주고 심술궂은 얼굴로 그들에게 다가간다. 그들이 나를 쳐다본다. 입가에서 웃음기가 싹 사라지고 아이스크림 콘이 삐딱하게 기울어진다.

어이, 잘 들어. 잭 건드리지 마. 어금니를 악다물고 클린트 이스트우드 같은 터프 가이 목소리로 한마디 한마디 천천히 내뱉는다. 잭을 또 귀찮게 하면 대단히 후회하게 될 거야. 그런 다음 강한 인상을 주려고 한 손으로 바이올린 케이스를 톡톡 두드린다.

알아들어?

그들은 일제히 고개를 끄덕인다. 아이스크림이 그들의 손으로 뚝뚝 흘러내린다.

가 봐. 나는 과장되게 천천히 고개를 끄덕이고는 한 번에 두 계단씩 지하철역 계단을 빠르게 뛰어 내려간다.

리허설

연극의 막이 오르는 날 밤이 다가올수록 연극 준비에 올인이다. 외워야 할 수많은 대사, 나 혼자 중얼대는 끝없는 독백들. 그런데 올리비아가 멋진 아이디어를 떠올렸고, 덕분에 한숨 돌린다. 무대 위에 내 바이올린을 가져가서 대사를 하는 동안 잠깐씩 연주를 하는 거다. 대본에는 없지만 데이븐포트 선생님은 무대 감독이 바이올린을 연주하면 서민적인 분위기가 더해질 것 같다고 반긴다. 다음 대사가 잘 생각나지 않을 때마다 〈병사의 기쁨〉을 연주하면서 시간을 벌 수 있으니 나로서는 효과 만점인 아이디어다.

연극을 준비하면서 애들을 더 많이 알게 되었는데, 특히 에밀리 역을 맡은 분홍 머리 여자애가 그렇다. 같이 어울려 다니는 무리들만 보고 건방진 줄 알았는데, 알고 보니 괜찮은 애다. 미란다의 남자 친구는 체격 좋은 명물 선수로 학교 대표팀에서 뛰고 있다. 나와는 전혀 상관이 없는 세계라서 미란다라는 여자애가 제법 괜찮다는 사실을 알고 깜짝 놀랐다.

어느 날 무대 기술자들이 주 조명을 손보는 사이 잠시 무대 뒤 바닥에 앉아 대기하는 중이었다.

올리비아랑 사귄 지 얼마나 됐어? 미란다가 뜬금없이 묻는다.

사 개월쯤.

올리비아 동생 만나 봤어? 미란다가 아무렇지도 않게 묻는다.

너무 뜻밖이라서 놀라운 마음을 감추기가 어렵다.

너 올리비아 동생 알아? 내가 묻는다.

비아가 말 안 해? 우리 원래 친한 친구였어. 어기는 아기 때부터 알고 지냈고.

아, 맞다. 참 그랬지. 올리비아가 나에게 아무런 말도 하지 않았다는 걸 들키기 싫다. 식구들 말고는 비아라고 부르는 사람이 아무도 없는데, 이 분홍 머리 소녀는 올리비아를 비아라고 부르고 있다.

미란다는 깔깔거리더니 고개를 젓지만 아무 말도 하지 않는다. 어색한 침묵이 흐르고 미란다는 가방을 뒤져 지갑을 꺼낸다. 지갑 속에서 사진 두 장을 꺼내서 그중 한 장을 나에게 내민다. 화창한 날 공원에서 찍은 남자애 사진이다. 반바지에 티셔츠 차림인데, 머리 전체를 덮는 우주 비행사 헬멧을 썼다.

미란다가 사진을 보고 빙긋 웃으며 말한다. 38도는 됐을 거야. 그런데 어기는 아무리 달래도 헬멧을 벗으려 하지 않았어. 이 년 내내, 겨울에나, 여름에나, 바닷가에서나 그걸 쓰고 다녔어. 황당했지.

그래, 올리비아네 집에서 사진 봤어.

그 헬멧을 사 준 사람이 바로 나야. 미란다가 말한다. 자부심이 느껴진다. 미란다는 도로 사진을 받아 조심스럽게 지갑 속에 끼워 넣는다.

좋네. 내가 대답한다.

너는 괜찮아? 미란다가 나를 바라보며 묻는다.

내가 멍하니 미란다를 바라본다. 뭐가?

미란다는 내 말을 믿지 못하겠다는 듯이 눈을 치켜뜬다. 무슨 말인지 알잖아. 그러더니 물병에서 물을 한 모금 길게 빨아 마신다. 우리 인정하자, 이 우주는 어기 풀먼에게 결코 녹녹치 않아.

새

미란다랑 친구라고 왜 진작 말 안 했어? 이튿날 올리비아에게 따진다. 어떻게 감쪽같이 숨길 수 있는지 올리비아에게 정말로 화가 난다.

별거 아니야. 올리비아가 이상하다는 눈길로 나를 바라보며 방어적으로 대꾸한다.

별일 맞아. 완전히 바보 됐잖아. 어떻게 나한테 한마디 말도 없을 수가 있어? 넌 미란다랑 알지도 못하는 사이처럼 굴었잖아.

올리비아가 재빨리 대꾸한다. 나 개 몰라. 그 분홍 머리 치어리더? 모르는 사이야. 내가 아는 미란다는 아메리칸 걸 인형이나 수집하는 촌뜨기라고.

이러지 마, 올리비아.

너나 이러지 마!

때를 봐서 나한테 말할 수도 있었잖아. 갑자기 뺨을 타고 흘러내리는 올리비아의 굵은 눈물방울을 모른 척하며 조용히 묻는다.

눈물을 꾹 참으며 올리비아가 어깨를 으쓱한다.

괜찮아, 나 화난 거 아니야. 나 때문에 흘리는 눈물이라고 생각하며 내가 달랜다.

화가 나든 말든. 올리비아가 얄밉게 말한다.

아, 그러셔. 내가 맞받아친다.

올리비아는 아무 말도 하지 않는다. 눈물이 그렁그렁하다.

올리비아, 왜 그래?

올리비아는 말하고 싶지 않다는 듯 고개를 흔들지만 눈물이 줄줄 흘러내린다.

미안해. 너 때문이 아니야, 저스틴. 너 때문에 우는 거 아니야. 마침내 올리비아가 눈물을 글썽이며 말한다.

그럼 왜 울어?

난 끔찍한 사람이니까.

무슨 말이야?

올리비아는 손등으로 눈물을 훔치며 나를 외면한다.

엄마 아빠한테 발표회 얘기 안 했어. 올리비아가 빠르게 말한다.

무슨 말인지 언뜻 이해가 되지 않아서 고개를 젓는다. 괜찮아, 아직 늦지 않았어. 아직 표가 남아…….

저스틴, 난 부모님이 발표회 보러 오는 거 싫어. 올리비아가 내 말을 자른다. 무슨 말인지 모르겠어? 부모님이 학교에 오는 거 싫다고! 부모님이 오시면 어기도 데려올 거야. 그런데 난 그럴 마음이…….

여기까지 말하고 또다시 터져 나오는 울음 탓에 말을 끝맺지 못한다. 나는 올리비아에게 팔을 두른다.

나는 끔찍한 사람이야! 올리비아가 눈물을 글썽이며 말한다.

그렇지 않아. 내가 부드럽게 달랜다.

아니, 맞아! 올리비아가 훌쩍인다. 어기를 아는 사람이 아무도 없는 학교에 다니게 돼서 너무 좋았어. 무슨 말인지 알겠어? 내 뒤에서 그 얘기를 속닥거리는 사람이 아무도 없으니까. 그래서 너무 좋았어, 저스틴. 그런데 어거스트가 연극을 보러 나타나면 또다시 다들 그 얘길 할 테고, 금방 소문이 퍼질 테니까…… 내가 왜 이러는지 나도 잘 모르겠어…… 맹세코 지금까지 단 한 번도 어거스트를 부끄러워한 적이 없었어.

알아, 알아, 내가 달랜다. 그럴 만해, 올리비아. 지금까지 힘든 일을 많이 겪었잖아.

가끔 올리비아를 보면 한 마리 새가 떠오른다. 화가 났을 때는 깃털을 잔뜩 곤두세운 새 같고, 이렇게 연약해질 땐 둥지를 찾아 헤매는 길 잃은 작은 새 같다.

그래서 나는 올리비아가 몸을 숨길 수 있도록 내 날개를 내어 준다.

우주

오늘 밤은 잠이 오지 않는다. 머릿속이 꺼지지 않는 생각들로 가득하다. 내 독백의 대사들. 암기해야 할 주기율표의 원소들. 이해해야만 하는 수학의 정리들. 올리비아. 어기.

미란다의 말이 계속 머릿속을 맴돈다. 이 우주는 어기 풀먼에게 결코 녹녹치 않아.

그 말이 의미하는 바를 생각하고 또 생각하는 중이다. 미란다 말이 옳다. 이 우주는 어기 풀먼에게 결코 녹녹치 않다. 그런 형벌을 받아도 좋을 만큼 그 어린아이가 얼마나 대단한 짓을 저지르기라도 했단 말인가? 그 부모가? 아니면 올리비아가? 어기가 지닌 증후군들이 일제히 발생해서 다른 사람에게 어기와 똑같은 얼굴이 나올 확률은 4백만 분의 1이라나. 어떤 의사가 올리비아의 부모님에게 했다는 말이다. 그렇다면 이 우주는 거대한 복권 뽑기 기계에 불과하다는 얘기가 아닌가? 우리는 태어날 때 표를 구입한다. 좋은 표를 살지, 나쁜 표를 살지는 모두 무작위로 지정된다. 운에 맡길 뿐이다.

이런 생각에 머리가 빙글빙글 돈다. 그때 문득 기분 좋은 생각이 떠올라 마음을 위로해 준다. 아니야, 아니야, 완전히 무작위는 아니야. 진정 완전히 무작위라면 우주가 우리를 완전히 버리는 셈이지만, 그건 아니다. 우주는 눈에 보이지 않는 방법으로 우주의 가장 연약한 창조물들을 보살펴 준다. 맹목적으로 크나큰 사랑을 베푸는 너의 부모님. 평범한 사람이 된다는 것에 죄책감을 느끼는 누나. 너의 일로 친구들로부터 왕따를 당하는 걸걸한 목소리의 그 녀석. 그리고 심지어 네 사진을 지갑 속에 지니고 다니는 그 분홍 머리 여자애까지. 설령 복권 뽑기 기계일지라도 우주는 결국 모든 것을 공평하게 만들어 준다. 우주는 자신의 모든 새를 저버리지 않는다.

제6부

어거스트 AUGUST

인간은 참으로 걸작품이 아닌가! 이성은 얼마나 고귀하고,
능력은 얼마나 무한하며, 외양과 거동은 얼마나 경탄할 만하며,
행동은 얼마나 천사 같고, 이해력은 얼마나 신 같은가!
이 지상의 아름다움이요!……

- 셰익스피어, 〈햄릿〉 중에서

북극

감자 램프는 과학 전시회에서 대성공을 거두었다. 잭과 나는 A를 받았다. 특히 잭은 일 년 동안 모든 수업을 통틀어 처음으로 받은 A라서 완전히 흥분의 도가니다.

과학 전시회 프로젝트는 빠짐없이 체육관의 탁자에 진열되었다. 지난 11월의 이집트 박물관 때와 똑같았지만, 이번에는 피라미드와 파라오 대신 화산과 분자 모형들이 그 자리를 대신했다. 그리고 부모님을 모시고 다른 사람들의 작품을 보러 다니는 대신, 각자 자신의 작품 옆에 서 있으면 부모님들이 체육관을 돌아다니며 구경을 해야 했다. 계산해 보면 이렇다. 5학년생 60명은 곧 60세트의 부모님을 뜻한다. 물론 할머니 할아버지는 포함하지 않았다. 그러니 최소한 120개의 눈이 나를 찾아온다는 계산이다. 이제는 내 얼굴에 적응한 아이들과는 달리 내 모습에 전혀 익숙하지 않은 그런 눈들이. 어느 방향에 놓든지 나침반의 바늘이 항상 북쪽을 가리키는 것과 같은 이치랄까. 모두의 눈이 나침반이라면 나는 그들에게 북극인 셈이다.

그래서 나는 아직도 부모님이 참여하는 학교 행사가 싫다. 학년 초보다는 덜하지만. 이를테면 추수 감사절 나눔 축제처럼. 그때는 최악이었다. 처음으로 부모님들을 한꺼번에 마주해야 했으니 말해 무엇하랴. 그다음이 이집트 박물관이었지만 그때는 미라 분장을 한 덕분에 아무도 나를 알아보지 못했다. 그리고 이어서 겨울 콘서트가 있었는데, 합창단으로 나가 노래를 불러야 해서 너무너무 싫었다. 원래 음치인 데다 내가 마치 전시품이라도 된 듯한 기분이었다. 신년 미술 전시회는 그럭저럭 견딜 만했지만 짜증 나기는 마찬가지였다. 각자의 미술 작품을 학교 복도에 걸어 놓고 부모님들이 와서 감상했다. 아무것도 모르는 어른들과 불쑥불쑥 계단에서 마주치게 되니 새 학기로 되돌아간 기분이었다.

아무튼 내가 신경 쓰이는 건 나에 대한 사람들의 반응이 아니다. 누누이 말하지만 이제는 익숙해졌다. 그런 건 아무것도 아니다. 외출을 하고 보니 이슬비가 부슬부슬 내리는 정도라고나 할까. 이슬비 때문에 장화를 신지는 않는다. 우산을 펴지도 않는다. 그럴 땐 빗속을 걸어도 머리카락이 젖는 줄도 잘 모르니까.

그런데 거대한 체육관이 부모님들로 가득 차면 이슬비는 어마어마한 허리케인으로 돌변한다. 모두의 눈이 물의 장벽처럼 나를 덮친다.

엄마와 아빠는 잭의 부모님과 함께 내 탁자 주위를 서성인다.

부모님들도 아이들을 따라 끼리끼리 어울리는 모습을 보면 참 우습다. 우리 부모님과 잭의 부모님, 서머의 엄마가 어울려 다닌다. 줄리안의 부모님은 헨리와 마일즈의 부모님과 어울려 다닌다. 두 맥스는 부모님까지 단짝처럼 다닌다. 재미있는 현상이다.

　나중에 집으로 걸어오면서 엄마와 아빠에게 그 얘기를 했더니 재미있는 관찰이라고 했다.

　유유상종이라는 게 틀린 말이 아닌 것 같다고 엄마는 말했다.

어기 인형

한동안 우리는 온통 그 '전쟁' 얘기뿐이었다. 그중에서도 2월은 최악이었다. 사실상 아무도 우리와 말을 하지 않았고, 줄리안은 우리 사물함에 쪽지를 남겨 두기 시작했다. 잭에게 남긴 쪽지들은 유치하기 짝이 없었다. 이를테면, '얼빠진 놈, 넌 냄새나!'라거나 '더 이상 아무도 너를 좋아하지 않아!'

나는 이런 쪽지를 받았다. '괴물!' 다른 쪽지에는 이렇게 쓰여 있었다. '우리 학교에서 나가, 이 오크족!'

서머는 5학년 주임 선생님인 루빈 선생님이나 교장 선생님에게 보고해야 한다고 했지만, 우리는 그래 봤자 고자질밖에 되지 않는다고 생각했다. 그렇다고 가만히 당하고 있지만은 않았다. 욕이 아니었을 뿐 우리도 쪽지를 남겼으니까. 우리는 주로 우스꽝스럽고 비아냥대는 말들을 애용했다.

하나는 이랬다. '줄리안, 당신은 꽃미남. 사랑해요. 나랑 결혼해 줘요. 사랑하는 벨루아로부터'

다른 하나는 이랬다. '당신의 머리칼을 사랑해요! 당신에게 포옹과 키스를, 벨루아로부터'

벨루아는 나와 잭이 함께 생각해 낸 가공의 인물이다. 벨루아
는 발가락 사이에 낀 초록색 때를 먹고 손가락 마디마디를 쪽
쪽 빨아 먹는 구역질 나게 더러운 습관의 소유자다. 텔레비전
광고에 나오는 애들처럼 겉멋만 잔뜩 들고 발랑 까진 줄리안한
테 그런 여자가 뿅 갔다는 상상을 해 보라.

2월에는 줄리안과 마일즈, 헨리 패거리가 잭에게 두어 번 못
된 장난을 쳤다. 나는 섣불리 건드릴 생각을 못했다. 나를 괴롭
히다가 걸리면 대형 사고가 될 테니까. 걔네들 생각에 잭은 나
보다 편한 목표물이었다. 한번은 잭의 체육복 반바지를 훔쳐서
탈의실 한가운데에서 원숭이 흉내를 냈다. 또 한번은 홈룸 시
간에 잭의 옆자리에 앉은 마일즈가 잭의 책상에서 연습 문제지
를 훔쳐 내서 교실 반대편에 있는 줄리안에게 휙 던졌다. 담임
선생님이 계셨다면 꿈도 못 꿨겠지만 그날은 임시 선생님이 나
온 날이었고, 상황이 어떻게 돌아가는지 임시 선생님이 알 턱
이 없었다. 잭은 이런 일에 능숙했다. 가끔 분을 못 이길 때도
있었지만 그들에게 절대로 화가 난 모습을 내보이지 않았다.

다른 5학년 애들도 전쟁에 대해 잘 알았다. 사바나네만 빼고
여자애들은 처음에는 중립을 지켰다. 하지만 3월이 되자, 차
츰 싫증을 내기 시작했다. 그건 몇몇 남자애들도 마찬가지였
다. 이를테면, 줄리안이 연필 깎고 남은 쓰레기를 잭의 책가방
에 와르르 쏟아 버린 일이 있었는데, 원래 줄리안 패거리와 붙

어 다니던 아모스가 줄리안의 손에서 가방을 확 낚아채더니 잭에게 되돌려 주었다. 남자애들도 더 이상 줄리안에게 넘어가지 않을 것 같은 분위기가 조금씩 싹트기 시작했다.

몇 주 전부터는 줄리안이 얼토당토않은 소문까지 퍼뜨렸다. 잭이 복수하려고 '암살자'를 고용했다나. 하도 어처구니가 없는 거짓말이라 다들 뒤에서 줄리안을 비웃었다. 그 일을 계기로 줄리안 편에 섰던 남자애들까지 중립으로 돌아섰다. 결국 3월 말에는 줄리안 편에는 마일즈와 헨리만 남았고, 내 생각에는 걔네들도 전쟁에 물린 눈치였다.

전염병 놀이도 슬그머니 없어진 게 분명해 보였다. 어쩌다 나랑 부딪쳐도 움찔하며 놀라는 사람도 없고, 내 연필에 무슨 병균이라도 묻어 있는 듯이 굴더니 이제는 아무렇지도 않게 빌려 쓴다.

가끔은 나를 두고 농담까지 나눈다. 얼마 전에는 마야가 엘리에게 못난이 인형 편지지에다 뭐라고 써 주는 걸 보고, 내가 툭 농담을 던졌다.

"그 못난이 인형 만든 사람 말이야, 나를 모델로 했는데, 몰랐어?"

마야는 내 말이 진짜인 줄 알고 눈을 동그랗게 뜨고 나를 바라봤다. 그러다가 내 말이 농담임을 깨닫고 자지러지게 웃어 댔다.

"너 정말 웃기다, 어거스트!"

마야는 엘리와 다른 여자애들에게 내가 방금 한 농담을 전했고, 다들 너무 재미있어했다. 처음에는 깜짝 놀랐지만 내가 웃어넘기는 걸 보고, 자기들도 웃어도 괜찮다고 생각하는 듯싶었다. 이튿날 내 의자 위에는 짤막하지만 기분 좋은 메모와 함께 마야가 보낸 작은 못난이 인형 열쇠고리가 놓여 있었다.

세상에서 가장 멋진 어기 인형에게, 사랑을 담아, 마야.

여섯 달 전만 해도 상상도 못 했던 일인데, 점점 더 이런 일이 많아진다. 그리고 막 착용하기 시작한 보청기를 보고 놀리는 애들도 없다.

로봇

어렸을 때부터 의사 선생님들은 언젠가는 나한테 보청기가 필요할 거라고 조언했다. 왜 그 얘기만 들으면 눈앞이 캄캄해지는지. 귀와 관련된 건 뭐든 짜증이 나기 때문인 것 같다.

청력이 점점 더 나빠지고 있지만 아무한테도 내색하지 않았다. 항상 귓속에서 들리던 바닷소리가 점점 더 커졌다. 그 소리는 마치 물속에 있는 것처럼 다른 사람들의 목소리를 삼켜 버렸다. 교실에서 뒷자리에 앉으면 선생님이 하는 말이 들리지 않았다. 하지만 엄마나 아빠한테 말했다가는 보청기를 해야 할 게 뻔했고, 가능하면 보청기 없이 5학년을 마치고 싶었다.

그러다가 10월에 받은 연간 검진에서 청력 테스트에 떨어졌고, 의사 선생님은 "짜식, 때가 됐구나."라고 말했다. 그러더니 내 귀의 틀을 떴던 귀 전문의에게 보냈다.

얼굴 중에서도 귀는 내가 제일 싫어하는 부분이다. 마치 얼굴 양쪽에 조그맣게 꽉 쥔 주먹 두 개가 붙어 있는 것처럼 생겼다. 그것도 모자라 한참 밑으로 처져 있다. 내 귀는 목 꼭대기에 삐죽 튀어나온, 짓이겨진 피자 반죽처럼 생겼다. 좋다, 내가 너무 오버한다 치자. 그래도 난 내 귀가 너무 싫다.

귀 전문의 선생님이 나와 엄마에게 보여 주려고 처음으로 보청기를 가져왔을 때, 말 그대로 끄응 소리가 절로 나왔다.

"나 그거 안 할래."

내가 선언했다. 척 팔짱을 끼면서.

귀 전문의 선생님이 말했다.

"좀 커 보이긴 하지? 하지만 머리띠에다 부착을 해야 해서 어쩔 수가 없어. 귀에다 고정시키려면 다른 방법이 없거든."

보통 보청기들은 내부의 소형 이어폰이 귓속에서 움직이지 않도록 지탱하기 위해 바깥귀에 걸치는 귀걸이 부분이 있다. 하지만 나는 바깥귀 자체가 없기 때문에, 뒷머리를 감싸게 될 튼튼한 머리띠 위에 이어폰을 붙여야 한다.

"나 그거 안 할 거야, 엄마."

"있는 줄도 잘 모를 거야. 헤드폰처럼 보이네 뭐."

엄마는 최대한 밝은 모습을 보이려고 애를 썼다.

"헤드폰? 저것 좀 봐, 엄마! 꼭 그 로봇 같잖아."

"로봇 누구?"

"로봇? '제국의 역습?' 생체 공학 무선 송신기 같은 걸로 뒷머리를 감싼 그 대머리 남자?"

귀 전문의 선생님이 빙그레 웃으며 헤드폰을 내려다보고 몇 군데를 매만졌다.

엄마가 고개를 갸웃했다.

"나는 아무리 해도 생각이 안 나네."

내가 물었다.

"〈스타워즈〉에 나오는 거 아세요?"

선생님이 내 머리에 슬쩍 머리띠를 씌우며 대답했다.

"〈스타워즈〉에 나오는 거 아냐고? 그건 내가 발명한 거나 마찬가지야!"

선생님은 의자에 등을 기대고 앉아 머리띠가 잘 맞는지 확인한 뒤 머리띠를 벗겨 냈다.

"자, 여기, 설명해 줄 테니 잘 들어."

선생님이 보청기의 각 부분을 가리키며 말했다.

"여기 있는 구부러진 플라스틱 조각은 귀 틀에 관을 연결시켜 주는 거야. 네 귀에 맞춰서 12월에 짜 두었던 그 틀이란다. 여기 이 부분은 음질 고리라고 하는 거야. 그리고 바로 이게 수화기 대에 부착하는 특별한 부분이란다."

나는 울상을 지었다.

"로봇 부분이네요."

"녀석, 로봇이 얼마나 멋진데. 그래도 자자* 같지는 않잖니. 얼마나 다행이냐."

---

*〈스타워즈〉에 등장하는 외계인. 영화 역사상 가장 미움 받는 캐릭터 중 하나로 손꼽힌다.

선생님이 다시 조심스럽게 머리띠를 씌웠다.

"됐다, 어거스트. 그래, 어떠냐?"

"완전 불편해요!"

"금방 익숙해질 거야."

나는 거울을 봤다. 눈물이 나기 시작했다. 보이는 거라고는 귀 양쪽으로 삐죽삐죽 튀어나온 관들뿐이었다. 마치 안테나처럼.

눈물을 꾹 참으며 내가 물었다.

"이거 꼭 해야 돼, 엄마? 나 이거 싫어. 그래 봤자 차이도 없을 거야!"

선생님이 말했다.

"잠깐만, 녀석. 아직 켜지도 않았다. 기다려 봐, 차이를 느낄 테니까. 너도 끼고 싶을 거야."

"아뇨, 그럴 리 없어요!"

그리고 선생님이 보청기를 켰다.

환하게 들린다

보청기를 켰을 때 들리는 소리를 무슨 말로 설명하면 좋을까? 아니, 들리지 않는 소리라고 해야 하나? 적당한 말이 떠오르지 않는다. 내 머릿속에 살던 바다는 더 이상 존재하지 않았다. 마치 머릿속에 밝은 빛이 들어온 것 같았다. 천장에 전구 하나가 나갔을 때 방이 얼마나 어두운지 잘 모르고 있다가 누군가 전구를 갈아 끼우면, 우아, 이 방이 이렇게 환한 줄 몰랐네! 라며 감탄하는 것과 똑같았다. 청력에도 환하다는 말과 똑같은 뜻을 지닌 단어가 있는지는 모르겠지만, 있다면 하나 알면 좋겠다. 내 귀가 환하게 들리기 때문이다.

의사 선생님이 물었다.

"그래, 어떠니, 어기? 내 말 잘 들리니, 녀석?"

선생님을 바라보고 멋쩍게 웃었지만 대답은 하지 않았다.

엄마가 물었다.

"어기, 뭐 좀 다르게 들리는 것 같아?"

내가 기분 좋게 고개를 끄덕였다.

"큰 소리로 말 안 해도 돼, 엄마."

의사 선생님이 물었다.

"아까보다 잘 들리지?"

"이제 잡음이 안 들려요. 귓속이 아주 조용해요."

의사 선생님이 고개를 끄덕이며 대답했다.

"백색 소음이 사라졌구나."

선생님이 나를 보며 한 눈을 찡긋했다.

"들어 보면 마음에 들 거라고 했잖아, 어거스트."

선생님이 왼쪽 보청기를 좀 더 조절해 주었다.

엄마가 나에게 물었다.

"많이 다르게 들리니?"

"응, 소리가…… 더 밝게 들려."

"생체 공학 보청기를 하고 있기 때문이다, 녀석."

의사 선생님이 이번에는 오른쪽 귀를 조절해 주며 말했다.

"자, 여기를 만져 보렴."

선생님이 보청기 뒤쪽에 내 손을 가져다 댔다.

"만져지지? 그게 볼륨이야. 너한테 맞는 볼륨을 찾아야 돼. 그건 다음에 하자. 자, 어떠냐?"

선생님이 작은 거울 하나를 들더니 큰 거울을 통해서 내 뒷머리를 보여 주었다. 대부분은 머리카락에 가려서 잘 보이지 않았다. 보이는 부분은 튀어나온 관이 전부였다.

선생님이 거울을 보고 있는 나에게 물었다.

"생체 공학 로봇 보청기 쓸 만하지?"

"네, 고맙습니다."

엄마가 인사를 건넸다.

"정말 고맙습니다, 제임스 박사님."

보청기를 끼고 학교에 나타난 첫날, 나는 애들이 그걸 보고 법석을 떨 줄 알았다. 하지만 괜한 걱정이었다. 서머는 내가 더 잘 듣게 돼서 좋다며 기뻐했고, 잭은 비밀경찰 요원 같다고 했다. 그뿐이었다. 영어 시간에 브라운 선생님이 보청기에 대해 묻긴 했지만 "네 머리에 있는 그게 도대체 뭐냐?"가 아니라 "선생님 말 잘 안 들리면 언제든지 말해라, 알겠지?" 정도였다.

돌이켜 생각해 보니, 그동안 왜 그렇게 보청기 때문에 스트레스를 받았는지 모르겠다. 때로는 잔뜩 걱정했던 일이 별일도 아닌 걸 알고 나면 참 우습다.

누나의 비밀

봄 방학이 끝나고 이틀 뒤, 바로 다음 주가 학교 연극인데, 누나가 여태껏 숨긴 사실이 들통 났다. 엄마는 화를 냈다. 엄마는 여간해선 화를 잘 내지 않는 편인데(아빠 생각은 다르지만), 그 문제로 엄마는 누나한테 화를 많이 냈다. 엄마와 누나는 대판 싸웠다. 누나 방에서 두 사람이 버럭버럭 소리를 질렀다. 내 생체 공학 로봇 귀가 엄마가 하는 말을 포착해 냈다.

"요새 너 왜 그래, 비아? 뚱하고 무뚝뚝하고, 숨기는 것 같고……."

누나가 소리를 지르며 맞섰다.

"그 바보 같은 연극에 대해 엄마한테 말 안 한 게 뭐가 그렇게 잘못됐는데? 나는 대사도 없단 말이야!"

"네 남자 친구는 있잖아! 우리가 네 남자 친구 연극 보러 가는 게 싫어?"

"그래! 정말 싫어!"

"소리 그만 질러!"

"엄마가 먼저 소리 질렀잖아! 그냥 내버려 둬! 평생 동안 나 혼자 알아서 하게 잘만 내버려 두더니, 고등학교에 가니까 갑자기 왜 그렇게 관심이 생긴 건지 도대체 모르겠……."

갑자기 너무 조용해져서 엄마가 무어라 대꾸했는지 듣지 못했다. 내 생체 공학 로봇 귀도 아무런 신호를 잡아 내지 못했다.

나의 동굴

저녁 먹을 무렵, 두 사람은 화해를 한 듯했다. 아빠는 야근 중이었다. 데이지는 잠을 자고 있었다. 데이지가 오전에 토를 많이 해서 엄마가 내일 동물 병원에 예약을 해 두었다.

우리는 식탁에 앉아 있었고, 아무도 입을 열지 않았다.

마침내 내가 말했다.

"그럼, 우리는 저스틴 형이 나오는 연극을 보러 가는 거야?"

누나는 말없이 자기 접시만 내려다보았다.

엄마가 조용히 말했다.

"그게 말이야, 어기. 엄마가 미처 몰랐는데, 네 또래 애들이 재밌게 볼 연극이 아니더라."

내가 누나를 바라보며 물었다.

"그럼 난 초대 받지 못한 거야?"

엄마가 대신 말했다.

"그런 말은 안 했어. 그냥 네가 즐길 만한 연극이 아닌 것 같다고."

"엄마랑 아빠는 갈 거야?"

"아빠는 가실 거야. 엄마는 너랑 집에 있고."

누나가 엄마한테 소리를 질렀다.

"뭐라고? 네, 좋아요, 기껏 솔직하게 말했더니 오지 않는 걸로 나를 벌줄 작정인 거네?"

"너는 애초에 우리가 가지 않기를 바랐잖아, 안 그래?"

"그건 그전 얘기고, 지금은 당연히 오기를 바라지!"

"엄마는 네 기분만 생각할 수 없잖니, 비아."

내가 끼어들었다.

"두 사람 대체 무슨 얘기를 하는 거야?"

"아무것도 아니야!"

두 사람이 동시에 날카롭게 말했다.

엄마가 말했다.

"그냥 너하고 상관없는 누나 학교 문제야."

"거짓말이야."

"뭐라고?"

엄마가 조금 놀란 듯이 물었다. 누나까지도 깜짝 놀란 표정이었다.

"거짓말이라고 했어! 누나는 거짓말을 하고 있어!"

자리에서 벌떡 일어서며 누나에게 소리쳤다.

"둘 다 거짓말쟁이야! 둘 다 나를 바보 취급하면서 내 앞에서 거짓말을 하고 있잖아!"

엄마가 내 팔을 붙잡았다.

"앉아, 어기!"

나는 팔을 빼고 손으로 누나를 가리켰다.

"누나는 내가 아무것도 모르는 것 같지? 멋진 새 고등학교의
친구들한테 동생이 괴물이라는 걸 들킬까 봐 벌벌 떨고 있잖
아!"

엄마가 외쳤다.

"어기! 그게 아니야!"

나는 꽥꽥 고함을 질렀다.

"거짓말 그만해, 엄마! 아기 취급도 그만해! 내가 바보 천치
인 줄 알아? 나도 다 안다고!"

복도를 달려 내 방으로 들어와 쾅 하고 문을 닫았다. 어찌나
세게 닫았는지 벽에서 떨어져 나온 파편들이 문틀 속으로 푸스
스 떨어지는 소리가 들릴 정도였다. 침대 위로 털썩 몸을 날려
머리끝까지 이불을 뒤집어썼다. 구역질 나는 내 얼굴을 베개로
가리고 위에다 인형을 잔뜩 쌓아 올리니 마치 작은 동굴 속에
있는 것 같았다. 내 얼굴을 베개로 가리고 다닐 수만 있다면 기
꺼이 그렇게 하겠다.

어쩌다 화를 내게 됐는지조차 모르겠다. 저녁을 먹기 시작할
때는 아무렇지도 않았다. 슬프지도 않았다. 마음속에 응어리가
갑자기 쾅 하고 폭발해 버렸다. 누나가 그 바보 같은 연극에 나

를 데려가고 싶은 생각이 없다는 걸 진작부터 알고 있었다. 물론 그 이유도 알았다.

곧장 내 방으로 따라 들어올 줄 알았는데, 엄마는 오지 않았다. 엄마가 내 인형 동굴 속에서 나를 찾아내 주기를 바랐다. 좀더 기다려 보았지만 십 분이 지나도 따라올 기미조차 보이지 않았다. 나는 무척 놀랐다. 뿔이 나서 내 방에 있으면 엄마는 항상 나를 보러 왔다.

부엌에서 누나와 내 얘기를 하고 있나? 누나는 너무, 너무, 너무 뉘우치고 있겠지. 엄마도 지금쯤 엄청난 죄책감에 빠져 있을걸. 퇴근하면 아빠도 엄마한테 단단히 화를 낼 게 분명해.

인형들 사이로 작은 구멍을 만들어 슬그머니 벽시계를 보았다. 어느새 삼십 분이 지났지만 엄마는 감감무소식이다. 귀를 쫑긋 세웠다. 아직도 저녁을 먹고 있나? 대체 무슨 일이지?

마침내 문이 열렸다. 누나였다. 누나는 조심스러운 기색은커녕, 가만히 안으로 들어오지도 않았다. 누나는 다급했다.

안녕

"어기, 빨리 와. 엄마가 너한테 할 말 있대."

"엄마한테 사과 안 해."

누나가 소리쳤다.

"네 얘기가 아니야! 온 세상이 다 너를 중심으로 돌아가지는 않아, 어기! 시간 없어. 데이지가 아파. 엄마가 동물 병원 응급실로 데려갈 거야. 빨리 와서 작별 인사 해."

얼굴에서 베개를 밀어내고 누나를 올려다보았다. 그제야 누나가 울고 있다는 걸 알았다.

"작별 인사라니?"

"빨리!"

누나가 나에게 손을 내밀었다.

누나의 손을 잡고 복도를 지나 부엌으로 달려갔다. 데이지는 다리를 앞으로 쭉 뻗고 바닥에 비스듬히 누워 있었다. 막 공원을 달리고 온 것마냥 가쁜 숨을 헐떡였다. 엄마는 데이지 옆에 무릎을 꿇고 앉아 데이지의 머리를 쓰다듬고 있었다.

"왜 그래?"

누나가 엄마 옆에 무릎을 꿇고 앉았다.

"갑자기 낑낑거리기 시작했어."

나는 엄마를 내려다봤다. 엄마도 울고 있었다.

"시내 동물 병원에 데려갈 거란다. 금방 택시가 올 거야."

"수의사 선생님이 낫게 해 줄 거야, 그렇지?"

엄마가 나를 바라봤다. 엄마가 조용히 말했다.

"그랬으면 좋겠구나. 그런데 그건 엄마도 몰라."

"당연히 낫게 해 줘야지!"

"데이지는 요새 많이 아팠잖아, 어기. 게다가 나이도 많고……."

"그래도 고칠 수 있어."

내 말에 맞장구를 쳐 달라며 누나를 바라보았지만 누나는 나를 올려다보려 하지 않았다.

엄마의 입술이 부들부들 떨렸다.

"데이지한테 작별 인사를 해야 될 시간인 것 같구나, 어기. 미안하다."

"싫어!"

"데이지가 고통 받는 건 너도 싫잖아, 어기."

전화벨이 울렸다. 누나가 전화를 받고 "네, 알겠습니다."라고 말하더니 전화를 끊었다.

"택시가 왔어."

누나가 손등으로 눈물을 닦으며 말했다.

"그래, 여기, 문 좀 열어 주겠니?"

엄마가 축 늘어진 거대한 아기처럼 데이지를 아주 조심스럽게 안아 올렸다.

"엄마, 제발."

나는 문 앞을 가로막았다.

"아가, 제발. 엄마 무거워."

"아빠는?"

"아빠는 병원에서 만날 거야. 아빠도 데이지가 고통 받는 걸 바라지 않으셔, 여기."

누나가 나를 문에서 밀어내고 문을 열었다.

"무슨 일 있으면 엄마 휴대 전화로 전화해. 데이지한테 담요 좀 덮어 줄래?"

누나는 고개를 끄덕였지만 엉엉 울고 있었다.

엄마도 얼굴 위로 눈물을 줄줄 흘렸다.

"얘들아, 데이지한테 인사해."

누나가 데이지의 코에 입을 맞추었다.

"사랑해, 데이지. 정말 사랑해."

내가 데이지의 귀에 대고 속삭였다.

"잘 가, 예쁜이…… 사랑해……."

엄마가 데이지를 데리고 현관 계단을 내려갔다. 기사 아저씨가 뒷문을 열어 주었고, 우리는 엄마가 택시에 타는 모습을 지켜보았다. 문을 닫기 직전 엄마는 현관문 옆에 서 있는 우리를 올려다보며 살짝 손을 흔들어 주었다. 엄마가 그렇게 슬퍼 보인 적은 처음이었다.

누나가 말했다.

"엄마, 사랑해!"

나도 따라 말했다.

"엄마, 사랑해! 엄마, 미안해!"

엄마는 우리에게 키스를 보내고 택시 문을 닫았다. 택시가 떠나는 모습을 지켜보다가 누나가 현관문을 닫았다. 누나는 잠시 나를 바라보더니 나를 아주아주 꽉 끌어안았고, 우리 둘은 그렇게 펑펑 울었다.

데이지의 장난감

삼십 분쯤 뒤에 저스틴 형이 왔다. 형은 나를 꼭 안아 주었고 "괜찮니, 어기?"라며 위로의 말을 건넸다. 우리는 모두 말없이 거실을 지켰다. 누나와 나는 집 안 곳곳을 다니며 데이지가 가지고 놀던 작은 장난감들을 주섬주섬 모아다가 작은 탁자 위에 쌓아 두었다. 이제 우리는 그 무더기를 물끄러미 지켜보았다.

누나가 말했다.

"데이지는 세상에서 제일 훌륭한 개였어."

"그럼."

형이 누나의 어깨를 쓰다듬으며 맞장구를 쳤다.

내가 물었다.

"그냥 낑낑거렸어, 갑자기?"

"네가 부엌에서 나가자마자. 엄마가 너를 쫓아가려고 했는데, 데이지가 갑자기 낑낑거렸어."

"어떻게?"

"그냥 낑낑거렸다고, 나도 몰라."

"으르렁거리는 것처럼?"

누나가 짜증스럽게 대꾸했다.

"어기, 그냥 낑낑거렸다니까. 갑자기 끙끙댔어. 어디가 많이
아픈 것처럼. 그러더니 미친 듯이 숨을 헐떡였어. 털썩 주저앉
으면서. 엄마가 가까이 가서 일으켜 세워 주려고 했는데, 정말
로 아팠나 봐. 엄마를 물었어."

"뭐라고?"

"엄마가 배를 만져 보려고 했더니 데이지가 엄마 손을 물었
어."

"데이지는 아무도 안 물어!"

저스틴 형이 말했다.

"제정신이 아니었겠지. 진짜로 아팠던 거야."

"아빠 말씀이 옳았어. 이 지경이 되도록 놔두는 게 아니었는
데."

"무슨 말이야? 데이지가 아픈 걸 아빠도 아셨어?"

"어기, 지난 두 달 동안 엄마가 데이지를 데리고 세 번이나 동
물 병원에 갔다 왔어. 사방팔방에 토하고 다녔잖아. 몰랐어?"

"그래도 데이지가 아픈 줄은 몰랐어!"

누나는 아무 말 없이 내 어깨에 팔을 두르고 나를 가까이 끌
어당겼다. 다시 눈물이 나왔다.

"미안해, 어기. 모두 다 정말로 미안해, 응? 누나 용서해 줄
래? 내가 너 얼마나 사랑하는지 알지, 응?"

나는 고개를 끄덕였다. 어쩐지 그 싸움은 지금은 그리 중요하지 않은 것 같았다.

"엄마 피 났어?"

"그냥 조금 물렸어. 바로 여기."

누나는 데이지가 문 데를 보여 주려고 엄지손가락 끝을 가리켰다.

"그래서 많이 다쳤어?"

"엄마는 괜찮아, 여기. 괜찮아."

두 시간 뒤, 엄마 아빠가 돌아왔다. 현관문을 여는 순간, 데이지가 가고 없다는 걸 알았다. 우리는 거실에서 데이지의 장난감 무더기를 둘러싸고 앉았다. 아빠가 동물 병원에서 있었던 일을 말해 주었다. 수의사가 데이지를 데려다 엑스레이를 찍고 혈액 검사를 한 뒤, 데이지의 배 속에 커다란 덩어리가 있다고 말해 주었다. 데이지는 가까스로 숨을 쉬고 있었다. 엄마 아빠는 데이지가 고통 받기를 원하지 않았다. 그래서 늘 좋아하던 대로 다리를 위로 해서 아빠가 데이지를 안았고, 수의사가 다리에 주사를 놓는 동안 엄마와 아빠는 수도 없이 작별의 입맞춤을 하고 데이지의 귀에 대고 속삭였다. 약 일 분 뒤 데이지는 아빠의 팔에서 숨을 거두었다. 정말 평화로웠다고, 아빠는 말했다. 데이지는 아무런 고통도 받지 않았다. 잠이 든 것처럼. 아빠는 말하는 동안 두어 번 목소리가 떨렸고, 목청을 가다듬었다.

나는 아빠가 우는 모습을 한 번도 본 적이 없었는데, 오늘 밤에 보았다. 재워 달라고 엄마를 찾아 방에 들어갔는데, 침대 끄트머리에 아빠가 있었다. 등을 돌리고 앉아 있어서 아빠는 내가 들어온 줄도 몰랐다. 어깨가 들썩여서 처음에는 웃는 줄 알았는데, 손등을 눈에 가져다 대는 걸 보고 아빠가 울고 있다는 걸 알았다. 여태껏 들어 본 중에 가장 조용한 울음이었다. 마치 속삭이는 듯이. 아빠에게 다가가려다가 문득 아빠가 저러는 이유가 나나 다른 식구들한테 우는 모습을 보이고 싶지 않아서일지 모른다는 생각이 머리를 스쳤다. 그래서 살그머니 방에서 나와 누나 방으로 갔더니, 엄마는 누나 옆에 누워 있었다. 엄마는 무어라 속삭이며 울고 있는 누나를 달래 주었다.

그래서 내 방으로 돌아와 시키지 않아도 잠옷을 입고 취침등을 켜고 방의 불을 끈 다음, 저녁때 작은 산처럼 쌓아 올린 인형 언덕 속으로 꾸물꾸물 기어 들어갔다. 모든 게 벌써 백만 년은 지난 것 같았다. 보청기를 벗어서 협탁에 올려놓고 이불을 귀까지 끌어올려 덮었다. 내 옆에 찰싹 달라붙어 커다랗고 축축한 혀로 내 얼굴을 핥던 데이지의 모습이 떠올랐다. 마치 세상에서 내 얼굴이 제일 좋다는 듯이. 그렇게 나는 잠이 들었다.

하늘나라

한참을 자다가 깼는데 아직도 캄캄했다. 침대에서 나와 엄마 아빠 방으로 갔다.

"엄마?"

너무 어두워서 엄마가 눈을 뜨고 있는지 알 수가 없었다.

"엄마?"

엄마가 잠에 취해 대꾸했다.

"괜찮니, 아들?"

"같이 자도 돼?"

엄마가 아빠 쪽으로 몸을 좀 움직였고, 나는 침대로 올라가 엄마 옆에 바짝 달라붙었다. 엄마가 내 머리칼에 입을 맞추었다.

"엄마 손 괜찮아? 데이지가 물었다며."

엄마가 내 귀에 대고 속삭였다.

"그냥 살짝 깨문 거야."

내가 울기 시작했다.

"엄마…… 아까 그렇게 말해서 미안해."

"쉿…… 미안해할 거 하나도 없어."

너무 조그맣게 말해서 목소리가 잘 들리지 않을 정도였다. 엄마가 내 얼굴에 대고 얼굴을 문질렀다.

"누나가 나 때문에 창피하대?"

"아니야, 아가, 아니야. 누나 마음 알잖아. 누나는 그냥 새 학교에 적응하는 중이야. 누나도 나름대로 힘들 거야."

"알아."

"그래, 엄마도 네 마음 알아."

"엄마한테 거짓말쟁이라고 해서 미안해."

"자야지, 착한 아들……. 사랑한다."

"나도 사랑해, 엄마."

"잘 자, 아가."

"엄마, 데이지는 지금 외할머니하고 있어?"

"그렇겠지."

"하늘나라에 있는 거야?"

"응."

"하늘나라에 가면 사람들은 똑같게 보여?"

"글쎄. 아닐 거야."

"그럼 어떻게 서로 알아봐?"

"글쎄다, 아가."

엄마는 피곤한 목소리였다.

"그냥 느끼는 거야. 사랑하기 위해 꼭 눈이 필요한 건 아니잖아, 그렇지? 그냥 마음으로 느끼는 거야. 하늘나라에서도 그럴 거야. 사랑이란 그런 거야. 아무도 사랑하는 사람을 잊지는 않아."

엄마가 다시 나에게 입을 맞추었다.

"이제 자거라, 아가. 늦었구나. 엄마 피곤해."

엄마가 벌써 잠이 들었다는 것을 안 뒤에도 좀체 잠을 이룰 수가 없었다. 아빠가 잠자는 소리도 들렸고, 복도 아래 누나 방에서 누나가 잠자는 소리도 들리는 것만 같았다. 하늘나라에서 데이지도 잠을 자고 있을까. 자고 있다면, 혹시 내 꿈을 꾸고 있을까. 언젠가 나도 하늘나라에 가서, 내 얼굴이 아무런 상관이 없는 그런 날이 오면 어떤 기분이 들까. 데이지가 단 한 번도 상관하지 않았던 것처럼.

대역 배우

데이지가 죽고 며칠 뒤, 누나가 연극 표 세 장을 가져왔다. 우리는 두 번 다시 그날 저녁의 싸움에 대해 언급하지 않았다. 연극 날 밤, 저스틴 형과 함께 먼저 학교로 출발하기 전에 누나는 나를 꼭 안아 주고 사랑한다고, 그리고 내 누나라서 자랑스럽다고 말해 주었다.

처음으로 누나가 다니는 새 학교에 와 보았다. 누나가 예전에 다니던 학교보다 훨씬 더 컸다. 우리 학교보다 천 배는 더 커 보였다. 복도도 많고. 사람들이 들어갈 공간도 많고. 생체 공학 로봇 보청기 때문에 나쁜 점 한 가지는 더 이상 야구 모자를 쓸 수 없다는 것이다. 이럴 때는 야구 모자가 딱인데. 이런 불가피한 상황에선 어렸을 때 쓰고 다녔던 오래된 우주 비행사 헬멧이 그립다. 사람들은 내 얼굴을 보는 것보다 우주 비행사 헬멧을 쓰고 다니는 아이를 훨씬 덜 이상하게 생각한다. 길고 환한 복도를 지나는 내내 고개를 푹 숙인 채 엄마 뒤꽁무니만 졸졸 따라갔다.

사람들을 따라 강당에 다다르자, 입구에서 학생들이 팸플릿을 나눠 주고 있었다. 우리는 중앙에서 가까운 5열에 자리를 잡았다. 자리에 앉자마자, 엄마가 핸드백을 뒤적거렸다.

"세상에, 안경을 두고 왔잖아!"

아빠는 고개를 저었다. 엄마는 늘 안경이든 열쇠든 아무 데나 잊어버리고 다니기 일쑤였다. 건망증이 심했다.

"더 가까이 갈까?"

엄마가 눈을 가늘게 뜨고 무대를 바라봤다.

"아니, 그럭저럭 보여."

"옮기려면 지금 말해. 나중에 투덜대지 말고."

"괜찮다니까."

"아빠, 저스틴 형이야."

팸플릿에서 저스틴 형의 사진을 가리키며 아빠에게 말했다.

아빠가 고개를 끄덕였다.

"사진 잘 나왔구나."

"그런데 왜 누나 사진은 없어?"

엄마가 말했다.

"누나는 대역이야. 그래도, 봐, 여기 누나 이름 있네."

"왜 누나를 대역이라고 불러?"

엄마가 아빠에게 말했다.

"와, 미란다 사진 좀 봐. 몰라볼 뻔했네."

내가 되풀이해서 물었다.

"왜 대역이라고 하냐고?"

엄마가 대답했다.

"배우가 어떤 이유로 연기를 할 수 없게 됐을 때, 그 배우를 대신하는 사람을 그렇게 부르는 거야."

아빠가 엄마에게 말했다.

"마틴 결혼한다던데, 얘기 들었어?"

엄마가 깜짝 놀란 듯이 되물었다.

"어머, 진짜?"

내가 물었다.

"마틴이 누구야?"

"미란다 누나 아빠."

엄마는 이렇게 대답하고 다시 아빠에게 물었다.

"누가 그래?"

"지하철에서 우연히 미란다 엄마를 만났어. 마음이 안 좋아 보이던데. 마틴한테 곧 새로 아기가 태어날 거라나."

엄마가 고개를 저었다.

"어머나."

내가 다시 물었다.

"무슨 얘기 하는 거야?"

아빠가 대답했다.

"아무것도 아니야."

"그런데 왜 그걸 대역이라고 부르냐니까?"

"글쎄다, 오기도기. 아마 주연 배우 대신 역할을 맡으니까 그렇게 부르겠지? 그렇지 않을까?"

내가 막 다른 말을 꺼내려는데 조명이 꺼졌다. 순식간에 객석이 조용해졌다.

내가 아빠의 귀에 대고 속삭였다.

"아빠, 부탁인데, 이제 오기도기라고 부르지 말아 줘."

아빠는 빙그레 웃고 고개를 끄덕이더니 나에게 엄지손가락을 추켜올렸다.

연극이 시작되었다. 커튼이 열렸다. 무대에는 저스틴 형뿐이었고, 형은 낡은 흔들의자에 앉아 바이올린을 조율하고 있었다. 구식 양복에 밀짚모자 차림이었다.

"이 연극은 〈우리 읍내〉라고 합니다. 손턴 와일더의 작품입니다. 연출은 필립 데이븐포트입니다……. 이 읍내의 이름은 그로버즈 코너즈인데, 매사추세츠주 바로 너머 뉴햄프셔주에 있습니다. 위도 42도 40분, 경도는 70도 37분이죠. 첫째 막에선, 우리 읍내의 하루를 보여 드리겠습니다. 때는 1901년 5월 7일, 동이 트기 직전입니다."

첫 장면부터 이 연극을 좋아하게 될 거라는 느낌이 왔다. 〈오즈의 마법사〉나 〈하늘에서 음식이 내린다면〉과 같은 다른 학교 연극들과는 차원이 달랐다. 어른들 취향에 가까운 연극이긴 했지만, 그렇게 앉아 연극을 보고 있으니 갑자기 똑똑해진 기분이 들었다.

잠시 뒤, 깁스 부인이라는 등장인물이 자신의 딸 에밀리를 큰소리로 불렀다. 팸플릿을 보고 미란다 누나가 에밀리라는 걸 알았기 때문에, 더 잘 보려고 몸을 앞으로 내밀었다.

"미란다야."

에밀리가 걸어 나오자, 무대를 향해 눈을 가늘게 뜨면서 엄마가 나에게 속삭였다.

"그런데 좀 달라 보인다……."

"미란다 누나 아니야. 비아 누나야."

"세상에!"

엄마가 의자에서 몸을 앞으로 쑥 내밀었다.

"쉿!" 하고 아빠가 말했다.

"비아야."

엄마가 아빠에게 속삭였다.

아빠가 빙그레 웃었다.

"알아. 쉿!"

결말

연극은 정말 훌륭했다. 결말을 누설할 생각은 없지만, 모든 관객의 눈물샘을 자극하는 감동적인 결말인 것만은 확실하다. 에밀리가 된 비아 누나가 말하는 장면을 엄마는 넋을 놓고 바라보았다.

"안녕, 이승이여, 안녕. 우리 읍내도 잘 있어……. 엄마 아빠, 안녕히 계세요. 째깍거리는 시계도, 해바라기도 잘 있어. 맛있는 음식도, 커피도, 새 옷도, 따뜻한 목욕탕도…… 잠들고 깨어나는 것도. 아, 너무나 아름다워 그 진정한 가치를 몰랐던 이승이여, 안녕!"

대사를 말하며 누나는 울고 있었다. 진짜 눈물처럼. 누나의 두 뺨 위로 눈물이 흘러내렸다. 완전 끝내줬다.

커튼이 닫히자, 관객들이 일제히 박수를 치기 시작했다. 이어서 연극에 출연한 배우들이 차례차례 무대로 나왔다. 마지막 차례는 바로 누나와 형이었고, 두 사람이 나오자 관객들이 모두 자리에서 일어섰다.

"브라보!"

아빠가 박수를 치며 외쳤다.

"왜 다 일어나는 거야?"

"기립 박수야."

엄마가 자리에서 일어서며 대답했다.

나도 자리에서 일어나 박수를 치고 또 쳤다. 두 손이 아프도록 박수를 쳤다. 이 많은 사람들이 모두 자리에서 일어나 환호를 보내고 있으니, 바로 이 순간 누나와 형이 된다면 얼마나 좋을까. 누구나 일생에 적어도 한 번은 기립 박수를 받아야 한다는 그런 법이 있으면 좋겠다.

몇 분인지도 모를 박수가 끝나자, 무대 위에 줄지어 선 배우들이 뒤로 물러나며 그들 앞으로 커튼이 닫혔다. 박수가 그치고 조명이 들어오자, 관객들은 자리를 뜨기 시작했다.

엄마 아빠와 함께 무대로 나갔다. 수많은 사람들이 배우들을 에워싸고 등을 토닥여 주며 축하의 말을 건넸다. 누나와 형은 그 한가운데에서 모두에게 미소를 지으며 마냥 웃고 떠들었다.

"비아!"

아빠가 인파를 헤치고 나아가며 누나에게 손을 흔들었다. 아빠가 누나를 꼭 껴안고 번쩍 들어 올렸다.

"정말 훌륭했다, 우리 딸!"

"세상에, 비아!"

엄마는 너무 흥분해서 소리를 지르다시피 했다.

"어머나, 세상에! 어머나, 세상에!"

엄마가 누나를 얼마나 꼭 안아 주었는지 숨도 못 쉴 것 같았는데, 누나의 얼굴에선 웃음이 떠나지 않았다.

"정말 굉장했다!"

"굉장했어!"

엄마는 고개를 끄덕임과 동시에 고개를 흔들며 연신 감탄을 쏟아냈다.

"너도, 저스틴! 정말 멋졌다!"

아빠가 악수를 나누며 저스틴 형을 끌어안았다.

"멋지더구나!"

엄마도 따라 말했다. 엄마는 너무 감정이 벅차서 말문이 막힐 정도였다.

아빠가 말했다.

"무대에서 너를 보고 정말 깜짝 놀랐다, 비아!"

"엄마는 처음에 누나인 줄도 몰라봤어!"

"넌 줄도 몰랐지 뭐니!"

엄마가 손으로 입을 가렸다.

"미란다가 공연 직전에 갑자기 아팠어. 공지를 할 시간도 없었어."

누나가 가쁘게 숨을 몰아쉬며 말했다. 진한 분장 탓에 완전히 다른 사람 같았다. 누나의 그런 모습은 난생처음이었다.

아빠가 말했다.

"공연 직전에 바뀐 셈이네. 세상에!"

저스틴이 누나에게 팔을 두르며 말했다.

"올리비아, 정말 굉장했어요, 그렇죠?"

"관객석에 울지 않는 사람이 없었다."

"미란다 누나는 괜찮아?"

내가 물었지만 아무도 내 말을 듣지 않았다.

그때 선생님인 듯한 남자가 누나와 형을 향해 박수를 치며 다가왔다.

"브라보, 브라보! 올리비아와 저스틴!"

그가 누나의 두 뺨에 입을 맞추었다.

"대사를 두 줄 틀렸어요."

누나가 창피한 듯 고개를 저었다.

"그래도 잘 해냈잖아."

그 선생님은 입이 귀에 걸리게 함박웃음을 지어 보였다.

"데이븐포트 선생님, 우리 부모님이세요."

선생님이 양손으로 엄마 아빠와 동시에 악수를 나누었다.

"이런 따님을 두셔서 정말 자랑스러우시겠습니다!"

"고맙습니다!"

누나가 나를 소개했다.

"그리고 이쪽은 제 남동생, 어거스트예요."

선생님이 막 무슨 말을 하려다가 나를 보더니 바짝 얼어붙었다.

"선생님, 저희 엄마 좀 만나 보세요."

저스틴 형이 선생님의 팔을 잡아 끌었다.

누나가 나한테 무슨 말인가를 하려는데 다른 사람이 다가와서 누나한테 말을 걸었고, 나는 어느새 인파에 휩쓸려 홀로 떨어져 버렸다. 엄마 아빠를 잃어버린 건 아니지만 주위에 사람들이 너무 많고, 자꾸만 쾅쾅 부딪쳐서 몸이 빙그르르 돌아가고, 나를 흘깃흘깃 쳐다보는 시선에 기분이 상했다. 더워서였는지 모르겠지만 점점 어지러워졌다. 차츰 사람들의 얼굴이 흐릿해졌다. 게다가 사람들의 목소리가 너무 커서 귀가 아플 지경이었다. 로봇 귀의 볼륨을 낮추려다가 헛갈려서 반대로 소리를 키우는 바람에 완전히 깜짝 놀랐다. 정신을 차리고 고개를 들어 보니, 엄마 아빠와 누나가 보이지 않았다.

"누나?"

나는 엄마를 찾아 인파를 밀치고 다녔다.

"엄마!"

온통 사람들의 배와 넥타이밖에 보이지 않았다.

"엄마!"

갑자기 뒤에서 누가 나를 구해 냈다.

"세상에, 이게 누구야!"

익숙한 목소리가 나를 꽉 끌어안았다. 처음에는 비아 누나인 줄 알았는데, 몸을 돌려 보고 완전히 깜짝 놀랐다.

"야, 톰 소령!"

"미란다 누나!"

나는 누나를 있는 힘껏 끌어안았다.

제7부

미란다 *MIRANDA*

난 잊고 있었어.

수많은 아름다운 것들을 볼 수 있다는 사실을

난 잊고 있었지.

인생이 가져다 줄 수 있는 걸 찾아야 할 필요도.

– 안다인, 〈아름다운 것들*Beautiful Things*〉 중에서

캠프의 거짓말

9학년에 올라가기 전 여름, 부모님이 이혼했다. 아빠는 이혼하자마자 다른 여자와 사귀었다. 엄마는 절대 인정하지 않지만, 내 생각에는 그게 이혼 사유인 것 같다.

이혼 후, 마지막으로 아빠 얼굴을 본 게 언젠지 모르겠다. 엄마는 그 어느 때보다 이방인처럼 굴었다. 그렇다고 정서적으로 불안정하거나 그런 건 아니었다. 그냥 멀게 느껴졌다. 거리감이랄까. 엄마는 세상 모든 사람들에게 항상 웃는 얼굴만 보여 주는 사람이지만, 그러다 보니 나를 위해 남겨 줄 건 많지 않았다. 나와는 결코 많은 말을 나누지 않았다. 엄마의 기분, 엄마의 삶에 대해. 내 나이일 때 엄마는 어떤 사람이었을까. 무엇을 좋아했고, 무엇을 싫어했을까. 한 번도 만나 본 적이 없는 외할머니와 외할아버지에 대해서도 몇 번 말해 주지도 않았지만, 어른이 되면 최대한 멀리 벗어나고 싶었다는 게 그나마 엄마가 내게 말해 준 전부였다. 엄마는 한 번도 그 이유를 말해 주지 않았다. 몇 번 물어봤지만 못 들은 척했다.

그해 여름에는 캠프에 가고 싶지 않았다. 엄마와 함께 있으면서 엄마가 이혼을 이겨 낼 수 있게 도와주고 싶었다. 그런데 엄마는 가야 한다고 고집했다. 엄마가 혼자만의 시간을 원하는 것 같아서, 소원대로 엄마에게 혼자만의 시간을 주었다.

캠프는 끔찍했다. 너무너무 싫었다. 청소년 지도자가 되면 나을 줄 알았는데 착각이었다. 작년에 만났던 친구들은 아무도 오지 않아서 아는 사람이 없었다, 단 한 사람도. 이유는 모르겠지만, 캠프에 온 여자애들을 상대로 나만의 작은 상상 놀이를 시작했다. 여자애들이 나에 대해 묻자, 이 말 저 말 꾸며 내서 대답했다. 부모님은 유럽에 계셔. 나는 노스 리버 하이츠에서 제일 잘나가는 거리에 있는 거대한 타운 하우스에 살아. 데이지라는 개를 키워.

그러다 어느 날 얼굴이 기형인 남동생이 있다고 무심코 말해 버렸다. 대체 그 말이 왜 나왔을까. 그냥 흥미로운 얘깃거리라고 여겼던 것 같다. 숙소 여자애들의 반응은 극적이었다. 정말? 너무 안됐다! 너무 힘들겠다! 기타 등등. 입 밖으로 그 말을 내뱉은 순간, 후회가 밀려왔다. 완전히 사기꾼이 된 기분이었다. 비아가 알았다면 정신병자라고 했을 거다. 나 역시 내가 미쳤나 싶었다. 하지만 마음 한구석에선 나도 이 정도 거짓말은 할 자격이 있다고 생각했다. 나는 여섯 살 때부터 어기와 알고 지냈다. 어기가 자라는 모습도 지켜봤다. 어기와 함께 놀았다. 어기를 위해 〈스타워즈〉 여섯 편을 모두 보았고, 덕분에 외계인들과 현상금 사냥꾼 등, 〈스타워즈〉에 대한 거라면 뭐든지 어기와 대화가 통했다. 어기가 이 년 동안 벗지 않으려 했던 우주비행사 헬멧을 사 준 장본인도 바로 나였다. 그러니까 나도 어기를 남동생으로 여길 권리가 조금은 있지 않을까.

그런데 정말 희한한 일은, 내가 꾸며 낸 말도 안 되는 거짓말들이 인기를 얻는 데 굉장한 효과가 있었다는 사실이다. 다른 청소년 지도자들은 내 얘기를 전해 듣고 그 이야기에 흠뻑 빠져들었다. 이렇게 인기 있는 여자애가 돼 보긴 난생처음이었고, 이번 여름 캠프에서는 이유야 어떻든, 나는 누구나 같이 어울리고 싶은 최고 인기녀가 되었다. 32번 숙소에 묵은 여자애들까지 완전히 나에게 빠져들었다. 그 애들은 먹이 사슬의 최상위에 있는 애들이었다. 그들은 내 머리 모양이 마음에 든다고 좋아했다(나중에 내 머리 모양을 바꾸긴 했지만). 내가 한화장을 마음에 들어 했다(나중에 내 화장을 바꾸긴 했지만). 티셔츠를 홀터 탑으로 바꾸는 법도 가르쳐 주었다. 우리는 담배를 피웠다. 우리는 밤늦게 숙소를 빠져나와 숲속에 난 오솔길을 따라 남자애들 숙소로 숨어들었다. 우리는 남자애들과 어울렸다.

캠프에서 돌아오자마자 엘라한테 전화해서 이런저런 계획을 세웠다. 왜 비아는 쏙 빠뜨렸는지 나도 잘 모르겠다. 그냥 비아와 그런 이야기를 하기 싫었다. 비아는 우리 엄마 아빠와 캠프에 대해 꼬치꼬치 물어볼 게 뻔했다. 엘라는 나한테 절대 이 것저것 묻지 않았다. 그런 점에서 엘라는 더 사귀기 편한 친구 다. 엘라는 비아처럼 진지하지 않았다. 엘라는 유쾌했다. 엘라 는 내가 분홍 머리로 염색한 게 멋지다고 했다. 엘라는 한밤중 에 숲속에 난 오솔길로 숨어 다닌 얘기를 듣고 싶어 했다.

학교

올 들어 비아를 본 게 손에 꼽을 정도였고, 만나도 정말 어색했다. 비아가 나를 판단하는 듯한 기분이 들었다. 비아는 변한 내 모습을 좋아하지 않았다. 나와 어울려 다니는 친구들도 좋아하지 않았다. 나도 비아의 친구들이 마음에 들지 않았다. 대놓고 말다툼을 벌인 적은 없었다. 그냥 멀어졌다. 엘라와 나는 서로 비아의 흉을 봤다. 걔는 너무 얌전을 빼. 걔는 이래서 싫고 저래서 싫어. 못된 짓인 줄 알았지만 비아가 먼저 못되게 굴었다고 여기면, 비아에게 쌀쌀맞게 구는 게 더 쉬워졌다. 사실 비아는 전혀 변함이 없었다. 변한 건 우리였다. 우리는 다른 사람이 됐고, 비아는 그대로였다. 그 때문에 더욱 짜증이 났고, 왜 그랬는지 나도 잘 모르겠다.

이따금씩 식당에 가면 비아를 찾아 두리번거렸고, 비아가 신청한 과목이 뭔지 알고 싶어서 선택 과목 명부를 확인하곤 했다. 하지만 복도에서 몇 번 고개를 까딱이고 이따금씩 "안녕." 하고 인사하는 것 말고, 우리는 절대 말을 걸지 않았다.

학년 중반 무렵 저스틴을 알았다. 그전까지는 두꺼운 안경테에 어디든 바이올린을 들고 다니는, 긴 머리의 마르고 귀여운 애라는 게 저스틴에 대해 아는 전부였다. 그런데 어느 날 학교 앞에서 저스틴이 비아에게 팔을 두르고 가는 광경을 목격했다. "비아한테 남자 친구가 생겼어!"라며 빈정대는 투로 엘라에게 말했다. 비아한테 남자 친구가 생긴 게 뭐 그렇게 놀라운지 나도 잘 모르겠다. 우리 셋 중에서 비아는 단연 예쁘다. 푸른 눈동자에 검은색의 긴 곱슬머리. 하지만 비아는 한 번도 남자애들한테 관심을 보이지 않았다. 연애 같은 걸 하기에는 너무 똑똑하다는 듯이 굴었으니까.

나도 남자 친구가 있다. 이름은 재크다. 선택 과목으로 연극을 골랐다고 하자, 재크는 고개를 절레절레 저으며 "드라마광이 되지 않게 조심해."라며 놀렸다. 썩 마음이 통하는 녀석은 아니지만 제법 귀여운 구석이 있다. 학교에서도 인기는 물론 영향력도 꽤 높은 편이다. 운동광이자 학교 대표 선수다.

원래부터 연극을 수강할 계획은 아니었다. 등록 용지에서 비아의 이름을 보고 나도 모르게 명부에 내 이름을 적어 버렸다. 이유도 모른다. 우리는 모르는 사람처럼 학기 내내 일부러 피해 다니다시피 살았다. 그러다 어느 날 연극 수업에 조금 일찍 갔더니, 데이븐포트 선생님이 봄 연극에 올릴 대본을 추가로 복사해 오라며 심부름을 시켰다. 〈엘리펀트 맨〉이었다. 처음 보는 제목이라서 복사할 차례를 기다리는 동안 휘리릭 페이지를 넘겨 보았다. 백 년 전에 살았던 존 메릭이라는 남자에 대한 연극인데, 그는 심한 기형이었다.

"우리 이 연극 못 해요, 선생님."이라고 교실로 되돌아와 내가 말했고, 선생님은 그 까닭을 물었다. "제 동생이 얼굴에 선천적 기형이 있어요. 이 연극을 하면 너무 아픈 곳을 건드릴 거예요."

선생님은 화가 난 것 같았고 조금 냉담했지만, 학교에서 이런 연극을 하면 부모님이 가만있지 않을 거라며 나는 물러서지 않았다. 결국 선생님은 〈우리 읍내〉로 작품을 바꾸었다.

비아가 에밀리 깁스 역에 도전한다는 사실을 알고 나도 똑같은 역에 도전했던 것 같다. 비아를 물리치고 내가 그 역을 따낼 줄은 꿈에도 몰랐다.

가장 아쉬웠던 것

비아와 우정이 어그러지면서 가장 아쉬운 것 중 하나가 비아
네 식구들이다. 나는 비아네 엄마와 아빠를 아주 좋아한다. 두
분은 늘 나를 기쁘게 맞아 주고 상냥하게 대해 주었다. 두 분은
세상 그 무엇보다 비아와 어기를 사랑했다. 두 분이 옆에 있으
면 세상 그 어느 곳보다 마음이 든든했다. 우리 집보다 남의 집
에서 더 마음이 든든하다니 나도 참 처량한 신세다. 그리고 물
론, 나는 어기를 사랑했다. 한 번도 어기를 겁낸 적이 없었다.
어렸을 때조차도. 왜 그러는지 이해가 되지 않지만, 비아네 집
에는 절대 가지 않겠다는 친구들이 있었다. "걔 얼굴은 보기만
해도 섬뜩해."라고 걔네들은 수군댔다. "바보처럼 굴지 마."라
고 나는 그 아이들에게 화를 냈다. 처음에만 그렇지 익숙해지
면 그렇게 나쁘지 않다고.

그냥 어기의 안부가 궁금해서 비아네 집에 전화를 걸었다. 마
음 한편에선 비아가 받기를 바랐을지도.

"안녕, 톰 소령!"

어기를 부르는 나만의 별명으로 인사를 건넸다.

"미란다 누나!"

내 목소리를 듣고 얼마나 좋아하던지 깜짝 놀랐다. 어기가 신이 나서 말했다.

"나 이제 학교에 다녀!"

"정말? 잘됐다!"

말은 그렇게 했지만 충격이 컸다. 은연중에 어기가 학교에 다닐 일은 절대로 없을 거라고 생각했었나 보다. 그동안 어기네 부모님은 어기를 품 안에 넣고 키우다시피 하며 애지중지했다. 나 역시 어기를 늘 내가 준 우주 비행사 헬멧을 쓴 꼬마라고 여겼던 것 같다. 어기와 이야기를 하다 보니 비아와의 일을 전혀 모르는 눈치였다. 나는 대충 둘러댔다.

"고등학교는 달라. 여러 사람들하고 어울려 다녀야 하거든."

"학교에 친구도 생겼어. 잭도 있고, 서머라는 여자애도 있어."

"잘됐구나, 어기. 음, 네가 보고 싶기도 하고, 올 한 해 잘 보내라고 말하고 싶어서 전화했어. 아무 때나 전화해도 돼, 알겠지, 어기? 내가 항상 사랑하는 거 알지?"

"나도 사랑해!"

"비아한테 안부 전해 줘. 내가 보고 싶어 한다고."

"알았어. 그럼 끊을게!"

"응."

잘 해낼 자신이 있지만 보러 와 줄 이가 없다

첫 공연 날 밤, 엄마도 아빠도 연극을 보러 올 수 없었다. 엄마는 회사 일로 바빴고, 아빠는 재혼한 부인이 언제 아기를 낳을지 몰라서 비상 대기 중이었다.

재크도 마찬가지였다. 대학 팀과 놓칠 수 없는 배구 시합이 있었다. 재크는 오히려 내가 공연을 포기하고 자신을 응원하러 와 주기를 바랐다. 내 친구들은 몽땅 배구 시합장으로 몰려갔다. 남자 친구들이 모두 선수로 뛰고 있었기 때문이다. 엘라마저도 등을 돌렸다. 엘라는 내가 아닌 시합장을 택했다.

그리하여 공연 첫날 밤, 그냥 아는 친구들 중에서조차 나를 보러 올 사람이 아무도 없었다. 실은, 세 번째인가 네 번째 리허설에서 내가 연기에 소질이 있다는 것을 깨달았다. 내가 맡은 역할을 온 마음으로 느꼈다. 내가 말하는 대사를 오롯이 이해했다. 마치 머리와 마음에서 저절로 우러나오는 것처럼 자연스럽게 대사가 읽혔다. 공연 첫날 밤, 누구보다 잘 해낼 자신이 있었다. 나는 멋지게 해낼 거야. 훌륭하게 해낼 자신이 있는데, 보러 와 줄 사람이 아무도 없다니.

다들 분장실에서 초조하게 대사를 되뇌어 보느라 정신이 없었다. 커튼 사이로 강당에 자리를 잡는 사람들을 살짝 엿보았다. 그때 어기가 엄마 아빠와 함께 통로를 내려오는 모습이 보였다. 세 사람은 정중앙, 5열에 자리를 잡았다. 어기는 나비넥타이를 매고 흥분한 듯 주위를 두리번거렸다. 머리가 더 짧아졌다. 머리에는 헤드폰을 꼈다. 보청기인 것 같았다. 마지막으로 본 게 벌써 일 년 전이었다. 얼굴은 그대로였다.

데이븐포트 선생님은 무대 장식가들을 데리고 막바지 점검을 하느라 바빴다. 저스틴이 초조하게 대사를 웅얼거리며 무대 왼쪽에서 왔다갔다 하는 게 보였다.

"데이븐포트 선생님, 저 오늘 못 나갈 것 같아요."

말해 놓고 나도 깜짝 놀랐다.

선생님이 천천히 몸을 돌렸다.

"뭐라고?"

"죄송해요."

"지금 장난해?"

나는 고개를 푹 숙이며 중얼거렸다.

"전…… 몸이 좋지 않아요. 죄송해요. 토할 것 같아요."

거짓말이었다.

"긴장이 돼서 그런 거야……."

"아니에요! 전 못 해요! 정말이에요."

선생님이 버럭 화를 냈다.

"미란다, 이건 말도 안 되는 일이야!"

"죄송해요."

선생님은 마음을 가라앉히려는 듯이 숨을 깊이 들이쉬었다. 폭발 직전이었다. 얼굴이 벌게졌다.

"미란다, 절대 용납이 불가능한 일이야! 숨을 좀 깊이 들이쉬고……."

"전 안 나가요!"

나는 큰 소리로 외쳤고, 어느새 주르륵 눈물이 흘러나왔다.

"됐어!"

선생님이 나를 보지 않고 고함을 질렀다. 그러더니 무대 장식 담당인 데이비드에게 몸을 돌렸다.

"조명실로 가서 올리비아 찾아 와! 오늘 밤 미란다 대신 나간다고 전해!"

"네?"

데이비드가 상황을 파악하지 못하고 물었다.

"어서!"

선생님이 버럭 소리를 질렀다.

"당장!"

상황을 파악한 아이들이 모여들었다.

저스틴이 물었다.

"무슨 일이에요?"

"급하게 계획을 바꾼다. 미란다가 아파."

내가 아픈 목소리를 내려고 하며 말했다.

"몸이 안 좋아."

선생님이 화를 내며 말했다.

"그럼 왜 아직 이러고 있어? 변명은 그만하고 의상 벗어서 올리비아한테 줘야지! 알았어? 움직여, 모두! 빨리, 빨리, 빨리!"

후닥닥 분장실로 달려가 의상을 벗었다. 잠시 뒤 문을 두드리는 소리가 나더니 비아가 살며시 문을 열었다.

"대체 무슨 일이야?"

내가 드레스를 건네며 말했다.

"시간 없어, 이거 입어."

"어디 아파?"

"그래! 얼른!"

어리둥절한 표정으로 비아가 티셔츠와 청바지를 벗고 머리 위로 긴 드레스를 뒤집어썼다. 비아의 드레스를 끌어내려 주고 등의 지퍼를 올려 주었다. 다행히도 에밀리 깁스는 연극 시작 십 분 뒤에 출연이라 머리와 분장을 담당하는 여자애가 비아의 머리를 꼬아 올리고 재빨리 분장을 해 줄 시간적 여유가 있었다. 비아가 이렇게 진하게 분장한 모습은 처음 보았다. 모델처럼 보였다.

비아가 거울을 보며 말했다.

"내 대사가 생각이 날지 어쩔지 모르겠어. 아니 네 대사가."

"잘할 거야."

비아가 거울 속에서 나를 바라봤다.

"너 왜 그러는데, 미란다?"

"올리비아! 이 분 있다 나간다. 이번 기회 놓치면 끝이야!"

데이븐포트 선생님이 문에서 목소리를 죽여 외쳤다.

비아는 선생님을 따라 서둘러 밖으로 나갔다. 그래서 나는 비아의 질문에 답할 기회가 없었다. 기회가 되었다 해도 뭐라고 말했을지 모르겠다. 그 대답이 무엇인지 나도 잘 모르겠다.

공연

무대 뒤쪽 끝에서 데이븐포트 선생님과 나란히 앉아 연극을 지켜보았다. 저스틴은 훌륭했고, 가슴이 터질 듯한 마지막 장면의 비아 역시 더할 나위 없이 훌륭했다. 대사 실수가 한 번 있긴 했지만 저스틴이 잘 막아 줘서 관객들은 아무도 눈치채지 못했다. 선생님이 혼잣말로 중얼거렸다. "좋아, 좋아, 좋아."

선생님은 학생들을 모두 합쳐 놓은 것보다 더 긴장을 많이 했다. 배우들과 무대 장식 담당, 조명 담당, 커튼 담당까지 모두. 선생님은 신경 쇠약 직전이었다.

후회라는 말이 적당할지 모르겠지만, 연극이 끝나고 커튼콜을 위해 모두 무대로 나갔을 때 유일하게 후회가 됐다. 비아와 저스틴이 마지막으로 무대로 나갔고, 두 사람이 고개 숙여 인사를 하자, 관객들이 모두 기립 박수를 쳤다. 솔직히 그때는 조금 씁쓸했다. 하지만 바로 몇 분 뒤 비아의 엄마 아빠가 어기와 함께 무대로 나가는 게 보였고, 모두 행복해하는 모습이었다. 다들 무대 뒤에서 등을 두드려 주며 배우들을 축하해 주었다. 사람들의 열렬한 축하 속에 땀에 젖은 배우들이 행복한 순간을 즐기며 서 있는 무대 뒤편은 그야말로 열광의 도가니였다. 정신없이 몰려든 인파 속에서 어쩔 줄 몰라 헤매고 있는 어기가 보였다. 허겁지겁 사람들 사이를 헤집고 들어가 어기의 뒤로 다가갔다.

"야, 톰 소령!"

공연이 끝나고

오랜만에 어거스트를 보고 왜 그렇게 기뻤는지, 어거스트가 나를 안아 주었을 때 얼마나 기분이 좋았는지, 무슨 말로 설명하면 좋을까.

"세상에, 너 정말 많이 컸구나."

"난 누나가 나오는 줄 알았는데!"

"그럴 상황이 아니었어. 대신 비아가 잘했잖아, 안 그래?"

어거스트가 고개를 끄덕였다. 잠시 뒤 아줌마가 우리를 발견했다.

"미란다!"

아줌마가 내 뺨에 입을 맞추며 기뻐했다. 그러고 나서 어거스트에게 이렇게 말했다.

"다시는 그렇게 사라져 버리면 안 돼."

"사라져 버린 사람은 엄마야."

아줌마가 나에게 물었다.

"그래, 괜찮니? 비아 말이 아프다고 하던데……."

"훨씬 좋아졌어요."

"엄마 오셨어?"

솔직하게 대답했다.

"아뇨, 일이 바쁘대요, 저한테는 별일도 아니에요. 앞으로 연극이 두 번 더 남았는데, 오늘 비아가 한 것처럼 에밀리 역을 잘해낼지 모르겠어요."

아저씨가 다가왔고, 정확히 똑같은 대화를 반복했다. 그런 뒤 아줌마가 나에게 말했다.

"연극을 축하할 겸 늦은 저녁을 먹으러 갈까 하는데, 같이 가지 않을래? 같이 가면 좋겠구나!"

"안 돼요……."

어거스트가 졸랐다.

"가자아아아."

"집에 가야 돼."

아저씨도 거들었다.

"같이 가자꾸나."

어느새 비아와 저스틴이 저스틴의 엄마와 함께 다가와 있었다. 비아가 나에게 팔을 둘렀다.

"당연히 가야지."

비아가 나에게 옛 미소를 지었다. 그러더니 사람들 사이를 뚫고 내 손을 잡아끄는데, 정말 오랜만에 처음으로 행복한 기분을 느꼈다.

제8부

어거스트 AUGUST

넌 하늘에 다다를 거야.

날아라…… 아름다운 아이야.

- 유리스믹스, 〈아름다운 아이Beautiful Child〉 중에서

5학년 자연 휴양림 수련회

　해마다 봄이면 5학년들은 2박 3일간 펜실베이니아의 브로어우드 자연 휴양림으로 수련회를 떠난다. 버스로 네 시간 거리다. 잠은 통나무집의 이 층 침대에서 잔다. 캠프파이어와 스모어가 있고, 숲속 도보 여행도 한다. 일 년 내내 선생님들이 수련회 준비를 시켜 온 터라 우리 학년 애들은 모두 수련회로 들떠 있었다. 나만 빼고. 내가 들뜨지 않은 건 지금까지 한 번도 집 밖에서 자 본 적이 없어서 긴장한 탓이다.

　내 나이쯤 되면 대부분의 아이들은 함께 자며 놀아 본 적이 있게 마련이다. 캠프에 가서 자고 오거나 할머니 할아버지 댁에서 자든 어쨌든 집을 떠나 자 본 경험이 있다. 나는 아니다. 병원에 입원한 경우를 포함시킨다면 모를까. 하지만 병원에서도 늘 엄마나 아빠가 밤새 내 곁을 지켰다. 할머니 할아버지 댁이나 이모네 집에서 자고 온 적도 없다. 아주 어릴 적에는 주로 의학적인 문제들 탓이 컸다. 이를테면, 매시간 기관 절개관을 청소해 줘야 한다거나 영양 공급관이 빠지면 다시 끼워 줘야 했으니까. 하지만 더 커서는 그냥 다른 데서 자기가 싫었다. 크리스토퍼네 집에서 자다 만 적은 있다. 여덟 살쯤 되었을 때인데, 그때도 우리는 제일 친한 친구였다. 크리스토퍼네 집으로 놀러 가서 크리스토퍼와 함께 레고 스타워즈로 한창 신나게 놀다가 집에 갈 시간이 되었지만 헤어지기가 싫었다. 크리스토퍼와 나는 "제발, 제발, 제발 자고 가면 안 돼요?"라며 이구동성으로 졸라 댔다. 그래서 양쪽 부모님이 허락을 했고, 엄마 아빠와 누나만 차를 몰고 집으로 출발했다. 크리스토퍼와 시간 가는 줄 모르고 놀다가 자정이 되자, 리사 아줌마가 "얘들아, 그만, 이제 자야지."라고 말했다. 순간 나는 갑자기 당황스러웠다. 아줌마가 재워 주려고 했지만 집에 가고 싶다며 엉엉 울음을 터뜨렸다. 결국 새벽 1시에 아줌마가 엄마 아빠한테 전화를 했고, 아빠는 노스 리버 하이츠까지 갔던 길을 되돌려서 나를 데리러 왔다. 우리는 새벽 3시가 되어서야 집에 도착했다. 그래서 지금까지 나의 처음이자 유일한 외박은 완전히 재앙으로 막을 내렸고, 자연 휴양림 수련회가 사뭇 긴장이 되는 것도 그런 이유 때문이다.

그것만 빼면 나도 들뜨는 게 사실이다.

유명한

엄마한테 바퀴 달린 여행 가방을 새로 사 달라고 부탁했다. 내가 쓰던 가방은 〈스타워즈〉 그림이 있어서 수련회에는 가져가기 싫다. 〈스타워즈〉가 아무리 좋아도 그걸로 유명해지는 건 사양하고 싶다. 중학교에서는 다들 뭐든 유명한 게 하나씩 있다. 레이드는 해양 생물과 바다 같은 것들을 좋아하기로 유명하다. 또 아모스는 야구를 아주 잘하기로 유명하다. 샬롯은 여섯 살 때 텔레비전 광고에 출연한 일로 유명하다. 히메나는 똑똑하기로 유명하다.

그러니까 중학교에서는 자신이 잘하거나 좋아하는 일로 유명해지기 때문에 그런 문제에 신중할 필요가 있다는 얘기다. 그런데도 맥스 G와 맥스 W는 쉬는 시간마다 오로지 던전스 앤드 드래건스 생각뿐이니.

아무튼 요즘 나는 〈스타워즈〉에서 벗어나려고 노력하는 중이다. 물론, 나한테 보청기를 해 준 그 의사 선생님처럼 나에게는 〈스타워즈〉가 언제나 특별한 존재라는 사실엔 변함이 없다. 단지 그걸로 유명해지기 싫을 뿐이다. 딱히 무엇으로 유명해지고 싶은지는 모르겠지만, 〈스타워즈〉는 아니다.

사실 그 말은 거짓말이다. 내가 뭘로 유명한지 모를 정도로 바보는 아니니까. 하지만 그건 내가 어찌할 도리가 없는 문제다. 〈스타워즈〉 여행 가방은 내가 어찌할 수 있는 문제다.

여행 가방 싸기

큰 여행을 앞둔 전날 밤, 엄마가 가방 싸는 걸 도와줬다. 먼저 수련회에 가져갈 옷을 모두 꺼내 침대에 올려놓고 엄마가 깔끔하게 개서 차곡차곡 가방에 넣는 동안 나는 옆에서 그 모습을 지켜보았다. 로고나 그림이 없는, 평범한 파란색 여행 가방이었다.

"밤에 잠이 안 오면 어떡하지?"

"책을 한 권 챙기자. 잠이 안 오면 손전등을 꺼내서 잠이 올 때까지 책을 좀 읽으면 되잖아."

내가 고개를 끄덕였다.

"나쁜 꿈을 꾸면 어떡하지?"

"선생님들이 계시잖니. 짝도 있고. 다른 친구들도 있고."

"바부를 가져가야겠다."

바부는 내가 어렸을 때 제일 아끼던 인형이다. 보들보들한 코가 달린, 작은 검은색 곰 인형.

"이제 바부가 없어도 잘 자잖아, 안 그래?"

"그렇긴 한데, 혹시 한밤중에 자다가 깼는데 잠이 안 올지도 몰라서 옷장에 넣어 놨어. 가방 속에 숨겨 두면 되잖아. 아무도 모를 거야."

"그럼 그렇게 하자."

엄마가 고개를 끄덕이며 바부를 옷장에서 꺼냈다.

"휴대 전화 가져가도 된다고 하면 좋은데."

"그러게 말이야! 그래도 엄마는 네가 잘 지낼 거라고 믿어, 어기. 정말 가방에 바부를 넣을 거야?"

"응, 아무도 못 보게 가방 깊숙이."

엄마는 바부를 가방 안쪽에 깊숙이 쑤셔 넣고 티셔츠로 가렸다.

"겨우 이틀인데 옷이 정말 많구나!"

내가 정정했다.

"2박 3일이지."

엄마가 빙그레 웃으며 고개를 끄덕였다.

"그래, 2박 3일."

엄마가 지퍼를 채운 뒤 가방을 번쩍 들어 올렸다.

"그렇게 무겁지 않네. 들어 봐."

내가 가방을 들었다.

"괜찮아."

내가 어깨를 으쓱했다. 엄마가 침대에 앉았다.

"그런데 '제국의 역습' 포스터는 어디 갔어?"

"아, 옛날에 뗐는데."

엄마가 고개를 저었다.

"그래, 몰랐네."

"내 이미지를 조금 바꾸려고 노력하는 중이야."

"그렇구나."

엄마가 알겠다는 듯 고개를 끄덕이며 미소를 지었다.

"그리고 참, 벌레 쫓는 약 뿌리는 거 잊지 마, 알겠지? 다리에, 특히 숲속에서 하이킹할 때. 바로 여기 앞 주머니에 넣어 놨어."

"응."

"그리고 햇빛 나면 모자 챙겨 쓰고. 타기 싫으면. 꼭, 꼭 부탁인데, 수영하러 갈 때는 보청기 빼는 거 잊으면 안 돼."

"감전돼서 죽어?"

"아니, 그러면 아빠가 난처해져. 보청기 값이 엄청 비싸거든."

엄마가 깔깔 웃었다.

"앞 주머니에 비옷도 넣어 놨어. 비가 와도 마찬가지야, 어기, 알겠지? 모자로 보청기를 가리는 거 잊으면 안 돼."

내가 경례를 붙였다.

"네, 알겠습니다."

엄마가 빙그레 웃고는 나를 엄마 쪽으로 끌어당겼다.

"올해 들어서 이렇게 자랐다니 정말 믿기지가 않는구나, 어기."

엄마가 두 손으로 내 얼굴을 감싸며 다정하게 말했다.

"나 더 큰 것 같아?"

"당연하지."

"아직도 우리 학년에서 제일 작은데."

"엄마는 네 키를 말하는 게 아니야."

"거기 가서 싫으면 어떡하지?"

"재미있을 거야, 어기."

나는 고개를 끄덕였다. 엄마가 침대에서 일어나 내 이마에 살짝 입을 맞추었다.

"그래, 이제 자야지."

"겨우 9시야, 엄마!"

"내일 새벽 6시에 버스가 출발하잖아. 지각하면 안 돼. 자, 빨리, 빨리. 이는 닦았어?"

나는 고개를 끄덕였고, 침대로 기어 올라갔다. 엄마가 내 옆에 누우려고 했다.

"재워 줄 필요 없어, 엄마. 졸릴 때까지 혼자 책 볼래."

"정말?"

엄마가 감동한 듯 고개를 끄덕였다. 엄마가 내 손을 꽉 쥐더니 손에 입을 맞추었다.

"그렇게 해, 그럼. 잘 자라, 아들. 좋은 꿈꾸고."

"엄마도."

엄마가 침대 옆의 독서 등을 켰다.

엄마가 막 나가려는데 내가 말했다.

"편지 쓸게. 편지보다 내가 더 먼저 오겠지만."

"그럼 같이 읽으면 되겠네."

엄마가 손으로 키스를 보냈다. 엄마가 나가자, 협탁에서『사자와 마녀와 옷장』을 집어서 잠이 올 때까지 읽었다.

"……마녀는 심오한 마법을 알긴 하지만 그보다 더 심오한 마법이 있다는 것은 모르고 있지. 마녀는 태초 이후에 대해서만 알고 있을 뿐이다. 하지만 마녀가 태초 이전의 고요와 어둠이 존재하던 때를 조금이라도 더 내다볼 수 있었더라면 다른 마법이 있다는 것도 알았을 게다."

새벽

이튿날 아주 일찍 잠에서 깼다. 방 안은 아직 캄캄했고, 바깥은 더 캄캄했지만, 이제 곧 날이 밝을 때가 된 것 같았다. 이리저리 몸을 뒤척여 봤지만 잠이 오지 않았다. 바로 그때 침대 가까이에 앉아 있는 데이지를 보았다. 데이지일 리가 없다는 걸 알았지만, 잠시 데이지와 너무 똑같은 그림자를 보았다. 그때는 꿈인 것 같지 않았는데, 지금 생각해 보니 틀림없는 꿈이었다. 데이지를 봤지만 전혀 슬프지 않았다. 오히려 마음이 기분 좋은 느낌으로 가득 채워졌다. 데이지는 순식간에 사라졌고, 어둠 속에서 다시 데이지의 모습은 보이지 않았다.

서서히 방 안이 밝아졌다. 보청기를 집어 머리에 끼자 세상이 완전히 깨어났다. 길에서 쓰레기 트럭이 타당하고 내려가는 소리가 났고, 뒷마당에서는 새소리가 들렸다. 복도 아래쪽에서는 엄마의 자명종이 삑삑거렸다. 데이지의 유령은 내가 어디에 있건 데이지가 늘 내 곁에 있다는 사실을 깨닫게 해 주었고, 덕분에 마음이 아주 든든해졌다.

침대에서 일어나 책상으로 가서 엄마에게 쪽지를 썼다. 그런 다음 거실로 나가 내 여행 가방을 놓아둔 문 옆으로 갔다. 가방을 열고 여기저기 뒤지다가 내가 찾던 물건을 발견했다.

바부를 도로 내 방으로 가져와 침대에 눕히고, 엄마에게 쓴 쪽지를 테이프로 바부의 가슴에 붙였다. 그런 다음 나중에 찾아내라고 담요로 덮어 놓았다. 쪽지에는 이렇게 썼다.

엄마에게, 나는 바부가 필요 없을 거야. 내가 보고 싶으면 대신 바부를 안아 줘. 사랑을 담아, 어기가.

첫째 날

버스를 타고 가는 시간은 금세 지나갔다. 나는 창가에 앉았고, 잭은 복도 쪽 자리에 앉았다. 바로 앞자리에는 서머와 마야가 앉았다. 모두 기분이 좋았다. 떠들썩했고, 많이 웃었다. 얼마 지나지 않아 줄리안이 없다는 사실을 깨달았다. 헨리와 마일즈는 보였다. 다른 버스에 탔겠지 싶었는데, 자연 휴양림이 시시하다면서 수련회에 빠졌다고 마일즈가 아모스에게 하는 말을 우연히 들었다. 사실 꼬박 사흘에다 더하기 이틀 밤을 줄리안에게 시달릴 일이 무엇보다 큰 걱정이었는데, 그 말을 듣고 한숨을 돌렸다. 줄리안도 없으니 아무 걱정 없이 마음 편히 지낼 수 있게 되었다.

정오 무렵 자연 휴양림에 도착했다. 도착하자마자 산장에 짐을 풀었다. 방마다 이 층 침대가 세 개씩인데, 잭과 2층 자리를 두고 가위바위보를 해서 내가 이겼다. 야호! 레이드와 트리스탄, 그리고 파블로와 니노가 같은 방을 썼다.

산장 본부에서 점심을 먹고 두 시간 동안 가이드 선생님과 함께 하이킹을 떠났다. 이곳의 숲은 센트럴 파크의 숲과는 차원이 달랐다. 진짜 숲이었다. 햇볕 한 점 못 들어올 정도로 빽빽하게 솟은 거대한 나무들. 얽히고설킨 나뭇잎들과 떨어진 나무줄기들. 윙윙대는 바람 소리와 찍찍거리는 소리, 그리고 커다랗게 울어 대는 새소리까지. 옅은 안개도 보였는데, 마치 연한 푸른 연기가 주위를 온통 에워싼 듯한 느낌이 들었다. 정말 근사했다. 가이드 선생님이 하나하나 손으로 가리키며 설명을 해 주었다. 서로 다른 종류의 나무들, 오솔길 위 죽은 통나무 속에 사는 곤충들, 숲속의 사슴과 곰의 흔적들, 어떤 종류의 새들이 지저귀고 있는지, 그리고 그 새들을 찾으려면 어디를 봐야 하는지. 어디선가 새롭게 새소리가 들리면 모두를 제치고 내가 제일 먼저 알아맞혔는데, 다 로봇 보청기 덕분이었다.

되돌아오는 길에 후드득 빗방울이 떨어졌다. 서둘러 비옷을 입고 보청기가 젖지 않게 모자를 썼지만, 산장에 도착했을 무렵엔 청바지와 신발이 흠뻑 젖어 있었다. 다들 흠뻑 젖었다. 그래도 재미있었다. 우리는 산장에서 젖은 양말 싸움을 벌였다.

저녁때까지 비가 그치지 않아서 오후 내내 휴게실에서 빈둥거리며 보냈다. 탁구대도 있고, 구식 게임기도 있어서 저녁 먹을 때까지 신나게 놀았다. 다행히 저녁 식사 시간에는 비가 그쳐서 모닥불 파티를 즐기게 됐다. 캠프파이어장 주변의 통나무들이 아직 조금 축축하긴 했지만, 우리는 통나무 위에다 겉옷을 걸쳐 놓고 모닥불에 노르스름하게 스모어를 굽고 핫도그를 먹으며 즐거운 시간을 보냈다. 태어나서 그렇게 먹음직스럽게 구운 핫도그는 처음이었다. 모기에 대해서는 엄마 말이 옳았다. 사방이 모기 천지였다. 다행히도 산장에서 나오기 전에 모기 쫓는 약을 뿌리고 나와서 몇몇 애들처럼 산 채로 뜯길 염려는 없었다.

야영장의 캄캄한 어둠 속, 모닥불 옆에서 보내는 시간이 꿈만 같았다. 공중에 둥둥 떠다니던 불티들이 밤공기 속으로 사라지는 모습이 보기 좋았다. 모닥불이 사람들의 얼굴을 비추는 모습도. 모닥불이 만들어 내는 탁탁 소리도. 그리고 어둠에 휩싸인 숲 속, 아무것도 보이지 않는데, 고개를 들어 하늘을 보면 별들이 무수히 반짝이는 광경은 환상적이었다. 버클리 하이츠의 하늘은 이렇지 않다. 몬타우크에서도 똑같은 하늘을 본 적이 있다. 마치 빛나는 까만 탁자 위에 하얀 소금을 뿌려 놓은 듯한.

산장에 돌아왔을 때는 너무 피곤해서 책을 꺼낼 필요도 없었다. 베개에 머리를 대기 무섭게 잠이 들었다. 아마도 별 꿈을 꾸었던 것 같다.

유원지

이튿날은 첫째 날만큼이나 날씨가 쾌청했다. 오전에는 승마를 했고, 오후에는 휴양림 선생님의 지도대로 몸에 안전장치를 맨 뒤 줄을 타고 어마어마하게 거대한 나무들을 올라갔다. 저녁을 먹으려고 산장으로 돌아올 무렵에는 다들 또다시 기진맥진한 상태였다. 저녁을 먹고 한 시간쯤 쉰 뒤에는 십오 분 가량 버스를 타고 야간 야외 영화를 상영하는 유원지로 갈 예정이었다.

그동안 미처 엄마 아빠와 누나에게 편지를 쓸 기회가 없어서 잠시 시간을 내 이틀 동안 있었던 일들에 대해 편지를 썼다. 집에 가서 식구들에게 직접 편지를 읽어 주는 모습을 머릿속에 그려보았다. 아무리 해도 나보다 편지가 먼저 도착할 일은 없을 테니까.

유원지에 도착했을 때는 해가 막 질 무렵이었다. 시간은 오후 7시 30분쯤. 잔디밭 위로 그림자가 기다랗게 드리웠고, 구름은 분홍빛과 주황빛으로 물들었다. 마치 누군가가 손가락에 크레파스를 묻혀 하늘을 휙 가르며 흐릿하게 얼룩을 남겨 놓은 듯했다. 도시에서는 볼 수 없는 멋진 광경이었다. 도시에서는 건

물들 사이로 보이는 조각난 일몰이 전부라서 사방에서 한꺼번에 이렇게 많은 하늘을 보는 게 낯설게 느껴졌다. 여기에 와 보니 옛날 사람들이 왜 지구가 평평하고 하늘은 지구 꼭대기를 덮는 둥근 천장으로 생각했는지 충분히 이해가 된다. 이곳, 이 거대한 공터 한가운데에서는 세상이 바로 그렇게 보였다.

우리 학교가 일등으로 도착해서 신나게 들판을 뛰어다니는데, 선생님들이 잘 보이는 자리에 침낭을 펴고 앉으라고 했다. 우리는 들판 한가운데에 있는 거대한 스크린 앞 잔디밭에 자리를 잡고, 침낭 지퍼를 열어 돗자리처럼 쫙 펼쳤다. 그런 다음엔 배를 채우려고 들판을 따라 줄지어 주차된 스낵 카로 몰려갔다. 장터처럼 볶은 땅콩과 솜사탕을 파는 간이매점이 보였다. 좀 더 멀리 올라가 보니 유원지에서 흔히 볼 수 있는 노점들도 몇 개 보였다. 바구니에 야구공을 던져 넣으면 동물 인형을 타는 그런 종류였다. 잭이랑 둘 다 시도해 봤지만 돈만 날렸는데, 아모스가 노란색 하마 인형을 타서 히메나에게 주었다는 소문이 들렸다. 빅 뉴스다. 운동짱과 공부짱의 만남이라니.

스낵 카 쪽에서 보니 스크린 뒤쪽으로 들판의 3분의 1을 차지한 옥수수밭이 보였다. 나머지 3분의 2는 숲에 둘러싸여 있었다. 해가 저물수록 숲 입구를 지키는 키 큰 나무들이 짙은 남색으로 보였다.

다른 학교 버스들이 주차장을 가득 채울 즈음, 침낭을 깔아 놓은 우리 자리로 돌아와 스크린 정면에 털썩 주저앉았다. 들판을 통틀어 제일 좋은 자리였다. 다들 간식을 나눠 먹으며 즐거운 시간을 보내고 있었다. 잭, 서머, 레이드, 그리고 마야와 함께 카드놀이를 했다. 다른 학교 학생들이 도착해서 우리 양옆 들판으로 나와 웃고 떠드는 소리가 들렸지만 잘 보이지는 않았다. 하늘에 아직 빛이 남아 있긴 했지만 태양은 완전히 진 뒤였고, 땅 위의 모든 사물은 짙은 자줏빛으로 바뀌었다. 구름은 이제 그림자가 되었다. 이제는 바로 눈앞의 카드도 잘 보이지 않았다.

순간, 아무 예고도 없이 들판 양 끝에 있는 조명에 일시에 불이 확 들어왔다. 눈부시게 환한 경기장 조명 같은 불빛이었다. 문득 영화 〈미지와의 조우〉에서 외계인의 비행선이 내려와 음악을 연주하던 장면이 떠올랐다. 대단한 일이라도 일어난 것처럼 들판의 모든 사람들이 열렬히 박수를 치며 환호했다.

자연에게 친절을 베풀라

대형 조명 옆에 달린 거대한 스피커에서 안내 방송이 흘러나왔다.

"환영합니다, 여러분. 매년 개최되는 제23회 브로어우드 자연 휴양림 영화 감상회에 오신 여러분을 환영합니다. 342 공립 중학교에서 오신 선생님들과 학생 여러분을 환영합니다. 윌리엄 헤스 학교……."

들판 왼쪽에서 커다란 환호성이 터져 나왔다. "글로버 학교에서 오신 선생님들과 학생 여러분을 환영합니다……." 이번에는 들판 오른쪽에서 환호성이 터져 나왔다. "그리고 비처 사립 중학교에서 오신 선생님들과 학생 여러분을 환영합니다!" 우리는 모두 목청껏 환호성을 내질렀다. "오늘 밤 여러분과 함께하게 되어 정말 기분이 좋습니다. 날씨도 협조를 하는군요. 이렇게 아름다운 밤 보셨습니까, 여러분?" 또다시 와아, 하며 함성이 터져 나왔다. "그럼 영화를 준비하는 동안, 잠시 몇 가지 중요한 부탁 말씀을 드리고자 합니다. 여러분도 알다시피 브로어우드 자연 휴양림은 자연 자원과 환경 보존을 위해 개관

한 곳입니다. 머문 자리에 쓰레기를 남기지 말아 주십시오. 뒤처리를 깨끗이 해 주시기 바랍니다. 여러분이 자연에게 친절을 베풀면, 자연도 여러분에게 친절을 베풉니다. 다니실 때 이 점을 꼭 명심해 주시기 바랍니다. 유원지 가장자리에 놓인 주황색 원뿔 너머로 들어가지 마십시오. 옥수수 밭이나 숲속에도 들어가면 안 됩니다. 마음대로 돌아다니는 일은 되도록 삼가 주십시오. 여러분은 영화를 보고 싶지 않을지 몰라도 다른 친구들은 그렇지 않을 수도 있으니까요. 부디 서로를 존중해 주시기 바랍니다. 잡담이나 음악 연주, 뜀박질도 금지입니다. 화장실은 매점 반대쪽에 있습니다. 영화가 끝나면 상당히 어둡습니다. 그러므로 버스를 타러 갈 때까지 자리를 벗어나지 말아 주십시오. 선생님들께 당부 말씀 드립니다. 매년 꼭 한 학교씩은 실종자가 발생합니다. 부디 여러분의 학교와는 상관없는 일이 되기를 바랍니다! 오늘 밤 준비한 영화는…… 〈사운드 오브 뮤직〉입니다!"

서너 번은 본 영화지만 누나가 언제나 최고로 꼽는 영화라서 나는 곧바로 박수를 치기 시작했다. 그런데 많은 아이들이(우리 학교는 아니지만) 우, 하는 소리와 함께 야유를 보내며 비웃었다. 들판 오른쪽의 어떤 사람은 스크린에 캔을 던졌다. 교장 선생님은 그걸 보고 깜짝 놀란 것 같았다. 교장 선생님이 벌떡 일어나 캔이 날아온 방향을 쳐다보았지만 어두워서 아무것도 보이지 않았다.

곧바로 영화가 시작됐다. 조명이 어둑해졌다. 마리아 수녀가 산꼭대기를 빙글빙글 돌았다. 갑자기 쌀쌀한 기운이 느껴져서 노란색 후드 스웨터를 덧입고 보청기의 볼륨을 조절한 다음 배낭에 등을 기대고 앉아 영화를 봤다.

언덕은 음악 소리로 살아 있어요…….

숲은 살아 있어요

롤프라는 청년이 첫째 딸과 함께 〈너는 열여섯, 이제 곧 열일곱〉이라는 노래를 부르는 지루한 부분쯤에서 잭이 나를 쿡쿡 찔렀다.

"야, 화장실 가자."

우리 둘은 앉아 있거나 담요 위로 누운 아이들 위를 폴짝폴짝 뛰다시피 넘어갔다. 우리가 지나가자 서머가 손 인사를 건넸고, 나도 손을 마주 흔들어 주었다.

스낵 카 주위에는 다른 학교 애들이 많이 보였다. 인형 타기 게임을 하거나 그냥 할 일 없이 돌아다니는 애들이었다.

당연히 화장실에는 줄이 길게 늘어서 있었다.

"됐다. 그냥 나무에다 누자." 하고 잭이 말했다.

"더럽게, 그냥 기다리자, 잭."

잭은 다짜고짜 들판 가장자리를 따라 늘어선 나무들 쪽으로 향했다. 넘어가지 말라고 주의를 받은 주황색 원뿔을 지난 곳이었다. 당연히 나도 잭을 뒤따라갔다. 깜빡하고 손전등을 두고 왔다. 너무 캄캄해서 말 그대로 열 발자국 앞도 보이지 않았다. 다행히 희미하나마 스크린 불빛이 있어서, 숲속에서 우리 쪽으로 다가오는 손전등 하나를 발견한 순간, 헨리와 마일즈, 그리고 아모스란 걸 알았다. 걔네들도 줄 서서 기다리기 싫었던 것 같다.

마일즈와 헨리는 여전히 잭과 말을 하지 않았지만, 아모스는 '전쟁'을 그만둔 지 오래였다. 그래서 우리가 지나가자 고개를 까딱하며 아는 체를 했다.

"곰 조심해라!"라고 헨리가 소리쳤고, 헨리와 마일즈는 낄낄거리며 가 버렸다.

아모스는 "그냥 무시해."라며 우리를 보고 고개를 설레설레 저었다.

우리는 조금 더 깊이 들어가 숲 바로 안쪽에 다다랐다. 마침내 적당한 나무를 발견하고 잭이 볼일을 보기 시작했는데, 그 시간이 너무나도 길게 느껴졌다.

숲은 마치 나무들한테서 소리가 튀어나오는 것처럼, 기묘한 소리들과 찍찍 소리, 그리고 개굴거리는 소리들로 시끄러웠다. 그때 멀지 않은 곳에서 커다랗게 투둑 소리가 들렸다. 병뚜껑이 딱 하고 열리는 소리와 비슷한 게, 확실히 벌레 소리는 아니었다. 그리고 멀리서, 마치 다른 세상인 것처럼 영화 속 노래 가사인 '장미 꽃잎에 맺힌 빗방울, 새끼 고양이의 콧수염'이 들려왔다.

"아, 이제야 살겠네."

잭이 지퍼를 올리며 말했다.

"이제 내 차례야."

나는 제일 가까운 나무에다 볼일을 해결했다. 절대 잭처럼 앞으로 나가고 싶지 않았다.

"무슨 냄새 안 나? 폭죽 냄새 같은데."

잭이 나에게 다가오며 물었다.

"그러게, 폭죽 냄새야. 희한하네."

내가 지퍼를 올리며 대꾸했다.

"가자."

에이리언

왔던 길을 되짚어 거대한 스크린 쪽으로 향했다. 바로 그때 처음 보는 패거리와 맞닥뜨렸다. 막 숲속에서 나온 듯했는데, 뭔지는 몰라도 선생님들에게 알리고 싶지 않은 짓을 한 게 분명해 보였다. 방금 전 그 냄새도 풍겼는데, 폭죽 냄새와 담배 냄새가 뒤섞여 있었다. 그들이 우리에게 손전등을 겨눴다. 모두여섯이었다. 남자 넷에 여자 둘. 7학년쯤 되어 보였다.

남학생 하나가 큰 소리로 물었다.

"어느 학교야?"

"비처 사립!"

잭이 막 대답을 하는데, 갑자기 여학생 중 하나가 비명을 질렀다.

"엄마야!"

그 여학생은 우는 것처럼 손으로 얼굴을 가리며 꽥 비명을 질렀다. 처음에는 갑자기 커다란 벌레가 얼굴로 확 날아든 줄 알았다.

"말도 안 돼!"

남학생 하나가 소리를 지르더니 뜨거운 것에 손을 데기라도 한 양 허공에 대고 손을 휙휙 내저었다.

"빌어먹을, 말도 안 돼! 빌어먹을, 말도 안 돼!"

서로 밀치고 마구 욕을 내뱉으며, 절반은 낄낄거리고 절반은 눈을 가렸다.

"대체 저게 뭐야?"

우리 쪽으로 손전등을 비추고 있던 사람이 물었다. 순간, 손전등이 향한 곳이 바로 내 얼굴이고, 그들이 쑥덕거리며 비명을 지르는 대상이 다름 아닌 나라는 걸 깨달았다.

"여길 빠져나가자."

잭이 조용히 속삭이고는 내 소맷자락을 끌어당기면서 그들을 무시하고 지나가려고 했다.

"잠깐, 잠깐, 잠깐!"

손전등을 든 남학생이 우리 앞길을 가로막았다. 그는 다시 손전등으로 내 얼굴을 똑바로 비추었다. 거리가 채 2미터도 되지 않았다.

"세상에! 세상에! 대체 얼굴에 무슨 짓을 한 거야?"

그는 입을 떡 벌리고 고개를 절레절레 흔들었다.

여학생 하나가 말렸다.

"그만둬, 에디."

"오늘 밤 상영 영화가 〈반지의 제왕〉인 줄 미처 몰랐네! 봐,

애들아, 골룸이다!"

그 말에 친구들이 완전히 뒤집어졌다.

다시 한번 뚫고 지나가려고 했지만, 그 에디라는 남학생이 또다시 우리를 가로막았다. 그는 나보다 머리 하나가 큰 잭보다 머리 하나가 더 컸고, 그래서 나에겐 거인처럼 보였다.

다른 친구가 말했다.

"아니지, 에이리언인데!"

"아냐, 아냐, 아냐, 짜샤. 오크족이야!"

에디가 손전등으로 또다시 내 얼굴을 비추며 킬킬거렸다. 이번에는 바로 코앞까지 다가와 있었다.

"걔 건드리지 마, 알았어?"

잭이 손전등을 든 손을 밀쳐 냈다.

"어쭈, 어디 해보시지."

이제는 잭의 얼굴에 손전등을 비추며 에디가 을러댔다.

"대체 너 문제가 뭐야, 어?"

"네 남자 친구가 문제다, 왜?"

내가 잭의 팔을 잡아당기며 말렸다.

"잭, 그냥 가자."

"이것 봐라, 말도 하네!"

에디가 다시 내 얼굴에 손전등을 비추며 큰 소리로 골려 댔다. 그때 다른 남학생이 우리 발밑에다 폭죽 하나를 획 던졌다.

잭은 에디를 밀치고 지나가려고 했지만, 에디가 잭의 어깨를 난폭하게 떠미는 바람에 그만 잭이 뒤로 나자빠졌다.

"에디!"

여학생 중 하나가 소리쳤다.

"이것 봐."

내가 잭 앞으로 나서며 교통경찰처럼 양손을 위로 번쩍 올렸다.

"우리는 너희보다 훨씬 작아……"

에디가 말을 잘랐다.

"지금 나한테 하는 말이냐, 프레디 크루거? 까불다 혼난다, 못생긴 괴물아."

바로 그때 걸음아 날 살려라 도망갔어야 했지만, 잭이 아직도 바닥에서 누워 있는데 나 혼자 도망갈 수는 없었다.

"어이, 짜샤. 무슨 일이야?"

뒤에서 새로운 목소리가 나타났다.

에디가 몸을 휙 돌려서 그 목소리를 향해 손전등을 비추었다. 그 목소리의 주인공을 내 눈으로 보고도 믿기지가 않았다.

마일즈와 헨리를 바로 뒤에 두고 아모스가 말했다.

"걔네들 건드리지 마, 짜샤."

에디와 함께 있던 남학생 하나가 물었다.

"뭔 소리?"

아모스가 침착하게 되풀이했다.

"걔네들 건드리지 말라고, 짜샤."

"너도 괴물이냐?"

에디였다.

"괴물들이 다 모였네!"

에디의 친구 중 하나가 거들었다. 아모스는 대답하지 않고 우리를 바라봤다.

"가자, 얘들아, 교장 선생님이 기다리셔."

거짓말인 줄 뻔히 알았지만 나는 잭을 일으켜서 아모스 쪽으로 걸어갔다. 그런데 내가 옆으로 지나가자, 에디가 별안간 내 모자를 꽉 움켜잡고는 거칠게 잡아당기는 바람에 몸이 확 젖혀지며 뒤로 꽈당 넘어지고 말았다. 어찌나 세게 넘어졌는지 바위에 팔꿈치를 심하게 찌었다. 그걸 본 아모스가 벼락같이 에디에게 달려들었고, 두 사람은 동시에 내 옆으로 나동그라졌다. 그 다음에는 상황이 어떻게 돌아가는 줄도 몰랐다.

난리 통이 따로 없었다. 누군가 내 소맷자락을 잡아당기며 "뛰어!"라고 외쳤고, 또 다른 누군가는 "저놈들 잡아!"라고 소리를 질렀는데, 몇 초 동안 두 사람이 동시에 반대 방향에서 내 팔을 잡아당겼다. 두 사람이 막 욕을 내뱉으며 맹렬한 승강이를 벌이는 사이에 그만 내 스웨터가 북 찢어졌고, 먼저 내 팔을 잡아당긴 사람이 나를 자기 쪽으로 확 잡아끌면서 달리는 바람에 나도 정신없이 달렸다. 바로 뒤에서 우리를 뒤쫓는 발소리가 들렸고, 고함을 치는 목소리와 여자들의 비명이 들렸지만 너무 어두워서 누가 누군지도 몰랐다. 그저 온 세상이 물속에 잠긴 것만 같았다. 우리는 미친 듯이 달렸고, 사방은 칠흑처럼 까맸다. 내 걸음이 조금이라도 느려질라치면, 내 팔을 잡고 뛰던 그 사람이 "계속 뛰어!"라고 외치며 쉴 새 없이 나를 잡아끌었다.

어둠 속의 목소리들

마침내 영원히 끝나지 않을 것만 같던 질주가 끝나고 누군가가 외쳤다.

"따돌린 것 같아!"

"아모스?"

"나 여기 있어!"

몇 발자국 뒤에서 아모스의 목소리가 들렸다.

"그만 뛰어도 돼."

마일즈가 더 앞쪽에서 외쳤다.

"와! 나는 여기 있어. 아무것도 안 보여!"

잭이었다.

"따돌린 거 확실해?"

내 팔을 놓으며 헨리가 물었다. 그제야 나를 잡아당기며 달린 사람이 헨리였다는 사실을 깨달았다.

"응."

"쉿! 조용히 해봐!"

우리는 캄캄한 어둠 속에서 숨을 죽인 채 발소리에 귀를 세웠다. 하지만 귀뚜라미와 개구리, 그리고 미친 듯이 헉헉대는 우리의 숨소리가 전부였다. 어찌나 숨이 차고 옆구리가 아픈지 무릎을 붙잡고 숨을 몰아쉬었다.

"따돌렸어." 하고 헨리가 말했다.

"와! 떨려서 죽는 줄 알았네!"

"손전등은 왜 없어?"

"내가 떨어뜨렸어!"

잭이 물었다.

"너희는 어떻게 안 거야?"

"그 자식들 아까 봤어."

"나쁜 자식들 같더라고."

내가 아모스에게 말했다.

"네가 막 머리로 받아 버렸잖아!"

"그러게."

아모스가 깔깔 웃음을 터뜨렸다.

"그 자식은 덤비는 줄도 몰랐어."

마일즈가 말했다.

"'너도 괴물이냐?'라고 그랬는데, 네가 곧바로 쾅!"

잭이 거들었다.

"쾅!"

아모스가 허공에 대고 가짜로 주먹을 날렸다.

"그 자식한테 달려들었는데, 머릿속에서 이러는 거야. '뛰어, 아모스, 이 바보야, 너보다 열 배는 더 큰 놈이잖아!' 그래서 벌떡 일어나서 걸음아 날 살려라 도망쳤지!"

우리는 모두 웃음을 터뜨렸다.

헨리가 말했다.

"내가 여기를 꽉 붙잡고 '뛰어!'라고 소리쳤어."

"나를 잡아당기는 사람이 넌 줄도 몰랐어."

아모스가 고개를 절레절레 흔들었다.

"정말 난리도 아니었어."

"그런 난리가 없었지."

"입술에서 피가 나."

입술을 쓱 닦으며 아모스가 말했다.

"서너 번 정통으로 맞았거든. 그놈들 7학년은 되는 것 같아."

"몸집이 거대하더라."

"에라, 한심한 인간들아!"

헨리가 갑자기 고함을 질러서 모두 허겁지겁 헨리의 입을 틀어막았다. 혹시 누가 들었을까 봐 잠시 귀를 기울였다.

아모스가 물었다.

"대체 여기가 어디지? 스크린도 안 보여."

헨리가 대답했다.

"옥수수 밭인 것 같아."

"세상에 우리가 옥수수 밭에 있다니."

마일즈가 옥수숫대를 헨리 쪽으로 밀며 고개를 끄덕였다.

아모스가 말했다.

"좋아, 여기가 어딘지 확실히 알겠어. 이쪽으로 돌아가야 돼. 그럼 들판 반대쪽으로 갈 거야."

잭이 손을 높이 쳐들며 말했다.

"여어, 친구! 우리를 위해 돌아와 주다니 정말 끝내줬어. 고마워."

"천만에."

아모스가 잭과 하이 파이브를 나누며 대꾸했다. 이어서 마일즈와 헨리도 잭과 하이 파이브를 나눴다.

"그래, 친구, 고마워." 하고 나도 잭처럼 손바닥을 높이 올렸지만 나한테도 하이 파이브를 해 줄지 자신이 없었다. 아모스가 나를 바라보며 고개를 끄덕였다.

"그렇게 맞서다니 정말 멋졌어, 꼬마 친구."

아모스가 나와 하이 파이브를 나눴다.

"그래, 여기. 네가 이랬잖아, 우리는 너희보다 더 작은데……."

마일즈도 나와 하이 파이브를 나눴다.

"따로 뭐 할 말이 있어야지!"라며 내가 깔깔 웃음을 터뜨렸다.

"끝내줬어!"라며 헨리도 나와 하이 파이브를 나눴다.

"네 옷 찢어서 미안."

고개를 숙여 보니 스웨터가 가운데까지 쭉 찢어져 있었다. 한쪽 소매는 찢겨 나갔고, 다른 쪽 소매는 너무 늘어나서 아예 무릎까지 내려왔다.

잭이 말했다.

"야, 너 팔꿈치에서 피 나."

"그러네."

내가 어깨를 으쓱했다. 다친 데가 쑤셔왔다.

내 얼굴을 보며 잭이 물었다.

"괜찮아?"

나는 고개를 끄덕였다. 갑자기 울고 싶어졌지만 울지 않으려고 이를 악물었다.

잭이 말했다.

"잠깐, 네 보청기가 없어졌어!"

"뭐?"

양쪽 귀를 만지며 내가 소리쳤다. 양쪽 보청기 모두 사라지고 없었다. 그래서 물속에 있는 기분이었구나! "어쩌지!"라는 말이 나오자, 그때부터 더는 참을 수가 없었다. 방금 일어난 모든 일들이 눈앞을 스쳐 지나가며 울음이 터져 나왔다. 눈물이 펑펑 쏟아졌다. 엄마가 수도꼭지가 터졌다고 놀리는 바로 그 울음이었다. 너무 창피해서 팔로 얼굴을 가렸지만 흘러나오는 눈물을 그칠 수가 없었다.

그래도 친구들은 나를 놀리지 않았다. 그들은 내 등을 토닥여 주었다.

"괜찮아, 짜식. 괜찮아."

"넌 용감한 꼬마 친구야, 알지?"

아모스가 내 어깨에 팔을 둘렀다. 그래도 내가 울음을 그치지 않자, 양팔로 나를 감싸 안고 아빠가 그러듯이 마음껏 울게 내 버려 두었다.

황제의 경비병

혹시 풀밭에서 내 보청기를 찾을 수 있을까 싶어 꼬박 십 분 동안 가던 길을 되짚어갔지만 너무 캄캄해서 아무것도 보이지 않았다. 우리는 서로의 발에 걸려 넘어질까 봐 앞사람의 셔츠를 꽉 붙잡고 한 줄로 걸었다. 마치 사방에 검정 잉크를 쏟아 놓은 것만 같았다.

헨리가 말했다.

"가망이 없어. 어딨는 줄 모르겠어."

아모스가 말했다.

"손전등을 가지고 와 보면 찾을지도 몰라."

"아니야, 괜찮아. 그냥 돌아가자. 아무튼 고마워."

우리는 도로 옥수수 밭으로 걸어갔다. 옥수수 밭을 가로질러 갔더니, 드디어 거대한 스크린의 뒷면이 눈앞에 나타났다. 하지만 스크린 뒷면을 마주하고 있어서 어둠을 벗어나지 못하다가, 다시 빙 돌아 숲 언저리에 이르고서야 마침내 희미한 불빛이 보이기 시작했다.

그 7학년생들의 흔적은 어디에도 없었다.

잭이 물었다.

"그 자식들 어디로 갔을까?"

아모스가 대답했다.

"스낵 카 쪽으로 갔겠지. 우리가 선생님한테 이르러 간 줄 알았을걸."

헨리가 물었다.

"확 일러 버릴까?"

그들이 나를 바라봤다. 나는 고개를 저었다.

아모스가 말했다.

"좋아, 하지만 꼬마 친구, 또 혼자 돌아다니면 안 돼, 알겠지? 어디 가야 될 일이 있으면 우리한테 말해. 우리가 같이 가 줄 테니까."

"알았어."

스크린에 가까워지자 '높은 언덕에 외로이 살고 있는 염소지기가 있었다네'가 들려왔고, 스낵 카 근처 매점에서 솜사탕 냄새도 났다. 아이들이 많이 돌아다니는 구역이라서 그나마 남은 모자로 머리를 덮어 쓰고 고개를 푹 숙인 채 손을 주머니에 집어넣고 앞으로 걸었다. 하도 오랫동안 보청기 없이 있었더니 지하로 몇 킬로미터는 들어간 느낌이었다. 미란다 누나가 불러 주었던 그 노래처럼. '관제탑으로부터 톰 소령에게, 당신의 회로가 죽었습니다, 문제가 발생했습니다……'

아모스가 내 옆으로 바짝 다가왔다. 잭은 그 반대편에 붙었다. 마일즈는 내 앞에서, 헨리는 뒤에서 걸었다. 네 사람은 사방에서 나를 에워싼 채 아이들 무리를 뚫고 앞으로 나아갔다. 마치 나에게 황제의 경비병이라도 생긴 것처럼.

잠

이윽고 좁은 골짜기를 벗어나자, 루시는 그 소리의 정체를 알 수 있었다. 피터와 에드먼드가 아슬란의 남은 병사들과 함께 루시가 전날 밤 보았던 무시무시한 괴물들과 필사적으로 싸우고 있었던 것이다. 훤한 대낮에 보니 적들은 더욱 괴상망측하고 사악하고 흉측해 보였다.

거기까지 읽다 말았다. 한 시간이 넘게 책을 읽었지만 여전히 잠이 오지 않았다. 새벽 2시가 다 된 시각이었다. 다른 사람들은 모두 잠이 들었다. 침낭 밑에 손전등을 두어서 그 불빛 때문에 더 잠이 안 오는지도 몰랐지만 불을 끄기가 두려웠다. 침낭 밖이 얼마나 어두울지 겁이 났다.

자리로 되돌아왔지만, 우리가 그동안 사라지고 없었다는 사실을 아는 사람은 한 명도 없었다. 교장 선생님과 루빈 선생님, 서머와 다른 아이들은 모두 영화에 열중해 있었다. 나와 잭이 얼마나 끔찍한 일을 겪을 뻔했는지 상상도 못한 채. 누군가의 인생에서는 최악의 밤이, 다른 모든 사람들에게는 그저 평범한

밤에 지나지 않는다니 참 희한하다. 집에 있는 내 달력에 오늘을 내 인생 최악의 날 중 하나로 표시할 거다. 오늘과 데이지가 하늘나라에 간 날. 하지만 나머지 사람들에게 오늘은 그냥 지나가는 평범한 날일 뿐이다. 아니, 오히려 좋은 날로 기록될 지도 모를 일이다. 누군가는 복권에 당첨된 날일 수도 있으니까.

아모스와 마일즈, 헨리는 우리 둘을 서머와 마야, 레이드가 있는 원래 자리로 데려다준 뒤 히메나와 사바나, 그리고 자기들 무리가 있는 자리로 돌아가 앉았다. 어떻게 보면 우리가 화장실을 찾아 나가기 전과 달라진 게 아무것도 없었다. 하늘도 그대로였다. 영화도 그대로였다. 모두의 얼굴도 그대로였다. 내 얼굴도 그대로였다.

하지만 뭔가 달랐다. 달라진 게 있었다.

아모스와 마일즈와 헨리가 친구들에게 방금 있었던 일을 속닥이는 게 보였다. 말하면서 계속 나를 슬쩍슬쩍 훔쳐보는 걸 보고 알았다. 아직 영화가 끝나기 전이었지만 어둠 속 여기저기서 속닥이는 소리가 들렸다. 그런 소식은 순식간에 퍼지는 법이다.

산장으로 돌아오는 버스에서도 다들 그 얘기뿐이었다. 여자애들은 몽땅, 심지어 잘 모르는 여자애들까지 나한테 괜찮냐고 물었다. 남자애들은 어느 학교 애들인지 사방팔방 수소문하고 다니면서, 온통 그 7학년 패거리에 대한 복수 얘기뿐이었다.

421

나는 선생님들에게 말할 생각이 전혀 없었지만 결국 선생님들도 알게 되었다. 찢어진 옷과 피범벅이 된 팔꿈치 때문이었을까. 아니, 선생님들도 귀가 있을 테니까.

캠프로 되돌아오자, 교장 선생님이 나를 응급 치료실로 데려갔다. 보건 선생님이 팔꿈치를 소독하고 붕대를 감아 주는 사이, 교장 선생님과 캠프 소장님은 옆방에서 아모스와 잭, 그리고 헨리를 불러 그 문제아들의 인상착의에 대해 자세히 물었다. 나중에 교장 선생님이 나에게도 물었지만 전혀 기억이 나지 않는다고 대답했다. 거짓말이었다.

자려고 눈을 감을 때마다 그들의 얼굴이 계속해서 떠올랐다. 나를 처음 본 여학생의 얼굴에 나타났던 공포스러운 그 표정. 손전등을 든 에디가 증오하듯 나를 쳐다보던 그 표정.

아무것도 모른 채 도살장에 끌려가는 새끼 양처럼. 오래전에 아빠가 했던 말이지만, 오늘 밤에야 그 뜻을 정확히 알았다.

후유증

버스가 도착했을 때, 엄마는 다른 부모님들과 함께 학교 앞에서 나를 기다리고 있었다. 어젯밤에 그런 '소동'이 있었지만 모두 무사하다는 말을 집에다 전했다고, 돌아오는 버스 안에서 교장 선생님이 나에게 귀띔해 주었다. 우리가 오전에 호수로 수영하러 간 동안, 캠프 소장님과 선생님들이 보청기를 찾으러 다녔지만 헛수고였다고 했다. 보청기 값은 휴양림 측에서 변상할 예정이라고도 했다. 휴양림 측에서는 그런 일이 생긴 것을 심히 유감스럽게 생각했다.

혹시 에디가 일종의 기념품 삼아 내 보청기를 가져간 건 아닐까. 오크족 괴물을 기억하기 위한 기념품.

버스에서 내리자, 엄마는 나를 꼭 안아 주었지만 예상과 달리 질문 세례를 퍼붓지는 않았다. 몇몇 애들은 부모님이 안아 주자 뿌리치기도 했지만, 난 엄마가 안아 주는 게 너무 좋아서 가만히 있었다.

기사 아저씨가 차에서 가방을 내리기 시작했고, 내가 가방을 찾는 동안 엄마는 미리 다가와 있던 교장 선생님과 루빈 선생님과 이야기를 나눴다. 가방을 끌고 엄마에게 가는데, 평소에는 말도 붙이지 않던 많은 애들이 나에게 고갯짓을 하며 아는체를 하거나 지나가면서 내 등을 툭툭 쳐 주었다.

나를 보자 엄마가 "갈까?"라고 말했다. 엄마가 내 가방을 들었지만 굳이 낚아채지 않았다. 엄마가 들어 줘서 좋았다. 엄마가 태워 주겠다고 했다면 목말이라도 탔을 거다.

막 걸음을 돌리는데, 교장 선생님이 아무 말 없이 나를 재빨리 꽉 안아 주었다.

집

집으로 오는 내내 엄마와 별말 없이 조용히 걸었다. 현관 계단에 다다르자, 나도 모르게 창문으로 눈길이 갔다. 소파에서 앞발을 창틀에 올린 채 우리가 오기만을 눈이 빠지게 기다리는 데이지를 더는 볼 수 없다는 사실을 깜빡 잊어버렸다. 그래서 집 안으로 들어가는데 기분이 울적해졌다. 들어가자마자 엄마는 가방을 툭 내려놓고 나를 감싸 안더니 마치 들이 삼킬 듯이 내 머리와 얼굴에 마구 입을 맞추었다.

내가 빙그레 웃으며 말했다.

"괜찮아, 엄마. 나 멀쩡해."

엄마가 고개를 끄덕이더니 두 손으로 내 얼굴을 감싸 쥐었다. 엄마의 두 눈이 반짝였다.

"그래. 정말 보고 싶었어, 어기."

"나도."

하고 싶은 말이 많았지만 엄마는 꾹 참았다.

"배고프지?"

"배고파 죽겠어. 치즈 샌드위치 해 주면 안 돼?"

"되다마다."

엄마는 웃옷을 벗고 조리대에 앉아 곧바로 샌드위치를 만들었다.

"누나는?"

"오늘은 아빠랑 올 거야. 아들, 누나가 너를 얼마나 보고 싶어 했는지 몰라."

"정말? 누나도 휴양림에 갔으면 좋아했을 텐데. 무슨 영화 봤는지 알아? 〈사운드 오브 뮤직〉이야."

"누나한테 말해 줘야겠네."

잠시 뒤, 두 팔로 턱을 괴며 내가 물었다.

"자, 나쁜 얘기 먼저 할까, 좋은 얘기 먼저 할까?"

"뭐든 너 하고 싶은 거부터."

"어젯밤 일만 빼면 다 재미있었어. 진짜로. 그래서 더 화가 나. 그 자식들이 내 여행을 몽땅 망쳐 버린 것 같아서."

"아냐, 아가, 그렇게 생각하면 네가 지는 거야. 서른여섯 시간 중에 끔찍했던 일은 겨우 한 시간이잖아. 그런 애들한테 좋은 시간까지 빼앗길 셈이야?"

"알아. 교장 선생님이 보청기 얘기도 하셨어?"

"그래, 오늘 아침에 전화하셨더라."

"아빠 화났어? 너무 비싼 거라서?"

"세상에, 그럴 리가 있겠니, 어기. 아빠는 네 안부만 궁금해

426

하셨어. 우리한테 그것보다 더 중요한 게 어딨겠니. 그러니까 너도 그런…… 깡패 자식들 때문에 수련회를 망쳤다고 생각하지 마."

피식 웃음이 나왔다.

"왜?"

"깡패 자식들이라며? 요새 누가 그런 말을 써."

"그래, 또라이들. 바보들, 머저리들."

엄마가 그릴 위에서 샌드위치를 뒤집으며 말했다.

"외할머니가 하시던 말로 하면 크레치노스Cretinos*. 뭐든 부르고 싶은 대로 막 불러. 길거리에서 내 눈에 띄었다가는 콱 그냥……."

엄마가 고개를 절레절레 내저었다. 내가 빙긋 웃었다.

"엄마, 걔네들 굉장히 커. 7학년인 것 같아."

"7학년? 교장 선생님은 그런 말씀 안 하셨는데. 세상에."

"잭이 나를 지키려고 걔네들하고 맞섰다는 말 들었어? 아모스는 그 대장 같은 놈을 쾅 하고 머리로 들이받았다니까. 입술에서 피가 나고 막 그랬어."

엄마가 눈썹을 치켜뜨면서 나를 바라봤다.

"싸웠다는 얘기는 들었는데…… 엄마는…… 휴…… 너랑 아모스하고 잭이 무사해서 정말 고맙구나. 정말 큰일이라도 났으

_____

* 우리말로는 '바보'라는 뜻이다.

면……."

엄마가 말끝을 흐리며 다시 샌드위치를 뒤집었다.

"내 스웨터가 완전히 찢어졌어."

"그건 새로 사면 돼."

엄마가 샌드위치를 집어 접시에 담아 내 앞에 놓아 주었다.

"우유 먹을래, 아니면 포도 주스?"

"초코 우유 만들어 줄 수 있어? 엄마가 특별하게 만들어 주는 거 있잖아, 거품 내서."

허겁지겁 샌드위치를 먹었다.

엄마가 큰 유리잔에 우유를 따르며 물었다.

"그런데 애초에 숲에는 왜 들어갔어?"

내가 입에 음식을 가득 문 채 대답했다.

"잭이 화장실에 가야 된다고 했어."

엄마는 내 말을 들으면서 숟가락으로 초콜릿 가루를 떠서 손바닥 사이에 미니 거품기를 끼고 빠르게 돌렸다.

"그런데 줄이 너무 길어서 잭이 기다리기 싫다는 거야. 그래서 오줌 누러 숲으로 들어갔지."

엄마가 거품기를 휘저으며 나를 올려다봤다. 애초에 그러지 말았어야 했다는 표정이었다. 이제 초코 우유 맨 위에 5센티미터 정도 거품이 생겼다.

"맛있겠다, 엄마. 고맙습니다."

"그래서 어떻게 됐는데?"

엄마가 내 앞에 유리잔을 놓으며 물었다. 나는 초코 우유를 길게 한입 빨아 마셨다.

"지금은 거기까지만 말하면 안 돼?"

"아, 그래."

"나중에 다 얘기해 줄게. 아빠하고 누나 오면. 하나도 빼지 않고 다. 처음부터 끝까지 또 하고 또 하기 싫어서 그래, 괜찮지?"

"물론이지."

거의 세 입 만에 샌드위치 하나를 뚝딱 해치우고 초코 우유를 꿀꺽꿀꺽 마셨다.

"와, 샌드위치를 흡입했네. 하나 더 해 줄까?"

나는 고개를 젓고 손등으로 입을 쓱 훔쳤다.

"엄마, 난 평생 그런 나쁜 놈들을 걱정하면서 살아야 할까? 커서도 맨날 그런 일이 생길까?"

엄마는 곧바로 대답하지 않고 접시와 유리잔을 싱크대로 가져가서 물로 헹구었다.

이윽고 엄마가 나를 바라보며 말했다.

"언제나 그런 나쁜 놈들이 있기 마련이야, 어기. 하지만 엄마는, 그리고 아빠는 세상에는 좋은 사람들이 더 많다고 믿는단다, 정말이야. 그 좋은 사람들이 서로를 지켜 주고 보살펴 준다고 말이야. 잭이 너를 위해 나서 준 것처럼. 아모스도. 그리고 다른 애들도."

"아, 맞다. 마일즈와 헨리. 걔네들도 굉장했어. 특히 마일즈하고 헨리는 일 년 내내 나를 달갑지 않게 대하던 애들이라 기분이 이상했어."

엄마가 내 이마를 쓱쓱 문질렀다.

"가끔은 사람들 때문에 깜짝 놀랄 때가 있지."

"그런 것 같아."

"초코 우유 한 잔 더 줄까?"

"아니, 배불러. 잘 먹었습니다, 엄마. 나 좀 피곤해. 어젯밤에 잘 못 잤거든."

"낮잠 좀 자야겠다. 참, 엄마한테 바부 두고 가서 고마워."

"내 쪽지 봤어?"

엄마가 빙그레 웃었다.

"두 밤 다 바부랑 잤단다."

엄마가 막 다른 말을 하려는데 휴대 전화가 울렸다. 전화를 받으면서 엄마가 환하게 웃었다.

"세상에나, 정말? 무슨 종인데요?"

엄마가 신이 나서 말했다.

"네, 바로 여기 있어요. 낮잠 좀 잔다고. 바꿔 줄까요? 아, 알았어요. 그럼 곧 봐요."

엄마가 전화를 끊었다.

"아빠야. 누나랑 요 아래 골목에 다 왔다고."

"출근 안 하셨어?"

"네가 너무 보고 싶어서 조퇴하셨대. 그러니까 아직 자면 안 돼."

잠시 뒤에 아빠하고 누나가 현관으로 들어섰다. 나는 곧바로 아빠에게 달려들었고, 아빠는 나를 번쩍 안아서 빙그르르 돌리더니 나에게 입을 맞추었다. 한참을 그렇게 있다가 내가 "아빠, 됐어."라고 말하고 나서야 아빠는 팔을 풀었다. 다음은 누나 차례였고, 누나는 어렸을 때처럼 나한테 뽀뽀 세례를 퍼부었다.

누나가 나한테서 떨어지고 나서야 두 사람이 큼지막한 하얀색 상자를 가지고 들어왔다는 것을 알아차렸다.

"저게 뭐야?"

"열어 봐."

아빠가 웃으며 말했고, 엄마와 아빠는 뭔가 숨기는 게 있는 사람들처럼 서로 눈길을 주고받았다.

누나가 재촉했다.

"어기, 얼른!"

나는 상자를 열었다. 상자 속에는 지금껏 본 중에 제일 귀여운 강아지가 들어 있었다. 검정색에 털이 복슬복슬하고, 작고 뾰족한 코에 빛나는 검은 눈동자, 그리고 조그만 귀가 축 처진.

베어

우리는 그 강아지를 '베어'라고 불렀다. 엄마가 처음 보고 꼬마 곰처럼 생겼다고 했기 때문이다. 내가 "그럼 베어라고 하자."라고 제안했고, 식구들도 딱 맞는 이름이라며 동의했다.

그 이튿날에는 학교에 빠졌다. 팔꿈치 때문은 아니었다. 팔꿈치가 아프기도 했지만 사실은 하루 종일 베어와 놀고 싶어서였다. 엄마가 누나도 학교에 빠져도 좋다고 해서 우리 둘은 번갈아 가며 베어를 꼭 안아 주고 줄다리기 놀이도 했다. 우리는 데이지가 쓰던 장난감들을 간직하고 있었는데, 베어가 무슨 장난감을 제일 좋아하는지 보려고 몽땅 꺼내 왔다.

하루 종일 누나와 노니 재미있었다. 학교 다니기 전 옛날로 돌아간 것처럼. 그때는 누나가 학교에서 돌아올 때만 목이 빠지게 기다렸다가, 누나가 숙제를 시작하기 전까지 같이 놀았다. 이제는 둘 다 큰 데다가, 학교에 다니면서 친구들이 생겨서 예전처럼 둘이 놀 기회가 별로 없었다.

웃고 떠들면서 누나와 함께 시간을 보내니 정말 즐거웠다. 누나도 좋아하는 것 같았다.

변화

이튿날 학교에 갔더니 엄청난 변화가 있었다. 기념비적인 변화. 엄청난 지각 변동. 우주적 변화라고 해야 되나. 뭐가 됐던 간에 어마어마한 변화인 것만은 분명했다. 우리 학년뿐 아니라 전교에 7학년생들과 맞붙은 일이 쫙 퍼졌고, 갑자기 나는 그동안 유명했던 그 이유가 아닌, 수련회 소동으로 유명해졌다. 그리고 어찌된 일인지 소문은 입에서 입으로 전해질 때마다 점점 더 덩치가 커졌다. 이틀이 지나자, 이야기는 아모스가 그 애와 엄청난 주먹다짐을 벌였고, 마일즈와 헨리, 그리고 잭까지 주먹을 날렸다는 수준으로 부풀려졌다. 그리고 들판을 가로지른 탈출은 옥수수 밭의 험난한 미로를 지나, 깊고 어두컴컴한 숲 속을 통과하는 기나긴 모험으로 탈바꿈했다. 그중에서도 잭이 퍼뜨린 이야기가 단연 최고였다. 워낙 말재주가 좋은 녀석이니까. 하지만 어떤 버전으로 바꾸든, 누구의 입으로 말하건 간에 두 가지 사실만은 바뀌지 않았다. 내가 얼굴 때문에 괴롭힘을 당했고, 잭이 나를 방어해 주었으며, 아모스와 헨리, 그리고 마일즈가 나를 보호해 주었다는 사실 말이다. 그건 곧 그들이 나와 한편이라는 얘기였다. 그들은 이제 나를 '꼬마 친구'라고 불렀고, 심지어 운동광들도 그랬다. 나를 잘 알지도 못하던 이 덩치 큰 친구들은 이제 복도에서 나와 마주치면 주먹을 맞부딪치며 아는 체를 했다.

그 사건으로 인해 바뀐 또 한 가지는 아모스가 최고 인기남에 등극했으며, 그 모든 것을 놓친 줄리안은 왕따나 마찬가지라는 사실이었다. 이제 마일즈와 헨리는 절친을 바꿔 어딜 가든 아모스와 어울려 다녔다. 줄리안도 나를 대하는 태도가 180도 바뀌었다고 말할 수 있으면 얼마나 좋으랴. 줄리안은 지금도 변함없이 교실 반대쪽에서 나를 쳐다보며 얼굴을 잔뜩 찌푸린다. 하지만 이제 그런 사람은 줄리안뿐이다. 그리고 잭과 나는 그러건 말건 신경도 안 쓴다.

오리

종업식 하루 전날, 교장 선생님이 나를 교장실로 불러서 그 7학년생들의 이름을 찾아냈다고 전했다. 많은 이름을 불러 주었지만 나와는 아무런 상관이 없는 이름들이었다. 이윽고 마지막 이름.

"에드워드 존슨."

내가 고개를 끄덕였다.

"그 이름 알겠어?"

"다들 에디라고 불렀어요."

"그래. 에드워드의 사물함에서 이걸 발견했다."

선생님이 내 왼쪽 보청기를 건넸다. 오른쪽은 완전히 자취를 감추었고, 왼쪽 보청기는 엉망으로 망가졌다. 양쪽을 연결하는 머리띠, 로봇 부분은 가운데가 구부러졌다.

"그쪽 학교에서 고발할 생각인지 묻더구나."

나는 내 보청기를 바라보았다.

"아뇨, 어차피 새 걸 맞췄는데요 뭘."

"음. 오늘 밤에 부모님과 한번 상의해 보려무나. 나도 이따가 어머님께 전화해서 얘길 해보마."

"감옥에 가게 되나요?"

"아니, 감옥은 아니야. 아마 소년 법원에 가게 되겠지. 그렇게 해서 교훈을 얻게 될 거다."

"아뇨, 그 에디라는 녀석은 절대 어떤 교훈도 배우지 못할 거예요."

교장 선생님이 책상 뒤에 앉았다.

"어기, 잠시 앉아 보거라."

의자에 앉았다. 책상 위의 모든 것이 지난여름 처음 교장실에 왔던 그대로였다. 거울로 만든 큐브도 그대로고, 공중에 떠 있는 작은 지구본도 그대로였다. 벌써 몇 년은 지난 것 같은데.

"벌써 일 년이 흘렀다니, 참 믿기지가 않지?"

내 마음을 읽기라도 한 듯이 교장 선생님이 말했다.

"네."

"한 해 동안 즐거웠니, 어기? 재미있게 보냈어?"

"네, 좋았어요."

"학업상으로만 보면 확실히 훌륭한 한 해였지. 우등생이 됐으니까. 우등생 명단에 오른 걸 축하한다."

"고맙습니다. 정말 좋아요."

교장 선생님이 눈썹을 치켜뜨며 말했다.

"하지만 좋을 때가 있으면 나쁠 때도 있는 법이지. 휴양림에

서의 그날 밤은 확실히 최악 중에 하나였을 거다."

"네. 하지만 좋은 면도 있었어요."

"어떤 면에서?"

"음, 사람들이 제 편을 들어 준 걸 보고서요."

선생님이 미소를 지으며 고개를 끄덕였다.

"그건 정말 훌륭했지."

"네."

"줄리안과 문제가 있었다는 거 알아."

그 말을 듣고 깜짝 놀랐다.

"교장 선생님도 아셨어요?"

"중학교 교장은 여기저기 정보원이 많단다."

"복도에 몰래 카메라라도 있나요?"

"그것뿐이냐? 사방에 마이크도 있단다."

교장 선생님이 껄껄 웃었다.

"설마, 농담이시죠?"

교장 선생님이 다시 껄껄 웃었다.

"그래, 농담이다."

"아!"

"그렇지만 선생님들은 너희들이 생각하는 것보다 훨씬 많은 것을 알고 있단다, 어기. 난 너와 잭이 사물함에서 발견한 못된 쪽지들에 대해 나에게 와서 말해 줬으면 했단다."

"그건 어떻게 아셨어요?"

"말했잖아, 중학교 교장은 뭐든 훤히 꿰뚫고 있다고."

"별거 아니었어요. 우리도 쪽지를 남긴걸요."

선생님이 빙그레 웃었다.

"아직 공식적으로 말해도 될지 모르겠다만, 어차피 곧 알려질 테니까, 줄리안 알반스는 다음 학기부터 우리 학교에 다니지 않게 되었단다."

"정말요!"

나는 놀란 표정을 감출 수가 없었다. 교장 선생님이 어깨를 추어올리며 말을 이었다.

"줄리안의 부모님은 우리 학교가 줄리안에게 적합하지 않다고 여기시더구나."

"우아, 빅 뉴스네요."

"그래, 네가 알고 있어야 할 것 같아서."

그때 선생님 의자 뒤에 항상 걸려 있던 호박 초상화 대신, 신년 미술 전시회에서 내가 그렸던, 동물로 표현한 나의 자화상이 액자에 끼워져 그 자리를 차지하고 있다는 걸 알았다.

"어, 저거 제 거네요!"

내가 그림을 손으로 가리켰다. 교장 선생님이 무슨 말이냐는 듯 몸을 돌렸다.

"아, 그렇지!"라며 교장 선생님이 이마를 톡톡 두드렸다.

"벌써 몇 개월째 너한테 보여 준다고 해 놓고."

"오리로 그린 제 자화상이에요."

"이 그림이 마음에 들더구나, 여기. 미술 선생님이 보여 주길래 교장실 벽에 걸어도 괜찮겠냐고 물었지. 너도 괜찮다고 해 주면 좋겠구나."

"그럼요! 당연하죠. 호박 초상화는 어떻게 됐어요?"

"바로 네 뒤에."

"아, 네. 좋네요."

선생님이 그림을 바라보며 말했다.

"처음 걸 때부터 물어보려고 했는데…… 너를 대표할 동물로 왜 오리를 골랐지?"

"무슨 말씀이세요? 저건 숙제였어요."

"알아, 그런데 왜 하필 오리지? 혹시 그 이야기 때문이냐? 어…… 백조로 변하는 새끼 오리 이야기?"

나는 고개를 절레절레 흔들며 웃음을 터뜨렸다.

"아니에요. 그냥 제가 오리처럼 생긴 것 같아서요."

"아!" 하고 선생님이 눈을 동그랗게 떴다. 선생님은 껄껄 웃었다.

"정말? 허. 그런 걸 난 괜히 상징이니 은유니 별 생각을 다 했구나. 거 참…… 오리는 그냥 오리일 때도 있는데 말이야!"

"네, 그런 것 같아요."

뭐가 그렇게 우스운지 이해는 못했지만 그냥 맞장구를 쳤다. 선생님은 족히 삼십 초는 웃음을 멈추지 못했다.

"아무튼, 어기, 얘기 즐거웠다. 네가 우리 학교 학생이라서 진심으로 기쁘다는 사실을 꼭 알아줬으면 좋겠구나. 6학년 때도 기대하마. 내일 종업식에서 보자꾸나."

선생님이 책상 너머로 손을 뻗어 나와 악수를 나눴다.

"내일 봬요, 교장 선생님."

마지막 금언

마지막 영어 수업에 들어갔을 때, 칠판에는 이렇게 쓰여 있었다.

브라운 선생님의 6월의 금언:
하루에 몸을 맡기고 태양을 향해 손을 뻗어 봐.
(폴리포닉 스프리)

5B 반 여러분, 여름 방학 잘 보내길!

즐거운 한 해였고, 여러분은 훌륭한 학생들이었다.

잊지 않았겠지? 방학 동안 여러분의 금언을 엽서로 보내 주길 바란다.
직접 지어 내도 좋고, 여러분에게 의미가 있다면 다른 곳에서 읽은 금언도 좋다.
(인용한 경우에는 출처를 꼭 밝히도록!) 기대하고 있겠다.

몰 브리엄
563 세서가 벨러이지
NY 10053, 뉴욕시

학교에 내려 주다

종업식은 비처 사립 고등학교 강당에서 열렸다. 걸어서 십오 분 거리였지만 아빠가 차로 태워다 줬다. 정장 차림에다, 아직 길도 들지 않은 반짝반짝 빛나는 새 검정 구두까지 신어서 발이 아프기 싫어서였다. 학생들은 종업식 시작 한 시간 전까지 강당에 도착하기로 되어 있었는데, 우리는 그보다 더 일찍 도착해서 차에 앉아 기다렸다. 아빠가 시디플레이어를 틀자마자, 우리가 제일 좋아하는 노래가 흘러나왔다. 우리는 둘 다 씩 웃고는 음악에 맞춰 고개를 까딱거렸다.

아빠가 먼저 노래를 따라 불렀다.

"앤디는 너에게 사탕을 갖다주려고 빗속을 뚫고 동네를 가로질러 자전거를 타고 올 테고."*

"아빠, 나 넥타이 똑바로 맸어?"

아빠가 나를 바라보고는 계속 노래를 부르면서 넥타이를 살짝 바로잡아 주었다.

---

*미국의 남성 얼터너티브 락 그룹인 마그네틱 필즈 *The Magnetic Fields*가 부른 ⟨The luckiest guy on the lower east side⟩의 가사 중 일부이다.

"존은 졸업 댄스 파티에 네가 입고 갈 드레스를 사서 선물하겠지."

"내 머리 괜찮아?"

아빠가 빙그레 웃고는 고개를 끄덕였다.

"완벽해. 근사해 보이는데."

나는 햇빛 가리개를 내려 작은 거울을 들여다보았다.

"누나가 아침에 젤을 좀 발라 줬어. 너무 심한 거 같지 않아?"

"아냐. 아주, 아주 멋져, 어기. 이렇게 짧게 자른 적이 없었지, 아마?"

"응, 어제 잘랐어. 그래서 더 어른스럽게 보이는 것 같아, 그치?"

"그렇다마다!"

아빠가 나를 바라보고 고개를 끄덕이며 빙그레 웃었다.

"나야말로 이스트 사이드 최고의 행운아야. 왜냐하면 난 차가 있고 넌 드라이브를 하고 싶어 하니까."

아빠가 입이 귀에 걸리게 웃으면서 말했다.

"멋지구나, 어기! 멋져, 정말 많이 컸다. 벌써 5학년을 마치다니 믿기지가 않구나!"

"글쎄 말이야. 정말 굉장하지?"

"학교에 다니기 시작한 게 엊그제 같은데."

"그때는 뒷머리에 〈스타워즈〉 머리도 땋고 다녔었잖아."

아빠가 손바닥으로 이마를 문지르며 맞장구를 쳤다.

"세상에, 그랬었지."

"아빠는 그 머리 싫어했잖아, 그치, 아빠?"

"싫어할 정도는 아니었지, 그냥 좋아하지 않았을 뿐이지."

"싫어했잖아, 솔직히 말해 봐."

아빠가 고개를 저으며 빙그레 웃었다.

"아니, 싫어하지 않았어. 그런데 솔직히 말해서 네가 쓰고 다녔던 우주 비행사 헬멧은 정말 싫었어, 생각나?"

"미란다 누나가 줬던 거? 당연히 생각나지! 항상 쓰고 다녔잖아."

"그래, 그건 정말 싫었다."

아빠는 혼잣말하듯 중얼거리며 웃음을 터뜨렸다.

"잃어버렸을 때 정말 속상했어."

아빠가 아무렇지도 않게 말했다.

"아, 그거 잃어버린 거 아니야. 내가 갖다 버렸어."

"잠깐만, 뭐라고?"

잘못 들은 줄 알았다.

"날씨는 정말 아름답고, 그건 너도 마찬가지."

나는 볼륨을 낮추었다.

"아빠!"

"왜?"

"아빠가 갖다 버렸다고?"

아빠가 마침내 내 얼굴을 바라봤고, 내가 얼마나 화가 나 있는지 깨달았다. 어떻게 저렇게 태연하게 말할 수 있지? 나에게는 너무나도 뜻밖의 이야기인데, 아빠는 그게 뭐가 대수냐고?

아빠가 어색하게 둘러댔다.

"어기, 나는 네가 얼굴을 가리고 다니는 걸 더는 참을 수가 없었어."

"아빠, 내가 그 헬멧을 얼마나 좋아했는데! 나한테는 정말 소중한 물건이었어! 그거 잃어버리고 정말 얼마나 속상했는데. 생각 안 나?"

"생각나다마다. 어기, 화내지 마. 미안해. 아빠는 네가 머리에 그런 걸 쓰고 다니는 걸 보는 게 너무 힘들었어, 알겠니? 너한테 좋지 않다고 생각했어."

아빠는 내 눈을 보려고 했지만 나는 아빠를 보려고 하지 않았다.

"미안해, 어기, 제발 이해해다오."

아빠가 내 턱밑에 손을 대고 얼굴을 아빠 쪽으로 돌렸다.

"넌 어딜 가든 그 헬멧을 쓰고 다녔어. 정말, 정말, 정말, 정말 인데, 아빠는 네 얼굴이 그리웠어, 어기. 너는 네 얼굴이 싫을 때도 있겠지만, 믿어다오…… 아빠는 네 얼굴이 좋아. 아빠는 지금 네 얼굴을 정말 사랑해, 어기. 온전히, 열렬히. 그래서 네가 그렇게 얼굴을 가리고 다니는 게 아빠는 마음이 아팠어."

아빠는 내가 정말로 이해해 주기를 바라는 얼굴로 눈을 가늘게 뜨고 나를 바라봤다.

"엄마도 알아?"

아빠가 눈을 동그랗게 떴다.

"당연히 모르지. 농담해? 엄마가 알면 아빠를 죽일지도 몰라!"

"엄마가 그 헬멧을 찾으려고 온 집 안을 이 잡듯이 뒤졌단 말이야. 일주일 동안 서랍이란 서랍은 물론이고 세탁실까지 다 찾아봤어."

"아빠도 알아! 그러니까 엄마가 아빠를 죽일지도 모른다잖아!"

그러더니 아빠는 나를 바라봤고, 아빠의 표정 때문에 그만 웃음이 터져 버렸다. 아빠는 퍼뜩 무언가를 깨달았다는 듯 입을 쩍 벌렸다.

아빠가 손가락으로 나를 가리키며 말했다.

"잠깐, 여기. 이 일은 절대로 엄마한테 말하지 않겠다고 아빠하고 약속해야 돼."

나는 씩 웃고는 뭔가 짓궂은 짓을 벌리려는 사람처럼 손바닥을 싹싹 문질렀다.

내가 턱을 쓰다듬으며 말했다.

"어디 보자. 먼저 다음 달에 출시되는 새 엑스박스가 좀 필요한데. 그리고 육 년 뒤에는 내 차도 필요하고, 빨간색 포르셰 정도면 괜찮을 것 같은데, 그리고 또……."

아빠는 껄껄 웃음을 터뜨렸다. 내 말에 아빠가 웃으면 기분이 참 좋다. 원래 남을 웃기는 건 개그맨 기질이 다분한 아빠 전공이니까.

아빠가 고개를 절레절레 흔들었다.

"이런, 이런. 정말 다 컸구나."

마침 우리가 제일 좋아하는 대목이 흘러나와서 내가 볼륨을 높였다. 아빠와 난 한목소리로 따라 부르기 시작했다.

"난 이스트 사이드에서 제일 못생긴 남자지만, 나는 차가 있고 너는 드라이브를 하고 싶어 하지. 그럼, 지금 드라이브 나갈까. 그럼 지금 드라이브 나갈까아아아아아아아아아."

그 노래를 부르는 가수가 마지막 음을 끝낼 때까지 우리도 항상 마지막 부분을 놓칠세라 목이 터져라 노래를 불렀고, 그래서 노래 끝엔 늘 웃음보가 터지곤 했다. 한창 깔깔거리며 웃고 있는데 잭이 도착해서 우리 차로 다가왔다. 나는 차에서 내릴 준비를 했다.

"잠깐, 아빠를 용서해 준 거 맞지?"

"응, 용서할게."

"고맙구나."

"앞으로는 나한테 말도 안 하고 또 내 거 막 버리면 안 돼!"

"약속하마."

문을 열고 내리는데, 잭이 막 우리 차에 다다랐다.

"안녕, 잭."

"안녕, 어기, 안녕하세요, 아저씨."

"잘 있었니, 잭?"

내가 차 문을 닫으며 말했다.

"이따가 만나, 아빠."

아빠가 앞 유리창을 내리며 큰 소리로 말했다.

"행운을 빈다, 얘들아! 5학년 끝나고 보자!"

아빠가 시동을 켜고 차를 빼자, 나는 잭과 함께 손을 흔들어 주다 말고 갑자기 달려가 차를 세웠다. 혹시 잭이 들을까 봐 창 문에 고개를 쑥 집어넣었다.

"끝나고 제발 뽀뽀 좀 많이 하지 마. 창피해."

"최선을 다하마."

"엄마한테도 말해 줘."

"엄마는 힘들 것 같은데, 어기, 그래도 전해는 줄게."

"안녕, '사랑하는 우리 아빠.'"

아빠가 빙그레 웃었다.

"안녕, 내 아들, 내 아들."

모두 자리에 앉으세요

잭과 함께 6학년생 두 명을 따라 곧바로 강당 건물로 걸어 들어갔다.

복도 입구에서 지 선생님이 안내장을 나눠 주며 아이들을 안내했다.

"5학년은 통로를 따라 왼쪽, 6학년은 오른쪽으로. 자, 들어오세요. 들어오세요. 안녕. 각자 집결 장소로 가세요. 5학년은 왼쪽, 6학년은 오른쪽으로……."

강당 안은 대단히 넓었다. 반짝이는 대형 샹들리에, 빨간 벨벳 벽, 거대한 무대까지 푹신한 의자가 줄줄이 놓여 있었다. 넓은 통로를 내려가서 5학년 집결 장소라고 쓴 팻말을 따라갔더니 무대 왼쪽으로 널찍한 공간이 나왔다. 안에는 정면을 바라보게끔 접이식 의자가 네 줄로 배치되어 있었다. 우리가 들어서자마자, 맨 앞에서 루빈 선생님이 우리를 보고 손을 흔들었다.

"어서 와라, 얘들아, 앉아. 앉아." 하고 선생님이 줄줄이 놓인 의자를 손으로 가리켰다.

"알파벳순으로 앉는 거 잊지 말고. 어서, 모두, 자리에 앉으세요."

아직까지는 도착한 애들이 많지 않았고, 먼저 온 아이들도 선생님이 하는 말을 귀담아 듣지 않았다. 잭과 나는 안내장을 둥 그렇게 말아 칼싸움을 했다.

"어, 왔구나."

서머였다. 서머는 밝은 분홍색 원피스 차림이었고, 살짝 화장도 한 것 같았다.

"와, 서머, 예쁘다."

나는 서머에게 칭찬을 건넸고, 빈말이 아니었다.

"정말? 고마워, 너도 멋져, 어기."

"그래, 봐 줄 만하네."

잭이 무뚝뚝한 말투로 말했다. 처음으로 잭이 서머에게 반했다는 것을 느꼈다.

"정말 설렌다, 안 그래?"

"웅, 그러네."

잭이 이마를 긁적이며 말했다.

"세상에, 이 안내장 좀 봐. 하루 종일 해도 끝이 안 나겠다."

나는 안내장을 내려다보았다.

총학교장 개회사: 해롤드 얀센 박사님

중학교 교장 선생님 훈화: 로렌스 터시먼 교장 선생님

〈빛과 하루〉: 중학교 합창단

5학년 종업식 연설: 히메나 친

파헬벨의 〈캐논〉: 중학교 실내악 앙상블

6학년 종업식 연설: 마크 안토니악

〈억압 속에서〉: 중학교 합창단

중학교 주임 선생님 훈화: 제니퍼 루빈 선생님

시상식(뒷면을 보시오)

수상자 명단

"왜 그렇게 생각하는데?"라고 내가 물었다.

잭이 대답했다.

"얀센 박사님 연설은 끝이 없기로 유명하니까. 우리 교장 선생님보다 더 심하니 말 다했지!"

서머가 덧붙였다.

"작년에 우리 엄마는 아예 졸았잖아."

내가 물었다.

"시상식이 뭐야?"

"똑똑이들한테 메달을 주는 거야. 우리 학년은 보나마나 샬롯이나 히메나가 모조리 휩쓸겠지. 4학년 때도 그랬고, 3학년 때도 그랬으니까."

"2학년 때는 안 그랬고?"라며 내가 웃었다.

"2학년 때는 그런 상 안 주니까."

내가 농담을 던졌다.

"올해는 네가 탈지 누가 아냐."

잭이 키득키득 웃었다.

"C학점한테도 상을 준다면 모를까!"

"모두, 자리에 앉으세요!"

아무도 말을 듣지 않자 점점 화가 난 루빈 선생님이 더 큰 목소리로 호통을 쳤다.

"순서가 많으니까 자리에 앉으세요. 알파벳순으로 앉는 거 잊지 말고! 첫 번째 줄은 A에서 G까지! 둘째 줄은 H에서 N까지. 셋째 줄은 O에서 Q까지. 마지막 줄은 R에서 Z까지. 어서어서."

"가서 앉아야겠다."라고 말하고 서머가 앞줄로 걸어갔다.

내가 뒤통수에 대고 큰 소리로 말했다.

"종업식 끝나고 꼭 우리 집에 와야 돼, 알겠지?"

서머가 히메나 친 옆에 앉으며 대답했다.

"알았어!"

잭이 내 귀에 대고 중얼거렸다.

"서머가 언제부터 저렇게 예뻤냐?"

내가 세 번째 줄로 향하며 깔깔거렸다.

"시끄러워, 짜샤."

잭이 내 옆자리에 앉으며 속삭였다.

"아니 정말로, 언제냐니까?"

"윌 군! W는 R과 Z 사이라고 알고 있는데, 아닌가요?" 하고
루빈 선생님이 소리쳤다.

잭이 멍하니 선생님을 바라봤다.

내가 말했다.

"야, 너 엉뚱한 줄에 앉았잖아!"

"내가?"

그러면서 자리에서 일어서는데, 황당하다는 표정과 막 누군
가를 놀려 준 표정이 뒤섞인 얼굴이라 그만 푸하하 웃음이 터
지고 말았다.

간단한 일

한 시간쯤 지나고 우리 모두는 터시먼 교장 선생님의 훈화를 기다리며 거대한 강당에 앉아 있었다. 강당은 생각했던 것보다 훨씬 더 컸다. 누나네 학교 강당보다도 더 컸다. 주위를 둘러보니 사람이 백만 명은 되는 것 같았다. 뭐, 백만 명까지는 아니라고 쳐도, 많은 것만은 확실했다.

터시먼 선생님이 무대 위 연단에 서서 마이크에 대고 연설을 시작했다.

"소개의 말씀 고맙습니다, 얀센 박사님. 환영합니다, 동료 교사분들과 교직원 여러분…… 환영합니다, 학부모님과 조부모님, 친구분들과 귀빈 여러분, 그리고 누구보다 5, 6학년 학생 여러분…… 비처 사립 중학교 종업식에 오신 것을 환영합니다!!!"

박수갈채가 쏟아졌다.

터시먼 선생님이 계속해서 돋보기안경을 코끝에 걸치고 준비한 연설문을 읽어 내려갔다.

"해마다 저는 두 개의 훈화를 씁니다. 오늘 열리는 5, 6학년 종업식과 내일 열리는 7, 8학년 종업식 및 졸업식에 쓸 훈화인 지요. 매년 저는 혼잣말로 이렇게 중얼거립니다. '괜히 일거리 만들지 말고 하나만 써서 두 군데 다 써먹을까.' 뭐 그렇게 어려운 일도 아닐 것 같죠? 그런데 제 의도와는 상관없이 매년 꼭 두 가지를 쓰게 되는데, 올해 드디어 그 이유를 알아냈습니다. 그 이유는 여러분이 추측하시는 것처럼 단순히 내일 만날 학생들은 중학교 생활을 보낸 시간이 더 많은 고학년이고, 오늘 만나는 여러분은 앞으로 보낼 중학교 생활이 더 많은 저학년이라서만은 아닙니다. 제 생각에는 오히려 지금 여러분이 존재하고 있는 바로 그 특별한 연령대와 더 관련이 있지 않나 싶습니다. 여러분 또래의 학생들 곁에서 어느덧 스무 해를 보냈지만, 여러분의 일생 중에서도 바로 지금, 그 특별한 순간들은 여전히 저를 감동시킵니다. 여러분은 변화의 출발점에 서 있기 때문입니다. 일생을 아동기와 아동기 이후로 나눈다면, 여러분은 바로 아동기의 끝자락을 통과하고 있습니다. 과도기에 서 있지요."

터시먼 선생님은 안경을 벗어 참석자들 속에 있는 우리 모두를 가리키며 말을 이었다.

"우리는 모두 이 자리에 함께 모였습니다. 온 가족과 친구, 그리고 선생님들이 여러분이 지난 한 해 동안 이룬 성취는 물론, 여러분의 끝없는 가능성을 축하해 주기 위해 이 자리에 모였습니다.

지난 한 해를 돌아보며, 여러분의 현재 모습과 일 년 전 모습을 비교해 보시기 바랍니다. 모두 좀 더 키가 자라고, 좀 더 힘이 세지고, 좀 더 영리해졌습니다…… 바라건대 말이죠."

　이 부분에서 몇 사람이 킬킬거렸다.

　"그렇지만 여러분의 성장을 측정하는 기준은 몇 센티미터가 컸는지, 혹은 트랙을 몇 바퀴 돌 수 있는지, 아니면 평균 점수가 얼마인지가 아닙니다. 물론 그러한 것들이 중요하다는 사실은 틀림이 없습니다. 하지만 진정한 성장은 주어진 시간 동안 여러분이 무엇을 했는지, 하루하루를 보내기 위해 어떠한 선택을 했는지, 그리고 올 한 해 여러분이 누구의 마음을 움직였는지를 기준으로 가늠이 됩니다. 저에게는 그것이 가장 큰 성공의 척도입니다.

　제임스 배리가 쓴 책에 훌륭한 문구가 한 줄 나옵니다. 아뇨, 『피터 팬』은 아닙니다. 혹시 요정을 믿으신다면 굳이 박수를 부탁드리진 않겠습니다만……"

　이 말에 모두 또다시 웃음을 터뜨렸다.

　"제임스 배리의 또 다른 작품 『작고 하얀 새 *The Little White Bird*』에서 그는 이렇게 썼습니다……."

　터시먼 선생님이 연단 위에 놓인 작은 책을 휘리릭 넘기더니 찾던 쪽을 발견하고 돋보기안경을 썼다.

　"*인생의 새로운 규칙을 만들어 봅시다…… 언제나 필요 이상*

으로 친절하려고 노력하라."

터시먼 선생님이 청중을 향해 고개를 들었다.

"필요 이상으로 친절하려고 노력하라."

선생님이 되풀이해서 말했다.

"얼마나 훌륭한 말입니까! 필요 이상으로 친절하려고 노력하라. 친절한 것만으로는 충분치 않기 때문입니다. 우리는 필요 이상으로 친절을 베풀어야만 합니다. 특별히 이 말, 이 개념을 좋아하는 까닭은, 인간으로서 우리가 지니고 살아야 할 것이 무엇인지 일깨워 주기 때문입니다. 여유가 있어서 친절을 베푸는 게 아니라, 친절을 선택한다는 말입니다. 그것은 무슨 뜻일까요? 무엇으로 측정할까요? 자로는 안 됩니다. 방금 전에 말씀드린 이야기와 같은 경우입니다. 일 년 동안 여러분의 키가 얼마나 컸는지 자로 재어 보는 것과는 별개의 문제란 말이지요. 그것은 정확히 수량화할 수 있는 것이 아닙니다, 안 그렇습니까? 우리가 친절하다는 것을 어떻게 알까요? 게다가 친절이라는 것은 대체 무엇일까요?"

선생님은 다시 돋보기안경을 쓰고 다른 작은 책 한 권을 뒤적거렸다.

"다른 책에 여러분과 함께 나누고 싶은 문구가 하나 더 있습니다. 잠시만 기다려 주시기 바랍니다. 아, 여기에 있군요. 크리스토퍼 놀란*Christopher Nolan*의 『시계의 눈 밑에서 *Under the Eye of* _the Clock_』에 등장하는 주인공은 특별한 시험대에 오른 젊은이입니다. 여기 어떤 사람이 그를 도와주는 부분이 나옵니다. 같은 반의 아이죠. 겉보기엔 그저 작은 몸짓에 불과합니다. 하지만 이 젊은이에게, 이름이 조셉입니다만, 그것은…… 에, 허락하신다면 잠시……."

교장 선생님은 목청을 가다듬고 책을 읽었다.

"_조셉이 사람의 모습을 한 하느님의 얼굴을 알아보는 때는 바로 그러한 순간들이었다. 그들이 베푸는 친절 속에서 어렴풋이 빛났고, 도움의 열망 속에서 눈부시게 빛났으며, 배려 속에서 은연중에 드러났고, 진정 그들의 눈길에서 어루만지는 손길을 느꼈다._"

교장 선생님은 잠시 말을 멈추더니 다시 안경을 벗었다.

"그들이 베푸는 친절 속에서 어렴풋이 빛났고."

교장 선생님이 빙그레 웃으며 되풀이해 말했다.

"정말 간단한 일이죠, 친절이란. 참으로 간단한 일. 누군가 필요로 할 때 던져 줄 수 있는 따뜻한 격려의 말 한마디. 우정 어린 행동. 지나치며 한번 웃어 주기."

선생님은 책을 덮어 내려놓은 뒤 연단 위로 몸을 구부렸다.

"어린이 여러분, 나는 여러분이 친절이라고 불리는 간단한 일의 가치를 이해하기를 바랍니다. 오늘 여러분에게 남기고 싶은 말은 그것이 전부입니다. 제가, 에…… 일장 연설로 유명하다는 거, 저도 익히 알고 있습니다만……"

또다시 모두 웃음을 터뜨렸다. 교장 선생님도 자신의 훈화가 길기로 소문이 자자하다는 사실을 잘 아는 것 같았다. 선생님이 말을 이었다.

"다른 것은 몰라도, 중학교 생활을 통해 안 되는 것은 없다는, 여러분 스스로 만드는 미래에서 불가능이란 없다는, 그 분명한 사실만은 꼭 배우게 되기를 바랍니다. 만약 지금 이 자리에 모인 한 사람 한 사람이 언제 어디서든 이것을 원칙으로 정한다면, 여러분은 필요 이상으로 친절하려고 노력할 테고, 세상은 더욱 살기 좋은 곳이 될 것입니다. 그렇게, 여러분이 필요 이상으로 조금만 더 친절을 베푼다면, 누군가가, 어딘가에서, 언젠가는 바로 여러분의 얼굴에서, 여러분 한 사람 한 사람의 얼굴에서 하느님의 얼굴을 볼 수 있을지도 모를 일입니다."

선생님은 잠시 말을 멈추고 어깨를 으쓱했다.

"혹시, 하느님이라는 말이 거슬리신다면 여러분이 믿는 보편적 선을 대표하는 그 어떤 영적인 존재도 상관없습니다만."

교장 선생님이 빙긋 웃으며 재빨리 이 말을 덧붙이자, 특히 강당 뒤쪽에 앉은 부모님들에게서 폭소와 동시에 열렬한 박수 갈채가 쏟아져 나왔다.

상

교장 선생님의 훈화는 좋았지만 솔직히 다른 연설들이 진행되는 동안에는 살짝 졸았다.

그러다 루빈 선생님이 우등생 명단에 오른 아이들의 이름을 부르기 시작하자, 다시 정신을 바짝 차렸다. 이름이 불리면 자리에서 일어서야 했기 때문이다. 선생님이 알파벳순으로 이름을 불러 내려가자, 내 이름에 귀를 기울였다. 레이드 킹슬리. 마야 마코위츠. 어거스트 풀먼. 나는 자리에서 일어났다. 명단 발표가 끝나자, 선생님이 시키는 대로 다함께 청중을 향해 돌아서서 꾸벅 인사를 했고, 모두 박수를 쳤다.

거대한 인파 속에 엄마 아빠를 찾기란 하늘의 별따기였다. 여기저기서 터지는 카메라 불빛들과 아이들에게 손을 흔드는 부모님들만 이따금씩 보일 뿐이었다. 보이지는 않아도 어딘가에서 엄마가 나에게 손을 흔들어 주고 있겠지.

터시먼 선생님이 학업 우수자에게 메달을 수여하기 위해 다시 연단으로 올라갔다.

잭이 옳았다. 히메나 친이 '5학년 종합 학업 우수상' 금메달

461

을 받았다. 샬롯은 은메달을 받았다. 샬롯은 음악 부문 금메달
도 받았다. 아모스는 스포츠 부문에서 '종합 우수상' 메달을 받
았다. 휴양림 사건 이후로 아모스는 나와 가장 친한 친구 중 한
명이 되었기 때문에 정말 기뻤다. 무엇보다 터시먼 선생님이
글쓰기 부문 금메달 수상자로 서머의 이름을 호명하자, 날아갈
듯 기뻤다. 이름이 불리자 서머는 손으로 입을 가렸고, 무대로
걸어 나가는 서머에게, 들리지는 않겠지만, "우후, 서머!"라며
목청껏 소리를 질렀다.

　마지막 이름이 불린 뒤, 학업 우수상을 받은 모든 아이들이
무대 위에 나란히 섰고, 교장 선생님이 청중을 향해 말했다.

　"신사 숙녀 여러분, 올해의 비처 사립 학교 학업 우수생들을
여러분에게 소개하게 된 것을 영광으로 생각합니다. 여러분 모
두 축하합니다!"

　다함께 무대 위에서 고개 숙여 절을 하자, 나는 열렬히 박수
를 쳤다. 서머가 상을 타서 정말 기뻤다.

　터시먼 선생님이 다시 말을 이었다.

　"오늘 오전 마지막으로 수여할 상은, 지난 일 년 동안 특정 분
야에서 주목할 만하거나 모범적인 성과를 보인 우등생에게 수
여하는 '헨리 워드 비처 메달'입니다. 지금까지 이 메달은 자원
봉사활동 경력이 뛰어나거나 학교에 대한 노고가 큰 학생에게
수여를 했습니다."

당장 샬롯이 떠올랐다. 올해 샬롯은 외투 기부 운동을 조직했다. 다시 조금 따분해졌다. 흘깃 손목시계를 봤다. 10시 56분. 벌써 슬슬 배가 고파졌다.

"……헨리 워드 비처는 19세기의 노예제 폐지론자이자 열렬한 인권 선교자로 우리 학교는 그분의 이름을 따서 세워졌습니다."

나는 다시 교장 선생님 말씀에 주의를 기울였다.

"훈화를 준비하면서 헨리 워드 비처의 생애에 대해 공부를 하던 중에 그가 쓴 다른 문구 가운데서 좀 전에 제가 말씀드렸던 주제와 일치하는 글을 우연히 접하게 되었습니다. 제가 지난 일 년 동안 깊이 고민해 왔던 주제와 말이죠. 일반적인 친절의 본질이 아닌 한 사람의 친절의 본질. 한 사람의 우정의 힘. 한 사람의 품성의 시금석, 한 사람의 용기의 힘."

그때 정말 이상한 일이 일어났다. 터시먼 선생님의 목소리가 목이 메는 듯 살짝 갈라졌다. 선생님은 목청을 가다듬고는 한 모금 길게 물을 마셨다. 이제는 정말로 교장 선생님의 말씀에 귀를 쫑긋 세웠다.

"한 사람의 용기의 힘."

선생님은 고개를 끄덕이고 미소를 지으며 그 말을 조용히 되풀이했다. 선생님은 번호를 붙이기라도 하는 것처럼 오른손을 번쩍 들어 올렸다.

"용기. 친절. 성품. 이것들은 우리를 인간으로 규정짓고, 때로는 위대함으로 이끄는 본질들입니다. 그리고 헨리 워드 비처 메달은 바로 그것, 그 위대함을 인정해 주는 것입니다.

그렇다면 그 방법은 무엇일까요? 위대함과 같은 것을 감히 어떻게 측정할 수 있을까요? 다시 한번 말씀드리지만 그런 것은 자로 잴 수가 없습니다. 하물며 그 위대함을 무엇으로 규정할 수 있을까요? 에…… 비처는 그 해답을 가지고 있습니다."

선생님은 다시 돋보기안경을 쓰고 책 한 권을 휘리릭 넘기더니 읽어 내려갔다.

"비처는 이렇게 썼습니다. '위대함은 강함에 있는 것이 아니라, 힘의 올바른 사용에 있다…… 그의 힘이 모두의 마음을 감동시키는 자가 가장 위대한 사람이다…….'"

그리고 또다시, 교장 선생님은 목이 멨다. 교장 선생님은 잠시 양 집게손가락으로 입을 가렸다. 이윽고 선생님이 말을 계속했다.

"'자신만의 매력으로, 그의 힘으로 모두의 마음을 감동시키는 자가 가장 위대한 사람이다.' 더 이상 지체할 필요가 없겠죠. 올해 그만의 조용한 힘으로 모두의 마음을 감동시킨 그 학생에게 헨리 워드 비처 메달을 수여하게 된 것을 매우 자랑스럽게 생각합니다.

자, 수상을 위해 앞으로 나와 주시기 바랍니다, 어거스트 풀먼!"

하늘을 붕붕 떠다니는 기분

터시면 선생님이 무슨 말을 하는지 미처 깨닫기도 전에 박수 갈채가 터져 나왔다. 내 이름을 듣자 옆자리에 앉은 마야가 즐거운 비명을 질렀고, 반대쪽 옆에 있던 마일즈는 내 등을 토닥여 주었다. "일어나, 일어나!"라며 앞뒤 줄에 앉은 애들이 나를 향해 큰 소리로 속삭였고, 수많은 손들이 일어나라며 나를 떠밀고, 줄 끝으로 안내하고, 내 등을 토닥이고, 내게 하이 파이브를 권했다. "잘했다, 어기! 훌륭하다, 어기!" 내 이름으로 구호를 외치는 소리마저 들렸다. "어기! 어기! 어기!" 돌아봤더니 구호를 이끄는 주인공은 바로 잭이었는데, 허공에 주먹을 치켜들고 미소를 지으며 나에게 어서 나가라는 신호를 보냈다. 아모스는 양손을 입에 대고 고함을 질렀다. "우후, 꼬마 친구!"

서머가 앉은 줄 옆을 지날 때는 활짝 웃고 있는 서머의 모습이 보였고, 나와 눈이 마주치자 서머는 몰래 엄지손가락을 추켜올리며 "쿨한 녀석."이라고 입 모양으로 말했다. 나는 깔깔 웃고, 꿈인지 생시인지 몰라 고개를 설레설레 흔들었다. 정말 믿기지가 않았다.

나는 미소를 지었던 것 같다. 활짝 웃고 있었을지도 모른다. 나도 잘 모르겠다. 무대를 향해 통로를 걸어 올라가면서 보이는 거라고는 나를 향해 밝게 웃는 얼굴들과 나에게 박수를 보내는 손들뿐이었다. 사람들이 나에게 외치는 소리도 들렸다. "상 받을 자격이 있어, 어기!", "잘했어, 어기!" 통로 쪽 자리에 앉은 선생님들도 보였다. 브라운 선생님, 페토사 선생님, 로체 선생님, 아타나비 선생님, 몰리 보건 선생님, 그리고 다른 모든 선생님들. 선생님들도 나를 보며 환호성을 보내고 휘파람을 불어 댔다.

하늘을 붕붕 떠다니는 기분이었다. 기분이 이상했다. 마치 태양이 오롯이 내 얼굴만 비추고, 산들산들 바람이 불고 있는 듯한. 무대에 가까워질수록 앞줄에서 루빈 선생님이 나에게 손을 흔드는 모습이 보였고, 옆자리에서는 지 선생님이 흥분을 감추지 못하며 행복한 울음을 울다 웃다 반복하며 열렬히 박수를 쳤다. 그리고 내가 무대 위로 걸어 올라가자 깜짝 놀랄 만한 일이 일어났다. 모두 자리에서 일어나기 시작했다. 앞줄뿐 아니라 온 청중이 일제히 자리에서 일어나 와하는 함성과 함께 고함을 지르며 미친 듯이 박수를 쳤다. 기립 박수였다. 나를 위한.

나는 무대를 가로질러 터시먼 선생님에게 다가갔고, 선생님은 두 손으로 나와 악수를 나눈 뒤, 내 귀에 대고 이렇게 속삭였다. "장하다, 어기." 그런 다음 교장 선생님은 올림픽 시상식장에서 하는 것과 똑같이 내 머리 위로 금메달을 걸어 준 뒤 청중을 향해 나를 돌려세웠다. 마치 다른 사람이 되어, 영화 속의 나를 보는 기분이었다. '스타워즈 에피소드 4: 새로운 희망'에서 루크 스카이 워커와 한 솔로, 그리고 츄바카가 죽음의 별을 파괴한 뒤 박수갈채를 받는 마지막 장면처럼. 머릿속에서 〈스타워즈〉 주제가가 울려 퍼졌다.

내가 왜 이 메달을 받는지조차 잘 모르겠다.

아니, 거짓말이다. 나는 그 이유를 잘 안다.

어쩌다 휠체어를 탄 사람이나 말을 못하는 사람을 보고, 내가 저 사람이라면 어떤 느낌일까 아무리 생각해 봐도 도무지 상상이 안 되는 것과 똑같다. 다른 사람들에게는 내가 바로 그 사람이며, 지금 강당 안을 가득 채운 모든 사람들에게도 마찬가지일 거다.

하지만 나에게는, 나는 그냥 나일 뿐이다. 평범한 나.

그저 내가 된다는 이유로 나에게 메달을 주고 싶다면, 좋다. 기꺼이 메달을 받겠다. 〈스타워즈〉에서처럼 죽음의 별을 파괴한다거나 하는 대단한 일을 해내진 못했지만 나는 5학년을 성공리에 끝마쳤다. 내가 아니라 해도, 그건 쉽지 않은 일이다.

사진

종업식이 끝나고 학교 뒤 대형 천막 아래에서 5, 6학년생을 위한 축하 파티가 열렸다. 학생들은 모두 부모님을 만났다. 엄마 아빠가 나를 미친 듯이 껴안아도, 누나가 두 팔로 나를 감싸 안고 스무 번은 좌우로 흔들어도 가만히 내버려 뒀다. 이어서 할머니와 할아버지가 나를 안아 주었고, 케이트 이모와 포 이모부, 그리고 벤 삼촌마저 눈물을 글썽이고, 눈물로 뺨이 촉촉해졌다. 그 중에서도 최고의 압권은 미란다 누나였다. 엉엉 울면서 나를 얼마나 꼭 껴안았는지 비아 누나가 억지로 떼어 내다시피 했고, 그 바람에 둘 다 깔깔거리며 웃음을 터뜨렸다.

모두 사진을 찍고 비디오카메라를 꺼내들었다. 아빠가 서머와 잭을 데려다 사진을 찍어 주었다. 서로 어깨에 팔을 둘렀고, 난생처음 내 얼굴을 까맣게 잊었다. 서로 다른 카메라들이 나를 찍어 대는 동안 난 그냥 행복한 얼굴로 활짝 웃었다. 번쩍, 번쩍, 찰칵, 찰칵. 뒤이어 잭의 부모님과 서머의 엄마가 카메라 세례를 퍼붓는 통에 우리는 쉴 새 없이 미소를 날렸다. 이어서 레이드와 마야가 다가왔다. 번쩍, 번쩍, 찰칵, 찰칵. 뒤이어 샬롯이 다가와 함께 사진을 찍어도 되냐고 물었고, 우리는 "그럼, 당연하지!"라며 환영했다. 그러자 샬롯의 부모님이 다가와서 우리의 모습을 재빨리 카메라에 담았다.

다음에는 두 맥스가 다가왔고, 헨리와 마일즈, 사바나도 왔다. 곧이어 아모스가 다가왔고, 히메나도 왔다. 마치 레드 카펫 위에 선 것처럼 부모님들이 연방 찰칵찰칵 사진을 찍어 대는 동안 우리는 서로 꼭 달라붙어 포즈를 취했다. 루카, 아이제이어, 니노, 파블로, 트리스탄, 엘리. 또 누가 왔는지도 잊어버렸다. 전부 다 왔다고 해도 과언이 아니었다. 분명한 건 우리는 모두 깔깔거리며 서로 꼭 달라붙어 떨어지지 않았고, 내 얼굴이 자기 얼굴에 닿건 말건 신경 쓰는 애는 아무도 없었다. 뭐, 자랑할 생각은 없지만, 다들 내 옆에 오고 싶어서 안달이었다고나 할까.

집으로 걸어가는 길

축하 파티가 끝나고 케이크와 아이스크림을 먹을 겸 다 같이 우리 집으로 향했다. 잭과 잭의 부모님, 그리고 잭의 남동생 제이미. 서머와 서머의 엄마. 포 이모부와 케이트 이모. 벤 삼촌. 할머니와 할아버지. 저스틴 형과 비아 누나, 미란다 누나. 그리고 엄마와 아빠.

눈이 부실 정도로 푸른 하늘에 태양은 밝게 빛나지만, 바다로 뛰어들고 싶을 정도로 푹푹 찌지는 않는, 화창한 6월의 하루였다. 나무랄 데 없는 날이었다. 모두가 즐거웠다. 나는 아직도 공중에 둥둥 떠 있는 기분이었고, 머릿속에서는 여전히 〈스타워즈〉 주제가가 맴돌았다.

서머랑 잭과 나란히 걷는데, 계속 웃음이 그치지 않았다. 아무렇게나 해도 다 웃겼다. 바라보기만 해도 까르르 웃음이 터지는 즐거운 분위기였다.

앞에서 아빠 목소리가 들려서 고개를 들었다. 에임스포트가로 내려가는데, 아빠가 모두에게 우스운 이야기를 들려주고 있었다. 어른들도 다 깔깔거리며 웃었다. 엄마가 입버릇처럼 말하지만, 아빠는 코미디언으로 나가도 성공할 사람이다.

언뜻 보니 엄마가 다른 어른들과 따로 떨어져 걷는 거 같아서 뒤를 돌아봤다. 엄마는 다른 어른들보다 조금 뒤에서 무언가 즐거운 생각을 하는 양 혼자서 빙그레 웃고 있었다. 엄마는 행복해 보였다.

몇 걸음 뒤로 가서 엄마를 안고 깜짝 놀라게 해 주었다. 엄마가 두 팔로 나를 꼭 끌어안았다.

내가 가만히 말했다.

"학교에 보내 줘서 고마워."

엄마는 나를 더 바짝 끌어안고는 몸을 낮춰 내 이마에 입을 맞추었다.

"나야말로 고맙구나, 어기."

"뭐가?"

"네가 우리에게 준 모든 게. 우리의 삶에 찾아와 준 거. 네가 되어 준 거."

엄마는 허리를 숙여 내 귀에 대고 이렇게 속삭였다.

"너는 정말 기적이란다, 어기. 너는 기적이야."

부록

브라운 선생님의 금언

9월

만약 옳음과 친절 가운데 하나를 선택해야 한다면, 친절을 택하라. -웨인 다이어 박사

10월

우리가 행한 행동이 곧 우리의 묘비이다.

-이집트인의 무덤에 새겨진 비문

11월

자기보다 못한 자를 벗으로 삼지 말라. -공자

12월

용기 있는 자가 운명을 개척한다. -버질

1월

인간은 섬이 아니다. 혼자서 완벽하지 않으므로. -존 던

2월

모든 대답을 아는 것보다는 질문 몇 가지를 제대로 아는 편이
더 현명하다. -제임스 서버

3월

친절한 말은 비용이 들지 않지만 많은 것을 얻을 수 있게 한다.

-블레즈 파스칼

4월

아름다운 것은 선하고, 선한 사람은 곧 아름다워진다. -사포

5월

할 수 있는 모든 선행을 다하여라.
할 수 있는 모든 수단으로,
할 수 있는 모든 방법으로,
할 수 있는 모든 곳에서,
할 수 있는 모든 기회를 이용하여,
할 수 있는 모든 사람에게
할 수 있는 한 언제나 변함없이. -존 웨슬리의 선행규칙

6월

하루에 몸을 맡기고 태양을 향해 손을 뻗어 봐.

-폴리포닉 스프리의 〈빛과 하루〉 중에서

샬롯 코디의 금언

상냥한 것으로는 부족하다. 친구가 되어야 한다.

레이드 킹슬리의 금언

바다를 지키자, 지구를 지키자.

트리스탄 피에들레홀첸의 금언

살면서 진정으로 무언가를 원한다면 열심히 해야 돼, 잠깐, 복권 당첨번호 발표할 시간이야! -호머 심슨

사바나 위튼버그의 금언

꽃은 아름답지만, 사랑은 더 아름답다. -저스틴 비버

헨리 조플린의 금언

얼간이들과는 친구가 되지 말라.

마야 마코위츠의 금언

당신에게 필요한 것은 사랑입니다. -비틀즈

아모스 콘티의 금언

멋져지려고 너무 애쓰지 말라. 그것은 티가 나게 마련이며 멋지지도 않다.

히메나 친의 금언

당신 자신에게 솔직하라. -셰익스피어의 〈햄릿〉 중에서

줄리안 알반스의 금언

때로는 처음부터 다시 시작하는 것이 좋다.

서머 도슨의 금언

다른 사람의 마음을 다치게 하지 않고 중학교를 마칠 수 있다면, 그야말로 쿨한 녀석이다.

잭 윌의 금언

침착하게 하던 일 계속하라. -제2차 세계대전 중 어떤 격언

어거스트 풀먼의 금언

누구나 살면서 적어도 한 번은 기립박수를 받아야 한다. 우리는 모두 세상을 극복하니까.

세상의 모든 '평범한 어기'들에게 기립박수를!

길을 가는데 내 눈앞에 남들과 다른, 괴상한 외모를 지닌 사람이 지나간다. 그 사람을 보고 나는 어떤 반응을 보일까? 나의 마음속에는 과연 누가 있을까? 서머일까, 잭일까? 혹시 상냥하지만 진심은 없는 샬롯일까? 아니 어쩌면 줄리안은 아닐까?

이 작품은 선천적 안면기형으로 태어난 어거스트라는 열 살 소년이 일반학교에 입학한 뒤 벌어지는 일 년 동안의 일을 다룬 이야기이다. 처음 이 책을 접했을 때는 '안면기형'이라는 소재가 생소할 뿐, 장애아의 성장기를 다룬 전형적인 스토리이겠거니 싶었다. 하지만 읽어 내려갈수록 어거스트의 장애는 이야기를 풀어나가는 하나의 장치일 뿐, 오히려 유머와 슬픔, 우정과 갈등, 사랑과 이해가 아름답게 어우러진 훌륭한 성장소설임을 알게 되었다.

이 책은 주인공인 어거스트를 비롯해 어거스트라는 태양의 궤도를 돌고 있는 다섯 인물(비아, 서머, 잭, 저스틴, 미란다)까지 모두 여섯 사람의 시점으로 이야기가 진행된다. 어찌 보면 복잡해 보일 수도 있지만 어거스트의 이야기가 커다란 줄기를 이루고 있기 때문에 산만하다는 느낌은 전혀 없으며, 오히려 앞부분에 나왔던 사건이 다른 사람의 입장에서 다시 전개가 되면서 뜻밖의 반전을 이루기도 하고, 궁금증을 자아내며 흥미진진하게 읽힌다.

짧은 에피소드를 중심으로 평이한 문체를 사용해 쉽게 읽히면서도 또래의 있을법한 이야기들을 사실적으로 묘사하고 있어 고개를 끄덕일 만큼 충분히 공감을 준다. 또한 단순히 선과 악으로 나뉜 캐릭터가 아닌 어거스트의 누나인 비아나, 친구인 잭처럼 마음앓이를 하고 배신 아닌 배신을 하는 사실적이면서도 복합적인 캐릭터들이 돋보인다. 무엇보다, 독자 입장에서 결국엔 여섯 사람 모두의 입장에 공감을 하게 만드는 작가의 능력에 찬사를 보내고 싶다.

놀랍게도 이 작품은 오랫동안 수많은 책의 표지를 디자인해 온 현직 그래픽 디자이너인 R. J. 팔라시오의 데뷔작이다. 팔라시오는 작품 속 잭이 처음으로 어거스트와 만나게 된 바로 그 장면처럼 아이스크림 가게 앞에서 어거스트와 비슷한 여자아이를 보고 영감을 받아 이 작품을 쓰게 되었다고 한다. 당시의 팔라시오 역시 잭의 보모였던 베로니카처럼 두 자녀를 데리고 있었고, 여자아이의 얼굴을 보고 깜짝 놀라 울음을 터뜨리는 세 살배기 아들 때문에 유모차를 몰고 황급히 자리를 뜰 수밖에 없었다고 한다. 그리고 돌아오는 차 안에서 우연치 않게 나탈리 머천트의 〈기적〉이라는 노래를 듣고 머릿속에서 자연스럽게 이 이야기를 떠올리게 되었다니, 어찌 보면 이 이야기의 탄생 자체를 '기적'이라 불러도 과언이 아닐 듯싶다.

어거스트의 경우는 '안면기형'이라는 장애를 지녔지만, 비단 장애뿐일까. 외모지상주의가 판치는 요즘 세상에 뚱뚱해서, 못생겨서, 혹은 생김새가 다른 외국인이라서 등등, 우리 주위에는 어떤 식으로든 우리와 다르다는 이유로 오해와 편견에 시달리는 수많은 '어기'들이 존재한다.

작품은 해피엔딩으로 막을 내렸지만 앞으로 어기의 앞날이 순탄치만은 않을 거라는 사실은 짐작하기 어렵지 않다. 하지만 그럼에도 마음을 놓을 수 있는 까닭은 어느 때고 어기를 응원해 주는 이들이 나타나리라 믿기 때문이다. 우리가 사는 이 세상에는 터시먼 교장 선생님 말씀대로 '여유가 있어서 친절을 베푸는 게 아니라, 친절을 선택하는' 그런 이들이 많으리라는 그런 믿음이 있기 때문이다. 세상의 모든 '평범한 어기'들은 물론이고, 때로는 갈등하고 때로는 미워하기도 하지만 늘 나의 곁을 지켜 주는 사랑하는 우리 가족에게, 그리고 하루하루 세상을 극복하며 살고 있는 우리의 아이들에게 열렬한 기립박수를 보낸다.

천미나

지은이 R. J. 팔라시오 _R. J. Palacio_

R. J. 팔라시오는 뉴욕시에서 태어나고 자랐으며, 예술 및 디자인 고등학교를 다녔다. 어느 날, 앙투안 드 생텍쥐페리나 모리스 샌닥과 같은 자신이 좋아하는 작가이자 일러스트레이터들의 뒤를 따르기를 희망하며 파슨스디자인스쿨에서 일러스트레이션을 전공했다. 그 뒤로 여러 해 동안 그래픽 디자이너이자 아트 디렉터로 일했다.

R. J. 팔라시오의 데뷔작인 『아름다운 아이』는 출간 후 전 세계적인 베스트셀러가 되었다. 이 작품은 50개 나라에 번역되어 1300만 부 이상 팔렸다. 얼굴이 남들과 다르게 태어난 열 살짜리 남자아이 어거스트 풀먼의 이야기로, E. B. 화이트 리드 얼라우드 상을 비롯해 20개 주 이상에서 상을 받았으며, 영화로 만들어지기도 했다. 그 밖에 우리나라에 출간된 작품으로는 『우린 모두 기적이야』, 『아름다운 아이 줄리안 이야기』, 『아름다운 아이 크리스 이야기』, 『아름다운 아이 샬롯 이야기』, 『원더』, 『포니』가 있다.

지금은 브루클린에서 남편과 두 아들, 두 마리 개 베어와 보와 함께 멋진 급수탑에 둘러싸여 살고 있다. rjpalacio.com 또는 트위터 @RJPalacio에서 작가에 대한 더 많은 정보를 알 수 있다.

옮긴이 천미나

서울에서 태어났으며, 이화여자대학교 문헌정보학과를 졸업했다. 지금은 전문 번역가로 활동하고 있으며, 그동안 옮긴 책으로는 『아름다운 아이』 시리즈, 『포니』, 『용기 모자』, 『보이지 않는 아이』, 『아빠, 나를 죽이지 마세요』 등이 있다.

원더

펴낸날 | 초판 1쇄 2017년 12월 30일
　　　　개정판 1쇄 2023년 12월 22일·개정판 2쇄 2024년 3월 22일

지은이 | R. J. 팔라시오
옮긴이 | 천미나
펴낸이 | 정현문
편　집 | 조윤지
마케팅 | 임초록
디자인 | 함정인

펴낸곳 | 책콩
출판등록 | 제2020-000163호
주소 | 서울시 영등포구 양평로 157, 1212호
전화 | 02-3141-4772(마케팅), 02-6326-4772(편집)
팩스 | 02-6326-4771
이메일 | booknbean@naver.com

ISBN 979-11-962548-6-5 (03840)
값 17,000원

• 잘못된 책은 구입한 곳에서 바꾸어 드립니다.
• 이 책 내용의 전부 또는 일부를 재사용하려면 반드시 저작권자와 책콩 양측의 동의를 받아야 합니다.
• 이 책은 『아름다운 아이』의 양장 특별판입니다.